江國香織

なかなか暮れない夏の夕暮れ

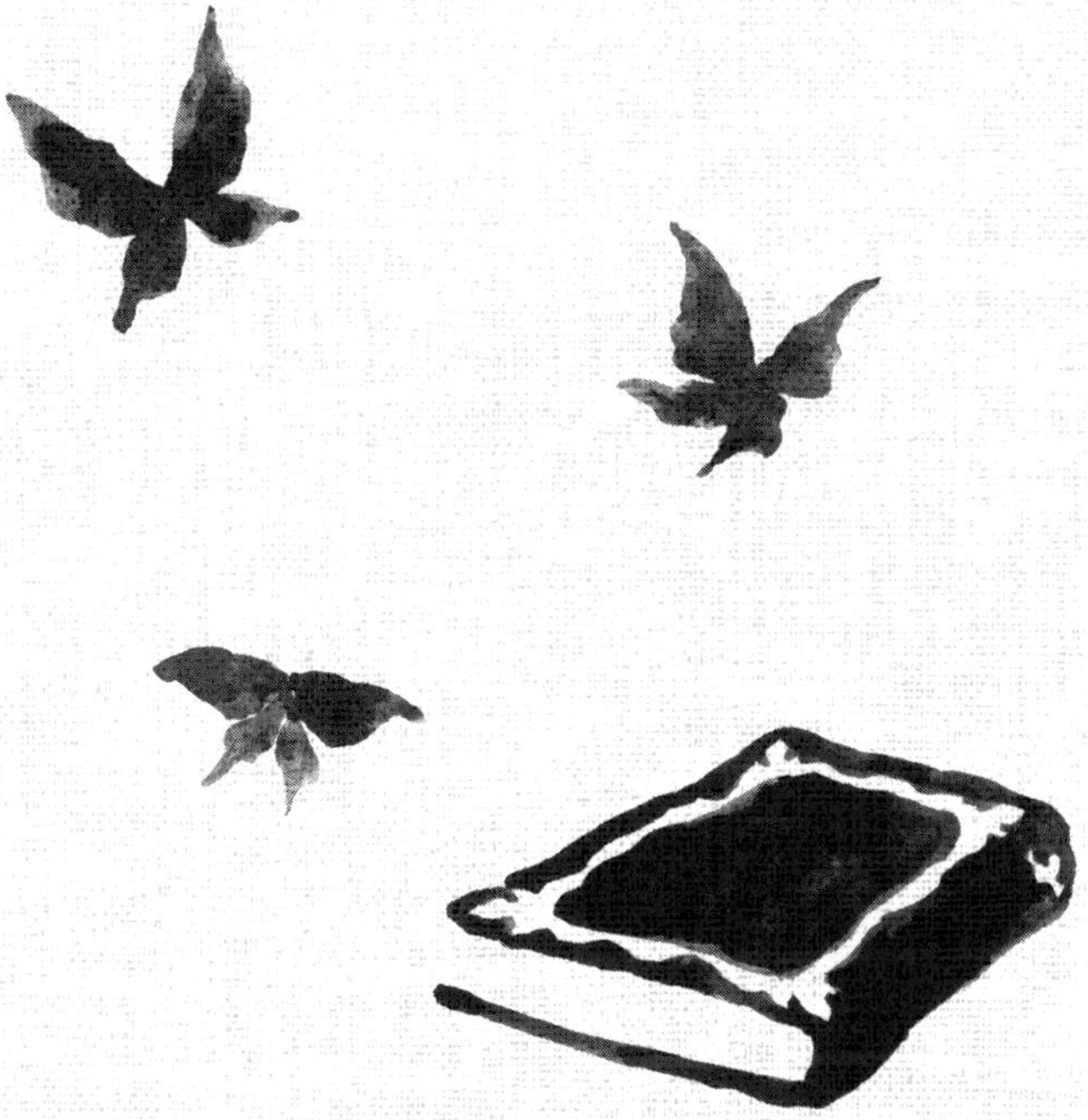

なかなか暮れない夏の夕暮れ

装画　原　裕菜
装幀　名久井直子

1

ゾーヤについてまず思いだすのは、心配になるほどの身体《からだ》の細さと色の白さだった。ウエストに腕をまわして抱き寄せると、手首から先がまるまる余ってしまったことを憶《おぼ》えている。それでも不健康ということはなく、よく食べるしよく笑う女で、十一歳のときに〝はしか〟にかかって以来医者の世話になったことはなく、会社が費用を負担してくれるメディカル・チェックは毎回受診しているし、それとは別に、自分で金をだして歯科健診を年に四度、受けていると自慢していた。歯はほら、歌うときに大事だから、と。

ラースは部屋の鍵《かぎ》を壁の鍵差し口に差し、旅行鞄《かばん》を床に置くと、コートを着たまま、革手袋も衿巻《えりまき》もとらずにベッドにどさりと横になった。このホテルで、ゾーヤと何度抱き合ったことだろう。天井をにらみながら、ゾーヤがそばにいるときの感じを思いだそうとする。たぶんラースの髪を指で梳《す》くか、唇に軽くキスをするかして、すぐに離れ、冷蔵庫から何か酒を——ジン・アンド・トニックか、カンパリ・ソーダを——とりだすだろう。「飲まなきゃ」と言って。そういえば、ゾーヤはいつもそう言った。「飲みましょう」でも「飲ませて」でも「飲みたい」でもなく、「飲まなきゃ」と。

ラースは、いま自分がここにいることが信じられないと思った。五十八歳にもなって、探偵の真似事《まねごと》でもするつもりなのだろうか。いや、いま風に言えばストーカーか。オスロにはアンナという妻がいて、娘がもうじき最初の子を出産する――ということは、ラースは祖父になるのだ――というのに。

起きあがり、手袋をはずしてトイレを使い、また手袋をはめた。ロビーに降りてタクシーを呼んでもらう。

ゾーヤと突然連絡がとれなくなったのは二か月前だ。携帯電話の番号が変り、かけるといきなり違う人間がでて、Eメールは戻ってきてしまった。何が起きたのか、一瞬理解できなかった。あり得ない。たとえば別れるにしても、そんなふうに強引な、唐突で一方的なやり方をするのはゾーヤらしくない。それがわかるくらいには深く、知り合っていた自信があった。自信？　内なる自分がばかにしたように鼻を鳴らす。年に数回、この土地を仕事で訪れるたびにしか会わなかったじゃないか。関係は四年近く続いたとはいえ、娘ほども年の離れた女の考えることが、お前にわかるものか。

雪は小止《こや》みになっていたが、澄んだ空気はたじろぐほどつめたい。すぐそばに山が迫っているせいで、オスロの寒さとは質が違う。その山の上のロッジの名を、ラースは運転手に告げる。タクシーのなかはコーヒーの匂いがした。助手席にポットが置いてあり、カップホルダーのカップに、濃そうなコーヒーが半分ほど入っている。ムートンの座布団、家族のものらしい写真、花びんに挿した小さな造花。田舎によくいる、車のなかを自宅の居間のように設《しつら》えたがる運転手の一人らしい。

週に三日だけ、ゾーヤは山の上のロッジ——泊っているのは大抵ドイツ人観光客だ——のバー・ラウンジで歌っていた。それは趣味と実益を兼ねたサイドビジネスで、昼間勤めている鉄道会社には内緒なのだと言っていた。ラースが彼女をはじめて見たのもそのステージでだった（泊っていたわけではない。取引先のアメリカ人をスキーに連れて行った帰りに、酒を飲みに寄っただけだ。ほんの一杯か二杯）。あのときゾーヤはまだ二十代半ばだったはずだが、初老の男性ピアニストと中年の男性サックス奏者を堂々と従え、あの細い身体からは想像もつかない力強さと安定感で、スタンダード・ジャズの名曲を歌いこなしていた。バー・ラウンジに電話で問合せると、仕事を辞めたことは教えられたが、連絡先は教えてもらえなかった。あやしい者ではなく友人なのだと強調したラースの言葉は、自分の耳にさえ余計にあやしく聞こえた。鉄道会社に問合せたときにはもっとひどくて、職員の個人情報は教えられないと言うばかりで、ゾーヤが仕事を辞めたのかどうか、というよりそもそもそういう名前の職員がいたのかどうかさえ、教えてもらえなかった。

いつのまにか、雪がまた激しく降りだしていた。せわしなく動くワイパーが、ガラスにこすれて耳障りな音を立てる。空はもう、夜の一歩手前の色をしている。ゾーヤとトリオを組んでいたサックス奏者とは、五時にロビーで会う約束をしていた。家庭的な（と言えば言える）車内の匂いが息苦しく、ラースは二センチほど窓をあけた。雪まじりの冷気が、たちまち流れ込んでくる。雪をかぶった木立ちは黒々と見え、その上空を、灰色の鳥が連なって飛んでいく。コートのポケ

ットから紙幣を
ドアのあく音がして、稔《みのる》は本から顔をあげる。随分とあかるい。まるで夏のようだ。

「いないの？」

大竹の声だった。同時に、いまが事実夏であることも思いだす。自分が雪の山道にいるわけではないことも。

「なんだ、いるんじゃん」

「インターフォンぐらい鳴らせよ」

稔は言い、寝椅子《ねいす》から起きあがる。リゾートホテルのプールサイドにあるような、折りたたみ式の寝椅子の木枠がきしんだ。

「鳴らしたよ。ノックもしたし」

そういえば、意識の遠くでそんな音を聞いたような気もする。

「冷やしすぎだろ、これ。何度にしてるんだよ」

ガラス製のどっしりした灰皿――稔は煙草《タバコ》を喫《す》わないが、実家の応接間に昔からあったものなので、両親の死後、家を処分するときに何となく捨てられず、持ち帰ってリモコン入れにしている――に手をのばした大竹は、電子音を立て続けにさせて、勝手に温度を幾つか上げた。

「またクレームきたぞ、東出《ひがしで》さんから。三か月だって？」

「三か月？」

何のことだかわからなかった。

「全面的な業務委託なんだからさ、向うも困るだろ、他に示しがつかなくなるわけだから」

意識の半分とまではいかないが、五分の一くらいが、まだ雪の山道に残っていた。五十八歳の男の感情のなかに。

「それから財団からも泣きが入ったぞ、頑固な雀《すずめ》さんのことで」

それでも今度は意味がわかった。

「雀が頑固なのは俺のせいじゃない」

姉の雀は、生れたときから頑固なのだ。

「つめたい緑茶、飲む?」

名残り惜しい気持ちで本をテーブルに置き、稔は台所に入る。雀は麦茶派で、それもパックのものは受けつけず、炒《い》った麦を必ずやかんで煮出すのだが、稔は緑茶の方が好きだ。ただし赤飯でつめたい茶漬けを作るときには好みが逆になり、雀が緑茶を、稔が麦茶をかけるのだったが。

「せいぜい五パーセントだろうと思うんだよ、あそこに関してはね」

台所まで追ってきた大竹は、いつも持ち歩いているごつい鞄――昔、医者が往診するときに持っていたような鞄だと稔は思う。茶色い革製で、十五センチもマチがあり、四隅は擦り切れている。つねに大量の書類その他が詰まっていて、非力な稔には持ち上げることもできない――をあけて、パソコンをとりだす。

「いいよ、それで」

何の話かわからなかったが、稔は言った。大竹が五パーセントだと思うのなら、五パーセントなのだろう。高校の入学式の日に知り合って以来のつきあいの大竹道郎《みちろう》を、稔は信頼している。この部屋の鍵を渡しているのも、大竹と姉の雀だけだ。

「これ、見てほしいところだけ青字にしてあるから」

「わかった」

稔は言い、二つのグラスになみなみと注《つ》いだ緑茶の一つに口をつけ、もう一つを大竹に渡す。

「これ何?」

椅子に坐《すわ》り、大竹に画面をスクロールしてもらいながら、青字だけを追った。

「企画概要と要望書。あとでプリントアウトして置いて行くけど、これから山崎さんに会うから、とりあえず了解しておいてもらわないと、話、進められないから」

これから——。ぎょっとして、稔はパソコンの画面右下の時刻表示を見る。十五時四十七分。あわてて立ち上がって寝室に行く。本の続きを読みたかったが、約束は約束なので行かなくてはならない。手近にでていたサッカー地のジャケットを羽織り、財布その他、必要なものをポケットに入れる。

「何?　誰?」

戸口に立った大竹に訊《き》かれ、

「じゅんじゅん」

とこたえると、渋い顔をされた。

「やめろよそれ、五十女をじゅんじゅんとか呼ぶの」

大竹同様、淳子《じゅんこ》も高校の同級生だった。大学を卒業したあたりからすこしずつ疎遠になり、彼女が結婚してからは全く没交渉だったのだが、去年再会し、以来ときどき会っている。

「さっきのは了解するよ。ていうか、任せる。わかってると思うけど」

クロゼットの扉についた鏡に全身を映し、稔は言った。胸に小猿とバナナの絵のついた白いTシャツ、薄茶色のハーフパンツ。サッカー地のジャケットは白に水色のストライプで、まあ、合わないことはないだろうと思えた。

「靴下、履いた方がいいかな」

一応履けば、というのが大竹の返事で、稔はそれに従った。元恋人で、いまは人妻である渚《なぎさ》は、稔の服装に関して、「子供服みたいすぎる」とよく文句を言った。「若作りでさえなくて、子供作りでしょ、それじゃあ」稔にはぴんとこなかった（思いだしてみると、渚の言うことがぴんときたためしはない）。

「じゃあ、さっきのはプリントアウトしておくからちゃんと読めよ」

大竹に見送られて玄関をでる。靴下を履いてしまったので、サンダルではなくスリッポンに足を入れた。

「淳子によろしく。それからチカさんたちのこと、これ以上特別扱いするなよ」

「チカさんたち？」

あけたドアを持ったまま、稔はふり返って訊いた。段差があるので、小柄な大竹がさっきまでより大きく見えた。

「人の話聞いてろよ」

大竹は、眼鏡の奥の目をしばたく。

「家賃、また滞納してるんだろ、三か月。それでお前、いつでもいいですとか言ったんだろ？　東出さんからクレームが入って――」

なるほど、それだったのか。稔は納得し、行ってきますと言ってドアを閉めた。昔、学校や塾や友達の家にでかけるときに、たとえ玄関に母親や姉が見送りにでてきていない場合でもそう言ったように。

一階に降り、エントランスホールを抜けておもてにでると、あまりの温度差に一瞬とり肌が立った。暑い、ではなく、寒かった、と感じる。そして、すこし歩くとたちまち汗がふきだした。

「汗をかくのはいいことなのよ」子供のころ、稔は母親にたびたびそう言われた。夏、おもてに遊びに行くのを嫌がったときに。「汗をかくっていうのは、身体が自分で温度を調節してるってことなの。すごいでしょう？　立派だなあって、自分が汗をかくとママは思うわ」しかし、あのころの稔は汗をかきたくなかったのだ。自分が汗をかくという事態そのものが気持ち悪く、肌がぬるぬるになるのも濡《ぬ》れた服がくっつくのも耐え難くて、家に駆け戻り、シャワーを浴びて着替えずにはいられなかった。そして、ようやくさっぱりすると、もう外にでたくなくなるのだった。

駅につくころには汗だくになっていた。シャワーを浴びに帰らないだけの分別がいまの稔にはあるのだが、その分別を自分が望んでいたのかどうかはわからなかった。切符を買って改札を通る。今日のように約束の時間が迫っているときは、各駅停車しか止まらない駅が最寄りであることが恨めしくもなるのだが、この時間の上り電車はすいていて、涼しかったのでほっとした。淳子のことを考える。再会はまったくの偶然だった。当時、稔の店の従業員だった由麻《ゆま》に誘われてでかけたコンサートの会場で、稔！　と、いきなり声をかけられたのだった。二十年以上会っていなかったのに、その派手なおばさんが淳子だということは、不思議なくらいすぐにわかった。巧みな化粧と金のかかっていそうな服。昔から見せびらかしがちだった細い脚も健在で、子鹿《こじか》じみたその華奢《きやしや》さを強調するかのように、ハイヒールを履いていた。

「いやだ、びっくり。ひさしぶりねえ」なぜいやだなのかわからなかったがそう言って、不遠慮な視線を稔の全身に這《は》わせた。ちっとも変らないと言われたが、そんなはずがないことは自分でわかっている。淳子は何やらまくし立て――びっくりしていたせいと、淳子が早口だったせいで上手《うま》く返事ができなかったが、同窓会にもクラス会にもちっとも来ないのはなぜか、と責められたことと、高校時代の教師たち何人かの訃報、それに、「稔と会ったって言ったら、きっと可奈《かな》子《こ》が驚くわ」と言われたことは憶えている。可奈子というのは当時大竹がつきあっていた女で、稔と淳子はつきあってはいなかったが、それぞれ友人のつきそい的な感じで、四人でよく一緒に遊んだ――、思いだしたように、「あ、これ息子」と言って、そばに立っていたひょろ長い若者の背中に手をあてた。そのあとも何度か「びっくり」と「ひさしぶり」をくり返し、いったんは別れてそれぞれの席についたのだが、開演直前にまたやってきた淳子は、「アドレス教えて、アドレス」と、なぜだか声をひそめて言った。稔は自分のアドレスなど憶えていなかったので、隣に坐っていた由麻に訊き、彼女が淳子に教えた。それが去年のことだ。すぐに連絡があり、可奈子も含めて三人で食事をした（大竹も誘ったのだが、「絶対やだね」という返事だった）。可奈子とはそれ以来会っていないが、淳子はしょっちゅう連絡を寄越し、月に一度か二度のペースで、理由不明ながら会うようになった。

理由——。稔は考えてしまう。仕事がらみでも恋愛がらみでもない場合、人が誰かに会う理由、もしくは会わない理由とは一体何なのだろう。そんなものがあるのだろうか。

渋谷でJRに乗り換える。どこから湧《わ》いてでたのだ？　と思うほど人が多い。ここはいつもそうだと知っているが、知っていても来るたびに驚く。ほんとうに、どこから湧いてでるのだろう。

切符を買って、ホームに立った。暑い。そして騒々しい。午後四時五十二分。このぶんなら、約束の五時にほんのすこし遅れるだけですみそうだった。そう考えて、五時という偶然の一致から、稔の意識は置いてきた本のなかをまた漂う。ゾーヤ、ラース、雪の山道と、その先にあるロッジ（ロッジとコテッジ、それにキャビンの違いはどこにあるのだろう）。周りは人だらけで、稔には確かにその人々が見えているし、線路の向う側に整列する大きな四角い看板も、その向うの公園の緑も、林立するビルも見えているのだが、ほんとうの自分はいま雪の降りしきる山道にいて、これからサックス奏者と会うところで、だから当然ここにはいない、という気がはっきりとする。オスロにはアンナという妻がいて、快適な家もあるのだから。目をこらせば、タクシーの運転手の顔まで見えそうだった。本に書いてあったワイパーの音ばかりではなく、走行中のタイヤがすりつぶして跳ね上げる、雪だか氷だかその中間だかの、水っぽい音まで聞こえる気がした。あいた窓から流れ込むその音と冷気を感じたまま、稔は二駅電車に乗った。

「校庭じゃなくてね、体育館の裏なの、全然人が通らないところ」

カウンターの端の席に腰かけ、梅酒の入った小さなコップを口から離すとさやかは言った。

「そこにものすごくたくさん咲いてるの。咲いてるっていうより、はびこってるって感じね、あれは」

夕方とはいえ、おもてがまだこんなにあかるいうちに〝味見〟と称して梅酒を飲むのはいい気持ちだった。背徳的な喜びに、さやかは目を細める。

「へえ、街なかにもあるんだ。高山植物なのかと思ってた」

包丁に体重をかけ、茹《ゆ》であがったとうもろこしをざくりざくりと切りながら、チカがこたえる。

「ほんとはね、もっとたくさん、両手で抱えるくらい切ってきたかったんだけど、ここ、そんなに大きな花びんないでしょ」

「花びんの問題じゃなくてスペース。置くとこないんだから、そういうのやめて。ちょっと考えればわかるでしょうに」

でも、蔓《つる》植物は葉と蔓が魅力なのだから、たっぷり活《い》けた方が映えるのだ。野性的というか、いきいきして。

「おから、ちょっともらえる?」

さやかは言い、厨房《ちゅうぼう》に入って自分で冷蔵庫をあける。

「すいかずらっていえばさ、昔、ダイアン・キャノンのでてる映画があったよね。タイトル何だっけ。すいかずらのナントカ」

わからなかったので黙っていた。冷蔵庫にはタッパーがぎっしりならんでいる。スライスして茹でたゴーヤ、なすの煮びたし、たれに漬かった切り身魚、うずらの玉子。

「新宿で観《み》たの。たしかビレッジで。何だったかな」

「さあ。私は観たことないと思うわ」

おからの入ったタッパーを見つけ、とりだしてこたえた。

「こういうの、あの子がいると、ちゃちゃちゃっと調べてくれるんだけどね」

「何時に来るの？　真美《まみ》ちゃん」

もうじき、とチカは言い、手際よくエビの殻をむき始める。この人、すこし太ったかしらとさやかは思った。背中全体に、うすく脂肪がついたようだ。

「よくやってくれてるよ、あの子」

この店のアルバイトとして、去年まで教え子だった真美を紹介したのはさやかだ。

「よかった」

それでそう言った。

「最近の子は真面目《まじめ》だね。素直だし。昔とは大違い」

ほんとうにそうだと、高校の教師をしているさやかは思う。

「それに、幼いわね、昔より」

とつけたした。昔というのは自分たちの若いころという意味であり、チカはさやかより四つ歳《とし》下《した》だが、この際それは無視してもいいだろうと思った。自分たちの若いころ――。チカはどんな少女だったのだろう。授業中、現役の女子高生たちを見ながら、さやかはそう考えることがある。そして、顔つきがなんとなく似ていたり、意志が強くて大人びていたりする子を見ると、こんなふうだったかもしれないなと、想像するのだった。

2

おそらく絹だと思われる、幾何学模様のワンピースは茶色とピンクと黄色で、裾からのびる細い脚は、華奢なミュールにつながっている。昔のハリウッド女優のような、大きなサングラスをかけた淳子は、中身の半分ほど減った、霜がすっかり溶けて濡れ濡れして見えるビールジョッキを前に坐っていた。

「ごめん、遅くなって」

稔は言い、向い側の椅子に腰をおろす。すぐにまた立ち上がったのは、淳子が腰を浮かせるのが見えたからだ。それはつまり軽い抱擁を期待してのことで、淳子は昔からそういう欧米人的習慣を好み、ドアは男性があけるべきだとか、レストランでは奥まった方の席に女性を坐らせるべきだとか、タクシーは男性が止め、女性が先に乗るべきだとか、その手のことにうるさいのだったが、何度会っても、その都度稔はそれを忘れてしまうのだった。頬に頬をつけ、ぽんぽんと、背中を二度たたいてやる。赤ん坊をあやすみたいに。それでようやくほんとうに着席できた。揚げ物（おそらくフライドポテト）と焼いたソーセージの匂いのする、庭園ビヤガーデンのテーブルに。稔が着席するや否や淳子は話し始める。この店を教えてくれたのが元旦那であること（「お互い顔を見るのも嫌なんだけど、電話なら平気なの。不思議よね」）、最近試写を観たというイタリア映画のこと（「トニ・セルヴィッロがいいのよ、飄々《ひょうひょう》としてて」）、国立大学に通っている息子がどんなに優秀かということ（「でもちょっと内気っていうか、おたくっぽいところがあるの。ひきこもりってわけではないんだけどね」）。

耳を傾け、ところどころで相槌《あいづち》を打ちながら、稔は目だけ動かしてウェイターを探す。何とか呼び止め、ビールを注文すると、淳子がチーズを注文した。

「チーズなら無難だから」

と、ウェイターが立ち去ったあとで言う。稔は目をしばたいて、その言葉が胸に浸透するに任せた。

「ここは景色を味わう場所だから、ごはんはべつなお店でたべるでしょ」

淳子は言い、スマートフォンをとりだして調べ始める。

「何がいい？」

行きつけというか、電話をすればいい席をおさえてくれる類の店を探しているらしかった。

深々と愉快な、そしてたぶんやさしい気持ちに稔はなっていた。チーズなら無難だから。その言葉が、すっかり胸にしみていた。こういうことが、稔にはときどきあった。何の変哲もない言葉に、いきなり気持ちのどこかを鷲摑《わしづか》みにされる。かわいい発言だと思った。かわいくていじましい。それに意味不明だ。なぜチーズなら無難なのだろう。くせのあるチーズだってあるし、腹にたまらないものなら枝豆とか野菜スティックとかあるのに？　おまけに、やや感じが悪い。無難なものを選ぶというのは、謙虚なようでいて傲慢だ。完璧ではないだろうか。かわいくていじましく（稔には、その二つの区別がいつも上手くつけられない）、意味不明でやや感じが悪いというのは完璧に淳子だ。稔が女性に魅力を感じるのはこういうときで、それは恋愛感情では全くないが、好意には違いなく――もっとも、雀なら悪意と呼ぶかもしれなかったが――、今夜、別れ際にうっかりキスなどしてしまわないように気をつけようと、稔は自分で自分を戒めた。単なるキスが、それだけでは終らなくなる場合もあるからで、そんなことになればまた大竹に大目玉をくらうからだ。淳子はスマートフォンを耳にあて、どこかの店に電話している。広々した芝生には、木製のテーブルと椅子が散在しており、どのテーブルにも青いクロスがかけられている。

寝ているに違いない妻を起してしまわないように、大竹はそっと玄関の鍵をあけた。再婚を機に郊外に買った家は、中古物件だが庭の広いことが妻の気に入っていて、妻が気に入っているという点が、大竹は気に入っている。心酔というのはこういうことだろうと自分でも認めざるを得ないほど、現在の妻が大竹はいとしく、大切でたまらず、彼女の存在も、彼女が自分の妻であるという事実も、とてもほんとうとは思えず、実はほんとうではないのではないかと、しょっちゅう心配になるのだった。それで一日に何度も電話をかけ、メールを打つ。すると妻はちゃんとここにいて——それを確認したいがために、携帯ではなく固定電話に大竹はかける——、電話ならあかるい声で、メールならあかるい文面で、何も問題がないことを知らせてくれる。いま庭にオナガが来てるよ、とか、雑巾がけをしたら汗だくになった、とか、いまおそうめんを茹でてるところなの、とか、家のなかの様子を実況中継して、大竹を安心させてくれるのだった。傍目《はため》には、年若い妻をもらってやに下がっているようにしか見えないだろうとわかっているが、もちろんこれは、年齢ではなく魂の問題なのだった。

重すぎる鞄を廊下に置いたまま、大竹は足音をしのばせて、まず寝室に向う。いつも大竹が眠る側のベッドサイドのあかりだけがつけられたその暗い部屋は、部屋全部が妻だった。妻そのもののみたいなその空気を吸える自分をつくづく幸運だと思いながら、大竹はベッドに近づき、妻の寝顔を見おろす。薄い夏掛けに首から下をすっぽりとおおわれ、死体のように行儀よく仰向けになった、白い、小さい、安心しきった寝顔を。近づきすぎないように気をつけたのは、一日中外出していた自分の、汗や酒や雑踏の匂いが気になったからだ。そんなもので妻の眠りを妨げたくはなかった。立ちつくし、二、三分眺めて満足すると、大竹はまた足音をしのばせて階下におり、鞄を持って書斎に入る。

再婚して以来、土日を含めて週に四日は自宅で仕事をすることにしており（まあ、クライアントからの急な呼び出しとか、どこかに税務署の監査が入った場合は当然その限りではないのだが）、そのためには人と会う約束を残り三日に集中させる必要があり、結果として、帰りが深夜になってしまう。それは仕方ないよ、と、ヤミは言ってくれる（彩美《あやみ》というのが妻の名で、昔から愛称がヤミなのだそうで、妻は自分でも自分をヤミと呼ぶ）。みんな、道郎がいないと困っちゃうんだろうから、と。みんなというのは、つまり稔だ。他にもクライアントがいることはいるが、税理士である大竹の仕事の八割は、稔およびその親族の財産管理に充てられているのだから。

靴下を脱ぎ、鞄から書類を取り出す。破棄すべきものは破棄し、ファイルすべきものはファイルし、同時に仕事用の電話の留守番録音を聞いた。かけ直すべき相手の名前をメモし、パソコンをあけて、きょうの、五人の相手との話し合いの、要点だけを手早く打ち込む。五件とも、稔と雀の所有する動産および不動産、財団を通して運営している美術館、それにいまいましいソフトクリーム屋に関する仕事だった。

じゅんじゅん。

思いだし、大竹は顔をしかめる。ながいつきあいではあるが、稔の考えることが、最近大竹にはよくわからなくなっている。稔が変ったというわけではない。むしろ逆で、高校時代からあれほど変らない人間を大竹は他に知らない。本ばかり読んでいて、行動範囲が狭く、不器用で非力。誰にでもやさしいが、ときどきひどく冷淡にも見える。女性に対して消極的で（自分は生涯結婚しないと思う、と稔に打ちあけられたのは、高校三年生のときだった）、政治にもスポーツにも関心がない。いまもそのままであるのに、ここ十年、どういうわけか稔の周囲は女出入りが激しいのだった。

淳子は可奈子の親友で、可奈子は大竹の女だった。出会ったのは高校時代だが、つきあい始めたのは大学に入学してからで、三年間、いま思えば気恥かしい、ばかげて甘ったるい恋愛をした。時代のせいだ、と大竹は思うことにしている。ドライブ、スキー、テニス、海、ディスコ。そういう時代だったのだ。高価な贈り物や食事のために、親の臑《すね》をかじりつつアルバイトにも精をだした。子供だったといえばそれまでだが、大竹にとっては思いだしたくもない過去だった。自分の人生の汚点だとすら感じる。当時から、稔はそういう大竹を――というより時代の空気そのものを――どこか冷ややかに見ていた。軽蔑したようにというのは言いすぎかもしれないが、すくなくとも、まったく理解できないというように。それなのに、いまになって「じゅんじゅん」とは。

大竹は口をへの字にし、パソコンを閉じる。シャワーを浴びてベッドに入ったときには午前一時を過ぎていた。そっと、ほんとうにそっと横になったつもりなのだが、大竹の気配かベッドの振動か、ともかく何かを敏感に察知したヤミは寝返りを打ち、横向きの姿勢になって大竹にぴたりとくっつく。左腕と曲げた左脚を大竹の上にのせる。

「暑い」

それからすぐにそう言って、離れて行った。

「あなたとゾーヤの関係はわかりました」

サックス奏者は言い、携帯電話を返して寄越した。彼女の写真が数枚と、彼女からのEメールが数通。自分があやしい者ではないことを示すために、ラースにさしだせるのはそれだけだった。

「しかし……」

サックス奏者は言い淀《よど》み、神経質そうに眼鏡をはずすと、ポケットから取りだしたハンカチで拭いた。

「もしゾーヤがあなたに連絡を取りたいと思えば、とれるはずですよね」

拭いた眼鏡をかけ直し、ガス入りの水に口をつける。

「言いにくいが、あなたは彼女にふられただけなのではないでしょうか。彼女の私生活について、僕からお話しすることが適当かどうか……」

「その可能性は確かにあります」

ラースは認めた。暖房のききすぎたロビーは、脱げるだけの上着をすべて脱いでもまだ暑かった。寒い地方への出張用に、アンナがヒートテックの下着を用意してくれたせいだ。

「でも、それならばあなたはどうですか、ニューベリさん。ゾーヤにあなたも連絡がとれなくなったとおっしゃってましたよね、このあいだの電話では。だから心配している、と」

ニーベリです、と訂正し、サックス奏者はまた水をのんだ。

「失礼、ニーベリさん」

「ここは暑いな」

「ええ」

実際、スキーウェア姿で帰ってくる人々を除くと、ロビーにいる観光客たちは驚くほど軽装だった。半袖のTシャツにジーンズという恰好《かっこう》の若者たちすらいる。ドイツ人だろうとラースは推測した。

「あの電話のあとで何があったんですか？　ゾーヤから連絡があったとか？　それで、私が現れたら追い返してほしいと頼まれたとか？　もしそうなら、そしてそれが事実だと信じられたら、私はおとなしく帰って、これ以上あなたをお煩わせしません」

サックス奏者は返事をしなかった。

「あなただって、ゾーヤと親しかったはずだ、ニーベリさん。四年もトリオを組んでいらしたんだから。こんなのおかしいと思いませんか？　つまり、ゾーヤらしくないと」

「……エリックもそう言っていました」

「エリック？　誰ですか、それは」

「ピアニストです、一緒にトリオを組んでいた。ゾーヤとは、父娘のように仲がよかった」

ラースは続きを待った。父娘のように仲がよかったと聞いて、わずかに胸が痛んだ。ゾーヤは父親を早くに亡くしている。そのことは本人から聞いていた。しかし父娘のように仲がいいという その男の話は聞いたことがなかった。

「あなたとおなじだった」

ニーベリは言った。

「あちこちに電話したり、自分で出掛けたりして彼女を探し回っていた。警察にも掛け合ったが相手にされなかったと言っていた。彼女は成人だし……ここを辞めることも本人が言いに来たから」

　その男性に会わせてほしいとラースが言うと、サックス奏者は首をふった。

「彼も姿を消してしまった。おととい、ステージがあったのに現れなくて」

　ラースは両方の眉を上げて見せた。他に、どう反応していいのかわからなかった。

「支配人はもうかんかんですよ。きょうのステージもピアノ無しでやらなくちゃならない。僕と、リーサとです。リーサはゾーヤの代りに入った新人で……よかったら聴いていかれませんか？上手いですよ、なかなか」

　ラースには、それを聴くつもりはなかった。

「その人の、エリックの連絡先を教えていただけませんか。あるいは彼のご家族の」

　古めかしい柱時計が五時半を打った。窓の外はもう夜のように暗い。サックス奏者は落着かなげに身じろぎをして、柱時計が五時半を打った。窓の外はもう夜のように暗い。サックス奏者は

　続きを読みたいのにまぶたが重く、意識が半分朦朧《もうろう》として、思うように行を追えない。稔は本をひらいたまま胸の上に伏せる。眠気が勝って、重さは気にならなかった。完全に眠りに落ちる直前に、稔は自分の寝息を聞いた気がした。

　目が覚めたのは暑さのせいだった。南向きの寝室は日あたりがよく、カーテンごしにも、すでに真夏日が始まっていることがわかった。パジャマが汗で湿っている。汗の嫌いな稔はとび起きてバスタブに湯を張った。カーテンと窓をあけ、寝室の空気を入れ換える。それからバスタブに

つかって本の続きを読んだ。ひらいておいた頁《ページ》は読んだ記憶がなく、けれど一頁戻るとすぐに思いだした。サックス奏者のニーベリから、ピアノ奏者のエリックへ。そうだった。
たっぷり一時間かけて風呂に入ったあと、コーヒーを淹《い》れに台所に行くと、ゆうべそこに置いたままだったらしい携帯電話にメールの着信表示がでていた。
まだ起きてる？
いまスカイプできる？
雀からだった。着信は0時6分になっている。
ごめん、起きてたけど
気づかなかった。そっちが
起きるころスタンバイして
るよ。それでいい？
返信した。カメラマンで、ドイツと日本を往復して暮している雀はいまドイツにいる。時差が七時間あるので、日本が午前十時のいま、向うは深夜三時のはずだった。にもかかわらず、すぐにまた返信がきた。
べつにいいわ、用事じゃ
なかったから。暇だった
ので、あんたの顔でも
見ようかと思っただけ。

これから寝ます。おやすみなさい。

稔は苦笑する。台所にパソコンを持ち込み、電源を入れた。スカイプのアカウントをひらき、雀のユーザー名を選んだ。つながるのを待つあいだに、コーヒーメーカーのスイッチを入れる。耳障りな音が鳴り、雀が画面に現れた。

「いいって言ったのに」

開口一番そう言った。不機嫌そうな口調だが、決して不機嫌なわけではないことが稔にはわかる。もしメールの文面を鵜《う》呑《の》みにし、稔がいまスカイプをつなげなければ、正真正銘の不機嫌になっていただろうことも。

「やあ、雀。元気そうだね」

稔は言い、片手をあげてみせる。雀という風変りな名は祖母がつけ、稔という地味な名は祖父がつけたそうなのだが、名は体をあらわす、という言葉を、稔は子供のころから実感していた。

「そっちは夜中でしょ。何してたの」

返事のかわりに雀は右手で煙草のパックを、左手で暗赤色の表紙の本を掲げてみせた。そして、

「そっちはお風呂あがりなのね。まだ髪が濡れてる」

と、煙草の喫いすぎで掠《かす》れた、低い声で言った。スカイプというシステムを使い始めて一年近くたつのに、依然として稔は慣れることができない。つながるまでの手順には慣れても、その先にない、いま雀が忽然《こつぜん》と出現し、向うにも自分がライブで出現している、という事態にどうしてもたじ

ろぐ。それで、言葉が上手く口からでてこなくなる。雀に話したいことはたくさんあった。あったが、どういうわけかそれらは雲散霧消してしまい、かわりに、どうでもいい言葉が口をついてでた。

「ドイツ人は冬でも半袖なの？」

雀は眉をひそめる。

「何、それ」

「いや、ちょっと本で読んだから。本ていっても小説だから、事実じゃないかもしれないけど」

「ああ」

雀は言い、表情をほどいた。笑ったわけではないが、それに近い空気があった。理解のしるしだ。稔は安心する。いまの説明では何もわからないはずなのに、雀には通じるのだ、何かが。

「そういえば大竹が言ってたよ、雀がまた財団ともめてるって。そうなの？」

そうではないと雀はこたえた。何ももめてなどいない、ただ怒っただけなのだと。

「ああ」

今度は稔がそう言った。

できあがったコーヒーをカップに注ぐあいだだけ画面の前を離れたので、椅子と壁を雀は見ていたはずだ。もしかするとその奥のリビングの一部も。

「私の姪《めい》は元気？」

戻ってきた稔に雀は訊き、稔は元気だとこたえて湯気の立つコーヒーを啜《すす》った。

「来週遊びに来るから、またスカイプをつなぐよ」

雀の表情があかるくなる。

「何曜日の何時ごろ？」

「水曜日。まる一日あるから雀の都合のいい時間で大丈夫だよ」

ほんの一瞬躊躇《ちゅうちょ》したが、稔は、

「甥《おい》のことは訊いてくれないの？」

とつけたしてみた。努めて軽い口調で。雀は嫌な顔をした（雀のする嫌な顔はたくさんあるが、きょうのは、子供がイーッと言うときのそれにそっくりだった。声をださなかっただけで）。白髪の目立つおかっぱ頭に囲まれた姉の顔は、いつものように黒いアイラインだけがくっきりとひかれている。

「いいわ。あの赤ちゃんは元気？」

鼻息まじりの声で言う。稔は元気だとこたえた。そのあと、さらに数分話して通話を切った。そのたびに今生の別れのような気がして、切る決心がなかなかつかない（し、切ったあと、何か取り返しのつかないことをしてしまったような気がする）ことも、自分がスカイプに慣れない理由の一つだと思いながら。

3

二時間ほど本を読んだあと、お中元の礼状を十一通書いた。大竹はいつも稔に「お前は存在していることが仕事だ」と言うが、稔自身はそんなふうに感じられない。人、人、人。関わらなくてはならない人が多すぎるのだ。親戚たち、財団関係者たち、地元の自治体の人たち、祖父母の人脈(政治家たち、美術品収集家たち、画廊経営者たち、短歌関連の人たち)、父母の人脈(それぞれの友人たち。職業はさまざま)、幾つもの慈善団体、動産および不動産の管理者たち、一族が代々世話になっている病院の関係者たち、加えて美術館関係者たちボランティアたち。金銭にまつわることは、顧問税理士の大竹と顧問弁護士の田辺(まだ三十代の若者で、彼に任せることにしただけで、親戚一同の大反対にあった)にほぼ全面的にひきうけてもらっているとはいえ、それでも夥《おびただ》しい数の人間が、稔の周囲にはいる。

確かに、祖父母の家も両親の家も、人の出入りの多い家ではあった。夏休みや冬休みに別荘にでかけても、家族水いらずということはなく、誰かしら来客があった。けれど稔は将来それが自分の身にふりかかってくるとは想像すらしていなかった。

子供のころから人見知りだった稔に輪をかけて非社交的な雀は、大学を卒業するとすぐに外国に行ってしまった。ドイツで写真の専門学校に通い、卒業しても帰国せずに北ヨーロッパのあちこちで暮し、いまは日本とドイツと半々の生活で、気がつけば、遺産とも言うべき対人関係はすべて、稔がひきうける羽目になっているのだった。

仕方がない、と思っている。稔は祖父母のことが好きだった。父母のことも。それにもちろん雀のことも――。稔は雀が、たぶんこの世でいちばん好きなのだった。

礼状を投函《とうかん》しに行って、ついでに遅い昼食（兼早い夕食）をどこかでとろうと思いながら、窓の外はまだあまりにも暑そうで、でて行けば汗をかくに違いなく、稔はついまた読みかけの小説に手をのばしてしまう。

あと四年――。

乾燥機から取りだした洗濯物をたたみながら、さやかは考える。定年退職したら、どこか田舎に小さな家を買い、庭にたくさんの植物を植えて暮したい。この年齢まで働いて、チカはともかく自分には多少の蓄えがあるし、うんと田舎を選べば土地がきっと安いから（まあ、家自体は雨風がしのげればおんぼろでもがまんするとして）、買えないことはないはずだ。退職金に加えて年金もあるから、贅沢《ぜいたく》をしなければ暮していけるのではないだろうか。チカは、絶対に嫌だと言うだろうけれども。

四年――。一方で、さやかはその数字に怯《ひる》みもする。ほんとうに、あと四年で教員生活が過去になるのだろうか。幾つもの学校で教えてきたが、いま勤めている学校がいちばんながい。親子二代教えた生徒もいる。最近は若い教師に任せているが、すこし前までクラブの顧問や校外パトロールなどもひきうけていたので、授業以外の仕事も多く、学校が生活の中心だった。

「さやか、さやか。ちょっと来てごらんよ」

チカの声がした。

「早く、早く」

急《せ》かされながら居間に行くと、チカはベランダにいた。干した布団ごしに手すりから身をのりだしている。

「見えないんだけど、聞いて」

と言う。わけがわからないまま、さやかは耳を澄ました。澄ますまでもなく、あどけない、元気のいい女の子の声が聞こえた。

「いいよ！　やっぱりだめ！」

三歳か、四歳くらいだろうか。

「じゃあねえ、じゃあねえ、やっぱりいいよ」

かわいらしいが、周囲は住宅地なので、子供の遊ぶ声など珍しくない。チカが、なぜことさらに自分を呼んだのかわからなかった。声はさらに続く。

「せーの！　ぶっぶー、やり直しです」

「一人分なの」

チカが言った。

「一人分?」

「声が、一人分しか聞こえないの」

確かにそうだった。女の子一人の声だけがしている。

「一人で遊んでるっていうこと?」

チカはうなずく。

「犬とか猫とか、虫とかに話しかけてるんじゃない?」

さやかは言ったが、それにしては女の子の声に勢いがありすぎ、言葉のペースが速すぎる。

「はい、よーし。やっぱりだめ!　ぶっぶー」

「見たいんだけど、見えない。どこにいるんだろう」

チカは言い、ますます身をのりだす。

「やめて、落っこちるわよ」

女の子は「せーの!」を連発している。「いいよ」と「だめ」も。どんな遊びをしているにせよ、進展しない遊びのようだ。

「真下なんじゃないかしら」

さやかは呟《つぶや》く。敷地内に植えられた木々にさえぎられ、真下は見えないのだ。

「じゃあねえ、いいよ、はい、だめー」

黙々と——ではなく声をだしているのだが、でも、やっぱり黙々ととしか言いようのない熱心さで、一人で——遊ぶ子供の姿が目に浮かんだ。さやかはチカと共にそのあともしばらくベランダに立ち、見えない子供のあかるい声を聞いていた。

仕分け途中だった洗濯物の元に戻り、アイロン台をとりだしてひらく。交差した金属製の脚ががちゃんと音を立てた。木綿のブラウスやワンピース、タックの入った細身のパンツ。アイロンをかける必要のある衣類は自分のものばかりだった。チカはいつもTシャツにジーンズだからで、冬はそこにセーターとコートが加わる。スチームアイロンというものが苦手なさやかは、いまだに昔風の重たいアイロンを使っている。だからアイロンかけは重労働で、普段は極力使わないようにしているエアコンを、かけずには作業できない。

「アイロンをかけてる女の人を見ると、母親を思いだす」

とりこんだ布団を持って入ってきたチカが言い、どさりと音を立てて布団を畳の上に置く。

「自分だって女でしょうに」

さやかは笑った。

「そうだ、きょうもし店に来るんだったら早目に来てくれる？　大家につけとどけしとかないと」

さやかは首をかしげる。いい考えとは思えなかった。

「それより家賃を払った方がいいんじゃない？　払えないわけじゃないんだし」

「そりゃ払うけどさ、いいものを仕入れるにはお金がかかるのよ、とくにいまの時期は」

家賃は二人で半額ずつ払うという取り決めにしてあるので、さやかが勝手に払うわけにはいかないのだった。

「それにさ、あの人、うちの料理が好きなのよ。最近あんまり来ないけど、前は毎晩のように来てたじゃないの」

「それはそうだけど」

さやかは言い、りぼんつきのブラウスに霧吹きで水を吹きつける。ラヴェンダー水をつめてあるので、霧はひんやりした匂いがする。

「ああいう人には親切にしといた方がいいのよ。好意は買ってでもしろって言うでしょ」

「言いません」

国語教師であるさやかはきっぱりとこたえたが、チカが続けて、

「じゃあ、好意は人のためならず?」

と言うのを聞くと、ふきだしてしまった。

「よくそうぽんぽん出鱈目《でたらめ》を思いつくわね」

この人はほんとうに頭の回転が速い。そう思ったさやかは、たしなめるつもりが感心している自分に気づき、なんとなくだまされているような、釈然としない気持ちになった。


読書好きが遺伝するなどということがあるだろうか。デパートに来るのにも本を持って行くと言ってきかず、母親が買物をしているあいだじゅう階段に腰掛けて本を読んでいた娘を見ながら、渚は考えてしまう。娘とその父親は、一緒に暮したことすらないのに? 夏の外出着であるブルーのワンピースを着た娘の波十《はと》は、階段の端に坐り、完全に本に没頭しているらしく、すぐそば

を他の客が昇り降りしても気づくそぶりすらない。わずか八歳にしてすでに近眼の波十は、小さくて低い鼻の上に大きすぎるような眼鏡をのせており、それを見ると、渚はかわいそうな気がしてしまう。渚自身は、いまでも目がいい（男を見る目は一度狂ったわけだが、それももう過去のことだ）。

「お待ちどうさま」

娘の前に立って言った。ちらりと顔を上げた娘は、

「ちょっと待って」

と小さな声で言い、また本に目を落とした。渚はため息をつく。いつもこうなのだ。

「今度は波十のお買物の番よ。ママの化粧品も藤田くんの靴下も、食料品ももう買ったから」

娘の気持ちをひきたてようと、あかるい声音で渚は言った。

「かわいいお靴、買いに行きましょう」

波十は本から目を上げず、

「わかった。行く。行くからちょっと待って」

とこたえる。渚が子供のころ、デパートはわくわくする場所だった。自分のものを買ってもらえるとなったら、うれしくてじっとしていられないほどだった。波十はそうではないのだろうか。化粧品と食料品の袋が重い。それに、これ以上帰りが遅くなったら、電車が通勤ラッシュと重なってしまう。渚には理解できない。本など、あとでいくらでも読めるではないか。

「波十、いいかげんにして」

この苛立《いらだ》ちには憶えがあった。本を読んでいるとき、稔はそこにいるのにいない人のようになった（おまけに、彼はいつ、、も本を読んでいた）。稔とつきあっているあいだじゅう、渚は寒いように淋《さび》しかった。

波十は仕方なさそうに本を閉じ、立ちあがってお尻をはたく。

「行こう」

と言って渚の手をとった。紙袋ではなく、ビニール袋をさげている方の手を。渚はわずかに混乱する。外出先ではいつも娘と手をつなぐし、つないでやるのが母親の役目だとも思っている。でも、いま、この子は手をつないでくれなかっただろうか。たとえば老人に手を貸す大人みたいに？

「先にトイレに行っておきましょう」

ビニール袋を反対の手に持ち替え、障害物なしで改めて手をつないでやりながら、渚は言った。

「途中で行きたくなったら困るから」

このデパートのトイレは階段の踊り場にある。すくなくともそのことは、渚の子供のころと変らなかった。

男は喉を掻《か》き切られていた。四人掛けのコンパートメントの座席に一人きりで深く腰掛け、窓に頭をもたせかけた様子は、旅の途中で熟睡している人のようにしか見えない。けれど男のシャツもセーターも血を吸って色を暗く変えていた。ラースは恐怖に目を見ひらき、麻痺《まひ》したように立ちつくした。列車は、吹雪のなかを音もなく疾走している。震える手で、男のコートの内ポケットから財布をとりだす。運転免許証の名前は、エリック・ロベルトソンとなっていた。写真と顔を見比べ、本人であることを確認すると、ラースは財布を死体のポケットに戻そうとして、手を止めた。指紋が残ったりするだろうか。無論、指紋はついたはずだ。愛用している革手袋は、よりによっていま、ポケットにつっこんであるのだから。

申し訳ない。

ラースは胸の内で死体に詫《わ》び、財布を自分のコートのポケットに入れた。どっちみち、エリックにはもう金もクレジットカードも使うことができない。ゾーヤを見つけることも、ピアノを弾くことも、家族に会うこともできない。

コンパートメントの扉をすこしだけあけ、人がいないことを確かめてから通路にでた。

食堂車は空《す》いていた。まだ震えが収まらなかったが、笑顔で窓際の席に案内してくれたウェイトレスは、気づいていないようだった。ラースは赤ワインを注文した。

「他に何か？」

メニューをさしだされたが、礼を言って断った。自分の目にしたものが信じられなかった。喉を掻き切られた死体――。そんなものがおなじ列車に乗っていることを、ウェイトレスも、カウンターのなかの若いコックも、二組だけいる客――中年のカップルと、隅で新聞を読んでいる禿《は》げた男――も知らないのだ。自分も知らなければよかったと思った。知らずに、ただ窓外の景色を眺めていられるのだったら――。食堂車のなかは平和で、しぼりたてのオレンジジュースの匂いがした。けれど自分のコートのポケットには、エリックの財布が入っているのだ。

ワインが運ばれてしばらくしてようやく、ラースは殺人者がまだこの列車に乗っている可能性があることに思い至った。反射的に他の客を見る。禿げた男は依然として新聞を読んでおり、中年のカップルは一皿のパンケーキを分け合ってたべていた。もちろん、殺人者は途中駅のどこかで降りたかもしれない。あるいは喉を切ったのは発車前で、列車が動きだしたときにはもういなかったのかもしれない。あるいはあの禿げた男が犯人で、次はラースの喉を掻き切ろうとねらっているのかもしれない。

オスロに帰りたかった。アンナのいる、自分の家に。けれど列車はオスロとは逆の方向に向っている。ラースは、自分がもう元には戻れない気がした。たとえ無事にオスロへ帰れても、広告代理店に勤める真面目で平凡な一市民、愛人の存在を除けば概《おおむ》ねよき夫であり父親であったかつての自分の人生は、永遠に手の届かないものになってしまった。

「ええ、寝ていたと思います」

エリックの妻の言葉が耳奥によみがえる。

「そうでなかったら、一体どうしてその娘のために、家も仕事も放りだして姿を消したりできるんです?」

いなくなった夫の身を案じるというよりも、裏切られた悲しみに生気を奪われた顔をしていた。ラースはワインをのみほす。人はほんとうに死ぬのだ、と考える。こんなにもあっけなく。

北欧の列車にも、死をめぐる考察にも似つかわしくない音がしていて違和感があり、何だろう、と思ったらインターフォンが鳴っていた。稔は寝椅子から起きあがる。

「はい」

受話器をとって言うと、モニター画面に見憶えのある女性が映っていた。頭では現実を認識しているのだが、心は半分列車に乗っており、列車に乗っている方の稔の目には、主人公のラースでもなく殺された男でもなく、パンケーキをたべているカップルがなぜか焼きついていた。

「ハイツ・ドゥーエの庄野《しょうの》です。ごめんなさい、何度も鳴らしてしまって」

「いえ」

稔は短くこたえ、ロックを解除した。自分が本に指をはさんだままであることに気づき、左手の人さし指だけが、まだあの場所にいるのだと考えてみる。それでも、客が建物内に入り、守衛詰め所の前を通ってエレベーター・ホールに行き、三階まで昇ってくるまでのあいだに頭を切り替えた（本も、ちゃんと閉じてテーブルに置いた）。手紙を投函しに行こうと思っていたことを思いだす。

ドアをあけると、立っていたのはさやかさんだった。稔（と雀）の所有するアパートやマンションのひとつ――どれだったかは思いだせないが――に住む女性だ。

「こんにちは。寝てらしたんじゃないといいんですけど」

稔は戸惑った。まだ夜ではないはずだ。

「これ、よかったら召し上がってください。大家さんの好物だからって、チカが」

礼を言い、さしだされた紙袋を受け取った。戸棚をあけ、スリッパを取りだす。

「どうぞ、入ってください。起きていましたから、全然大丈夫です。僕、そんなに寝ぼけた顔をしてます?」

「いいえ、そんな」

消え入りそうな声で言う。さやかさんとチカさんは二人暮しだ。威勢がよくて物怖《ものお》じしないチカさんと違って、この女性が内気なことを稔は知っている。室内に招き入れるには、野良猫なみに手間がかかるということも。

「これ、中身は何ですか?」

先に立って、奥に入りながら訊いた。

「いつもすみません。でも、うれしいな。これで今夜の夕飯ができた」

さやかさんは入ってこない。玄関に戻ると、案の定まだそこに立っていた。

「スペイン風のオムレツと、夏セリのサラダと、茹でとうもろこしと、手羽先の唐揚げです」

教えられた言葉を暗唱する子供のような、生真面目な一本調子で言う。

「おいしそうだ」

稔はこたえ、どうぞ、と、スリッパを手で示して、もう一度促した。

「いいえ、もうここで失礼します。チカの料理をお届けにあがっただけですから」

お客様を玄関先で帰したりしてはいけない(ただし、訪問販売員と宗教の勧誘は別)というのが、死んだ母親の教えだった。いつ誰が来てもいいように、家のなかはいつもきちんとしておきなさいというのも（だから稔は整理整頓を心掛けているし、清掃代行業者にも、二週に一度来てもらっている）。

「急いでいらっしゃるんですか」

尋ねると、さやかさんは小声で、

「いいえ」

とこたえ、

「でも、ここで失礼します」

と、やはり小声ながら、きっぱりくり返した。おそらく長いのだろうと思われる髪を後頭部でまとめ、紫陽花《あじさい》のプリントされたワンピースを着ている。稔よりだいぶ上の年齢に見えるが、同時に奇妙に少女じみてもいる。

「わかりました。じゃあ、せめて手を洗って行ってください」

これも母親の教えだった。埃《ほこり》っぽい外を歩いて、冬なら寒いなかを、夏なら暑いなかを、いらしたお客様が急いで帰られるときは、手だけでも洗っていただきなさい。昔はお風呂をさしあげたものよ、ママが子供のころにはね。でも、手を洗うだけでもとてもさっぱりするものよ。

しかし、さやかさんは驚いたように首を振り、会釈をすると、帰って行った。

4

料理はまだ温かかった。それぞれふさわしいと思われる皿に盛ってならべると、テーブルがちょっとした店のカウンターのようになった。まあ、ちょっとした店のカウンターから来た品々なのだから、当然といえば当然なのだったが。稔は冷蔵庫から缶ビールをだしかけて止《や》め、赤ワインをあけることにする。ラースが、列車のなかでそれをのんでいたことを思いだしたからだ。親切な店子《たなこ》のチカさんとさやかさんに感謝しながら、稔はまずとうもろこしを、次にサラダをたべた。すこし考え、手羽先にはラップをかけておき、オムレツを一口サイズに切り分ける。爪楊枝《つまようじ》をさし、その皿とワイングラスを持って寝椅子に移動した。読書の続きにとりかかる。

ともかく次の駅で降りなくてはならない。ゾーヤの妹とは会えなくなるが、このままここに坐っているのは恐ろしすぎる。すぐそばに殺人者がいるかもしれないのだし、そうでなくても、いまにも列車は急停車し、警官が大勢乗ってくるだろう。財布——。ラースはポケットのふくらみを手で押さえる。どうしてこんなものを持ってきてしまったのだろう。もしこれが見つかれば、殺人の疑いをかけられてしまう。全身からいやな汗がふきだし、けれどこれは車内が暑いせいでもあると、ふいに気がつく。外は吹雪でも列車内は暖房が効いていて、ウェイトレスの制服は半袖だ。こんな場所でコートを着ていれば、へんに思われるだろう。ラースは急いでコートを脱いだ。

しかし――。騒ぎは一向に持ち上がらない。カップルはパンケーキをたべ終えて、すこし前にでて行ったし、新聞を読んでいた男の席には、いつのまにか女性が二人坐っている。どちらも紅茶とビスケットを前にして、優雅な列車旅をたのしんでいるようだ。

すぐそこで人が死んでいるのに、誰も気づかないなどということがあるだろうか。検札は？車掌は何をしている？みんなこんなに落着き払って、どうかしているんじゃないのか？ラースは、自分が汗をかいていると同時に震えてもいることに気づく。それとも、どうかしているのは自分の方だろうか。ひょっとすると、死体などどこにもないのではないだろうか。さっき目にしたと思ったものは、自分の想像の産物だったのでは？隣に置いたコートにおそるおそる触れると、厚ぼったいウールの布地ごしに、けれどそれは確かにそこにあるのだった。

「おかわりは？」

尋ねられ、顔を上げるとにこやかなウェイトレスと目が合った。若く、肉づきがよく、頬が赤い。

「ありがとう。もらうよ」

そうこたえたのは、あのコンパートメントに戻るわけにはいかないからだ。しかしその十五分後、列車が次の駅に停《とま》り、他の乗客もそこから大勢乗り降りするのだからと、半ば破れかぶれな気持ちでそちら側の通路にでると、コンパートメントは空っぽで、死体は忽然と消えていた。

見知らぬ駅のプラットフォームに立ち、ラースは茫然《ぼうぜん》とする。オスロを発《た》ってからというもの、思いがけないことが立て続けに起きた。ニーベリからはエリックという男の存在と失踪を知らされ、エリックの妻からは、夫がゾーヤと愛人関係にあったのだと思うと聞かされた。もしゾーヤの妹だという女性からの電話がかかってこなければ、ラースはあのままオスロにひき返していたはずだ。年寄り専門の妖婦に心を奪われた、愚かな自分を哀れみながら。

「聞いてください。お願い」

ゾーヤの妹の声が甦《よみがえ》る。ぞくりとするほどゾーヤによく似た声だった。

「エリックと姉が愛人関係だったなんて、絶対にあり得ません」

切実な、悲愴《ひそう》で必死な口吻《こうふん》だった。それとも、あのとき切実に、悲愴に、必死にそれを信じたかったのはラースの方だったのだろうか。ゾーヤが破廉恥な妖婦だとは認めたくないあまりに、彼女を信じ、一も二もなく切符を買って、指定された列車に乗ってしまった。死体と出くわすことになるとは夢にも思わずに。

稔はため息をつく。年寄り専門の妖婦？　ゾーヤがそんなものであるはずはないと、読者としても信じたかった。ワインは半分方あいている。例によって部屋のなかを冷やしすぎていることに気づき、エアコンをいったん切った。

ただいま電話が大変混み合っております。恐れ入りますが後ほどおかけ直しいただくか、インターネットによるお申し込みをご利用ください。

録音されたメッセージを二度聞いて、淳子は頭に血がのぼってしまう。まただ。ここ三日間、何度も電話をかけているのに、決って「大変混み合って」いて、つながらない。「後ほど」というのは一体何分後、何時間後のことなのだろう。番号を書いた紙を持ち歩こうかと考えないわけでもないのだが、いったん会社にでてしまったら、家庭用粗大ゴミ回収センターへの電話というのはやはりかけにくい。バツイチのシングルマザーで職業婦人（大手の出版社で女性誌の編集長をしている）でもある淳子には、仕事以外の雑用に割ける時間が限られている。そして、仕事以外の雑用というのはきりもなく発生し、片づけても片づけても減らないのだ。家のなかをあちこち掃除したい（のに、十分にはできたためしがない）のはいつものこととして、たとえばきょうの場合、銀行に行かなくてはならないし、ヒールが壊れて修理にだす必要のある靴が二足ある。今度の海外出張に持っていく手土産を、どこかで見つくろって買わなくてはいけない。ほんとうはネイルサロンにも行きたいのだが、時間がないのでそれは先にのばすとしても、マッサージにはそろそろ行っておかないと身体がもたない。夕方、顔をださなくてはならない個展のオープニングがあるから、行くとすればそのあとで、でも、そうなると、招待されている新しいレストランのパーティは欠席することになる。そして、そんなことよりまず粗大ゴミ――。淳子は、リビングの隅に固めて置いてある犬用ケージとキャリーバッグと古毛布、モップ型掃除機を眺める。スコッチテリアのニッキが死んだのは三年前で、なんとなく捨てられずにいたそれらのニッキ用品および掃除機（形が洒落《しゃれ》ているのでつい買ってしまったのだが、まるで実用的でなかった）は、邪魔なことはもちろんずっと邪魔だったわけだし、処分しようと決めたいまでは、ただのゴミにしか見えない。一刻も早くリビングから追放したいのに、いくらかけても役所に電話が通じないのだった。

「ねえ光輝《こうき》」

台所にいる息子に声をかける。

「インターネットで粗大ゴミの申し込みをしてくれない？」

おもねるような口調になった。淳子はインターネットが不得手なのだ。

「いいよ。いつ？」

息子はあっさりとこたえる。

「だってね、電話が全然通じないの。きのうもおとといもかけたし、いまだってかけたのに。失礼しちゃうわよ、まったく」

息子はそれには返事をしなかった。淳子の焼いたフレンチトーストを、不器用に切り分けながら口に運んでいる。

「通じるまで、もっと何度もかければいいのかもしれないけれど、でも会社からそういう電話はほら、ちょっとかけにくいじゃない？」

「あのさ」

ぼんやりした顔――この子はいつだってぼんやりした顔をしているのだ、と淳子は思う。子供のころは、もっといきいきした顔をしていたのに――で、息子は言う。

「いいよって、もう言っただろ？　言い訳する必要なんてないよ」

淳子は戸惑い、どういうわけかひどく恥入る。言い訳？　私はいま言い訳をしたのだろうか。

「で、いつ申し込めばいいの？」

いますぐ、とこたえた。ほかにどうこたえればいいのかわからなかった。いつでも？　あとで？　それとも、それこそ「後ほど」だろうか。光輝は牛乳をのみ干すと、すぐそばに置いてあったスマートフォンを手にとる。フレンチトーストはたべかけのままで。

それは簡単なことだった。というか、簡単そうに見えることだった。息子は指先を自在に動かし――操作のスピードが速すぎて、やり方を覚えようにも淳子にはまるで覚えられない――、ときどき思いだしたようにフレンチトーストの残りも片づけながら、ものの数分で申し込みを完了した。回収は来週の水曜日、朝八時までに門の外にだしておくこと、処分するものの一つずつに、三百円の粗大ゴミ処理券（B券）をコンビニで買って貼ること、受付番号は一八五で、処理券の氏名欄には氏名ではなく回収日と受付番号を書くこと、と教えてくれる。

「すごいわ、光輝。ほんとにすごい」

淳子は感激し、椅子に坐っている息子の背中に抱きつくというよりおおいかぶさる。小さい頃からスキンシップたっぷりに育ててきたせいか、こういうことをしても息子は文句を言わない。

感心だと淳子は思う。

「ありがとう。たすかっちゃった」

実際、光輝はよくできた息子だった。年齢と共に無口にはなったが、とりたてて反抗期と呼べるような時期はなく、旅行にも映画にもコンサートにも、誘えばいまでも母親と一緒にでかけてくれる。授業にはごくまじめに出席し、夜は大抵家にいる。大学生の本分は遊ぶこと、などとうそぶいていた——そしてその本分を尽くした——淳子自身の学生時代とは雲泥の差だ。なんていい子に育ってくれたことだろう。出勤のための身仕度を整えながら、淳子はしみじみそう思い、でも、そういう息子を持てた幸運は幸運として、息子がいなければ粗大ゴミもだせなかったという事実はどうなんだろうとも思う。為《な》せば成るの女であったし、いまもそうあるはずの、この自分が。

階下におりると、リビングのサッシ窓ごしに、庭木の葉が日に焙《あぶ》られて白っぽく乾いているのが見えた。きょうも暑くなりそうだ。

「時間があったら庭に水を撒《ま》いといてね」

修理にだすべき靴を二足、手提げ袋に入れながら言った。

「わかった」

のっそりと玄関にでてきた息子がこたえる。

「行ってらっしゃい」

と、ぼんやりした顔で。

関わるべきではない、と本能が告げていた。エリックが行方不明になったいまとなってはなおさら——。トビアス・ニーベリは雪の積もった裏庭にでて、白い息を吐きながら、立ったままコーヒーをのんだ。空気のひきしまった晴れた朝で、積もった雪の表面が、砂糖のようにきらめいている。関わるべきではない、と、ニーベリはもう一度自分に言い聞かせる。エリックの妻は、捜索願いこそだしたものの、夫がゾーヤと駆け落ちしたのだと考えており、警察には、それを疑う理由もない。それならばそれでいいではないか。老いらくの恋、エリックがゾーヤにのぼせたのだとしても、自分には関係がない。

しかし——。ゾーヤが失踪したと知ったときのエリックの狼狽《ろうばい》ぶりは、とても演技とは思えなかった。計画的に時間差をつくって姿を消したのだとは、どうしても信じられない。第一、支配人の話によれば、店を辞めると告げに来たとき、ゾーヤは若い男と一緒だったのだ。守るようにゾーヤの背中に腕をまわし、ぴったりくっついて立ったまま、男は一言も喋《しゃべ》らなかったという。

台所に戻り、マグカップを洗った。妻がでて行って以来、台所は清潔に保たれている。

「あなたの潔癖性は異常よ」

たった二年しか続かなかった結婚生活のあいだに、一体何度そう言われたことだろう。自分でもわかっていたが、清潔さへの指向はどうしようもないのだ。保守的で小心（これらも、かつての妻が激怒したときの表現だ）な性格も。

エリックもゾーヤも、ニーベリを好きだと明言してくれていた。ニーベリ自身は二人をとくに好きだと思ったことがないにもかかわらずだ。妻に去られたことを告げたあとで、二人が自分のためにひらいてくれたパーティをニーベリは憶えている。場所は、何とこの家だった。率直に言って迷惑だったが、やめてくれと頼んでもゾーヤは聞く耳を持たず、エリックと一緒に押しかけてきた。酒と食料を携えてやってきて、この家から前妻の亡霊を追い払うのだと宣言した。あの夜、まさにいま自分が立っているこの台所を汚し放題汚しながら珍妙な料理を作ったり、「トビアスに」と言って古くさいトーチソングを色気と茶目っ気たっぷりに――ときどき客にするように、ニーベリの肩や頰に触れながら――歌ってみせたりするゾーヤを、愉《たの》しそうにエリックは眺めていた。愉しそうに、満足気に。あの二人が男女の関係だとは、ニーベリには思えなかった。あり得ない。

迷ったが、結局モーナに電話をかけることにした。番号の書かれたメモは、冷蔵庫にマグネットでとめてある。ゾーヤについて、何かわかったらすぐ連絡してほしい。そう言われているのだから、ラースという男が訪ねてきたことを、彼女には話しておくべきだろう。大した助けにはならないかもしれないが、何もしないよりましだ。発信音が

人の気配を感じ、茜《あかね》はぱたんと本を閉じる。

「いらっしゃいませ」

努めて平板な声をだす。どこかのファストフード店じゃないんだから、無闇に元気な声や口調は必要ないの、と社長（の一人）に言われているからだが、やってみると、これがなかなか難しいのだ。客が来れば嬉《うれ》しいので――それに、感じよくふるまおうと思うせいで――つい声が不自然に弾んでしまう。社長（の一人）に言わせると、でもそれは「軽薄な印象を与える」のだそう

だ。かといって静かに発音すれば、「それじゃ聞こえないわ」と言われるのだし、低い声ではっきり発音しようとすれば、「不機嫌はだめ」と一蹴《いっしゅう》される。そっちの社長は滅多に店に顔をださず、もう一人の社長はやさしいからいいのだが、それでもここにいるあいだ、「無闇に元気」ではない声をだそうと、茜は真面目に心掛けている。

「はちみつソフト一つください」

客はサラリーマン風の男性だった（ソフトクリーム専門店というのは女性と子供相手の商売だろうと思っていたが、予想に反して男性客が多いことを、この一年で茜は知った）。

「かしこまりました」

と、これも社長（の一人）に教わったとおりにこたえる。はちみつソフト一つですね？　と鸚《おう》鵡《む》返しにすることは厳禁だと言い渡されている。筒のなかに重なっているコーンを一つはずし、サーバーの下にあてがう。コーンの底までちゃんとクリームが入るように、まっすぐ。そしてレバーを引く。機械に入れるときには冷えてもいない液体なのに、それがこんなふうに完璧なやわらかさと冷たさに固まって出現することに、茜は何度でも軽く驚く。

今年からメニューに加わったはちみつソフトが、この店の一番人気だ。二番目がバニラで、三番目がバニラとチョコのミックス。社長（こわくない方）の好きなストロベリーは、去年も今年もほとんどでない。

「こんにちは」

稔くんに言い、波十は母親とつないでいた手を離して靴を脱ぎ、さっさと室内に入る。

「ちょっとおじゃましてもいい？　話があるの」

いつもは波十を玄関まで送り届けてすぐに帰る母親が、うしろでそう言っているのが聞こえた。

波十は構わず自分の部屋に直行する。自分の部屋だと波十が思っている部屋に。そこには六段のチェストがあって、なかにクレヨンとか画用紙とかぬいぐるみとか、しゃぼん玉セットとかが入っている。波十が持ち込んだものもあるが、ほとんどは稔くんが波十のために買ってくれたものだ。もっと小さかったころには、波十用の椅子もあった。青いレールをつなぐと部屋の半分もの大きさになる、電車の玩具《おもちゃ》も。

鞄をおろし、なかから本をだして読み始めると、稔くんがやってきて、

「ちょっと待っててね」

と言った。

「きみのママと、話すことがあるから」

と。

波十はこたえる。待つのは全然いやじゃない。このマンションは、波十にとってもう一つの家のようなものだ。住んだことはないけれど、前には母親と一緒にしょっちゅう泊りに来ていた。

「わかった」

昔は、と波十は思う。昔は、波十の父親は稔くんだけだった。

チェストの隣に置いてある、玩具のピアノを波十は鳴らしてみる。本物のピアノと違って小さ

い音しかでないし、木製の鍵盤の沈む、ことんという音の方が目立つ。このピアノと一緒に写っている写真を波十は見たことがあるが、写真のなかの自分はただの赤ん坊で、だからもちろんそのころのことを憶えてはいない。大昔だ。

チェストを一段ずつあけて懐かしい中身を点検し、読書に戻ると今度は母親が戸口から顔をだした。

「じゃあママ帰るけど、いい子にしてね」

稔くんとの話し合いは、あっというまに終ったようだ。波十は立ちあがり、母親を玄関まで見送りに行く。

「じゃあね」

波十のほっぺたをはさむ母親の手のひらは冷たい。白い、細い薬指には結婚指輪がはまっている。

「きょうは何する？　どこに行く？」

ドアが閉まると、波十は言った。

「また、ずーっと本を読んでるのでもいいけど」

と。稔くんは棒みたいにつっ立って、閉まったドアをじっと見ている。母親に何かいやなことを言われたか、母親が帰ってしまって淋しいかのどちらかだろうと波十は推測した。

「ねえ」

「お？」

ふり向いた稔くんはへんな声をだした。それからゆっくり笑顔になり、

「まず昼ごはんをたべよう。それがすんだらでかけてもいいし、でかけなくてもいいけれど、夕方になったら雀に挨拶《あいさつ》しよう」

と言った。

「わかった」

波十はうなずく。

「でものどが渇いたから、その前にカルピスのんでもいい?」

この家にいつもそれがあることを、波十は知っている。

5

姉の写真がドイツで賞を獲《と》ったとき、それを記念するつもりで姉弟でソフトクリーム屋をオープンさせた。受賞祝いに姉に何か贈るという発想は稔にはなく、というより、まるで自分が受賞したかのように驚き、興奮してしまって、「どうしようか。どうしたらいい?」とうろたえながら姉に問い、姉は姉でよくわからない鷹揚《おうよう》さを見せて、「どうとでも、あんたの好きなようにしなさい」などとこたえたものだから、稔としては、ともかく自分たちの喜びをささやかに、人の

役に立つ形で、さらに言えばぜひともばかばかしい形で、記念したいと思ったのだった。昔から、雀も自分もばかばかしいものに目がないのだから。

何日も考えて、ソフトクリーム屋こそそれにふさわしいと思った。雀も、とてもいい考えだと認めた。店の名前は「シュプレーパーク」で、それは雀が好んで被写体にした、ベルリンの公園に由来している。公園といっても、写真で見る限りかなり寂れた物悲しい場所で、雀の説明によれば、経営破綻で廃園となった、東独時代の遊園地の跡地なのだそうだ。名前のせいではないだろうが、ソフトクリーム屋も、三年前のオープン以来ずっと経営難が続いている。まあ、そもそも利益目的の店ではないし、大竹に言わせれば〝道楽〟なのだから、それはそれでいい。娘と手をつないで住宅地を二十五分歩き、雀が内装に凝った小さな店に入って稔は思う。

「いらっしゃいませ」

従業員の平板な声は、

「わあ、波十ちゃん、いらっしゃい」

という、次のひとことで一気にあかるく跳ね上がった。従業員の木村茜は、稔とよりも波十との方が年齢が近い。

「暑いね」

挨拶代りに稔は言って、二つあるテーブル席のうちの一つに腰をおろした。深茶色をした木製のカウンター、天井でゆっくり回る扇風機、アイスブルーの壁には、雀の撮った写真の他に、一九三〇年代から六〇年代までの、アイスクリームにまつわるポスターが飾られている。

オープン当初から店に出入りしている波十は、慣れた様子でカウンターの前に立ち（カウンターは立食用で、椅子がないのだ）、茜がスツールを——特別に——だしてくれるのを待っている。

「波十ちゃん、髪が伸びたね」

「うん」

「もう夏休み？」

「うん」

「いいなあ、夏休み。どこか行くの？」

子供にあれこれ話しかけることの苦手な稔は、苦もなくそれをやってのける茜にいつも感心する。

「どうかな、わからない。このあいだ、デパートに行ったけど」

「そのシャツ、そのときに買ってもらったの？」

「ちがう。これは前から持ってる」

「そうなんだ。かわいいね、マリンで」

どれにする？　会話の合間に茜は訊き、バニラ、と波十がこたえる。

「社長も召し上がりますか？」

稔はストロベリーをもらうとこたえた。

「マリンって？」

「海っぽいお洋服のこと。いま波十ちゃんが着てるみたいなしましまとか」

娘はそこでくすくす笑った。何が可笑《おか》しかったのか、稔には見当がつかない。白い大きいソフトクリームを受け取ると、波十はスツールをおり、稔の正面に来て坐った。まるで、お喋りに熱中して子供をほったらかしにしてしまったことを、急に思いだした母親みたいに。

渚の「話」は重大だった。重大すぎて、稔にはとても承服しかねた。渚と入籍はしていないものの、自分は波十の父親であり、もちろん認知もしている。だから養育費を払う義務があるはずだ。それなのに渚は、もう要らないと言った。いままでありがとう、でももう必要ないの、と。彼女の結婚相手がそう望んでいるそうなのだった。自分の妻と娘を、自分の収入だけで養うことを。「ごく普通の家族がみんなそうしているように」して暮したいのだと渚は言った。「あなたから波十を取りあげようっていうんじゃないの、波十はこれからもあなたの娘なんだし、これまでどおり会ってくれていいの」と。稔にはわからない。なぜ受け取ってくれないのだろう。あって困るものではないのだし、これまでどおりに受け取りながらでも、「ごく普通の家族がみんなそうしているように」して、暮すことは可能なはずだ。これまで、稔には養育費を払う義務があった。ということは、払う権利もあるのではないだろうか。それとも、そんな権利はないのだろうか(これについては大竹に相談してみるつもりだし、渚にもそう言って、返事を保留にしておいた)。

いま、目の前に坐った波十は、ほとんど顔そのものとおなじだけの高さのあるソフトクリームを、律儀にてっぺんからすこしずつ、舐《な》めるのではなくかじるようにしてたべている。上唇の上を白くして。波十との関係が希薄になるようで淋しかった。実の娘の養育に関われないというのは理不尽な気がする。稔はそもそものはじめから、渚のためであれ波十のためであれ、結婚以外なら何でもするつもりでいたし、いまもいるというのに。

ガゴガゴガゴ、と大きな音がして、茜がエスプレッソを淹れているのがわかった。同時に香ばしい匂いが漂ってくる。

「大丈夫？」

波十が訊いた。

「うん？」

意味がわからなかったので訊き返したが、波十はそれ以上何も言わず、眼鏡の奥の大きな目で、稔をじっと見つめる。テーブルにエスプレッソが置かれ、薄ピンク色のソフトクリームも差しだされた。

「ありがとう」

受けとって、すぐに一口大きくたべた。舌にわずかにざらりとした感触の伝わる、昔風の――雀と稔の好きな――味だ。

「そうそう、このあいだ社長が言ってた本、読み始めました」

「本？」

「はい。北欧のミステリー」

「ああ。どこまで読んだ？」

ソフトクリームは、いったん手にしたら倦《う》まず弛《たゆ》まずたべ進めなくてはならない。それは雀と稔とのあいだの不文律だ。だからせっせとたべながら訊いた。

「まだはじめの方です。サックス奏者、何ていう名前でしたっけ、彼がゾーヤの妹に電話して、主人公がピアニストの妻に会いに行くところまでかな」

では茜はまだ知らないのだと稔は思う。そのあとで、ゾーヤの妹がラースに電話をすることも、彼女の指示で、列車に乗ったラースが死体を発見することも――。言ってしまいたい衝動に、ふいに稔は駆られた。無論言いはしないし、言いたいと思う理由もないのだが、それでも胸がもやもやし、口がうずうずする。そして、自分でも早く続きを読みたいと思った。この場所からも渚の「話」からも遠く離れた、あの場所に戻りたい。

「たれてきた」

波十が言い、見ると乳白色の液体が、幾筋もコーンを伝い落ちている。テーブルに立ててある紙ナプキンを、稔は抜いて差しだす。小走りでカウンターに戻った茜が、濡れタオルを持ってきた。こんなふうに、手をべたべたにしなければソフトクリームがたべられなかったころが自分にもあったことを、稔は憶えている。しかし、いつから手や顔や服を汚さずにたべられるようになったのかは思いだせなかった。


目が覚めたのは八時で、もう部屋に日が降りそそいでいた。朝だけ日あたりがいいのだ、この古いアパートの二階にある一室は。服を着たまま寝ていたことに気づき、雀は顔をしかめる。いまのところ頭痛はないが、全身からジンの匂いがしていた。あきらかにのみすぎたようだ。窓をあけ、テレビをつけて、シャワーを浴びる。雀はテレビが嫌いだが、毎朝一時間はつけておくことにしている。そうやってニュースや天気予報に接することが、ごく普通のやり方らしいからだ。昔から、雀には普通という概念がよくのみこめない。だから見よう見まねでやるしかないのだ。

髪も身体も両方洗えるという液体石鹸《せっけん》を使って、全身手早く洗い流しながら、けれどジンの匂いは身体の外側ではなく内側から漂っているに違いなく、だとすれば、いくら外側をこすったところで徒労ではないのかという気がどこかでしてしまう。

ゆうべの記憶は途中までしかなかった。パトリチアと夕食にでかけ、そのあとでクロイツベルクのジャズクラブに行ったらシグルドがいて、新しい彼女を紹介したいからもう一軒行こうと言われて、パトリチアと別れてべつな店に行って、そこはジンの種類が豊富で、店員の名がティムだったことは憶えているが——というのも、写真学校時代に知り合った友人の、弟とおなじ名前だったからだ——、憶えているのはそこまでだった。シグルドの新しい彼女という人がやってきたのだったかやってこなかったのだったか、やってきたのだとしたらどんな女性だったのか、雀はまったく憶えていない。

まあ、いいか。雀は思う。忘れてしまったものは仕方がないし、こうして自分のアパートに、無事に帰りついているのだから。それよりもあと一時間ちょっとでスカイプの時間だ。姪の波十と話せる。雀にとって、それは自分でも思いがけないくらい、純然たる喜びだった。

もともと、子供を恐れる気持ちが雀にはあった。たぶん、自分が周囲に批判的な、いやな子供だったからだろう。子供にじっと見られると、批判されているような気がしてしまう。単純に、どう接していいのかわからないというのもあった。弟に子供ができたと知ったとき、諸手《もろて》をあげて喜んだとは、だからとても言えない。実際、かなり複雑な気持ちがした。弟は、当時すでに四十代になっていたし、自分も弟も、子供を持つことはないのだろうと、なんとなく過信して（というのはおかしいだろうか。諦めて？）いたからだ。そして、しかし、その一切はたわごとだった。生れてきた姪は、生きものとして真新しく、何のしがらみも責任も本人は負っておらず、ただ清潔な小さな存在で、かわいらしかった。自分たちの生きない時代を生きる生きもの——。まるで、孫にやにさがる婆《ばあ》さんみたいだと、雀は自分で自分を思う。今朝の場合、孫にやにさがる、ジン漬けの婆さんだ。

清潔な衣類に着替えて、稔からの連絡を待つ。待ちながら、朝食として炒《いた》めるつもりの乾燥ひじき——帰国するたびに大量に買ってくる——を一つかみ、水に入れて戻した。

波十は、いつも最初から画面に現れる。そこに陣取っているのだろう。つながると、瞬時に顔を輝かせ、「雀ちゃん!」とあどけない声をあげるのだが、雀は、その前の波十の表情を見たいので、おなじように画面の前に陣取って、見逃すまいと、息を詰めて待つ。その表情——緊張した、不安そうな——を見られるかどうかは五分五分で、スカイプがつながったことにいつ波十が気づくかによった。子供の笑顔はもちろん可憐《かれん》だ。可憐だが、その前の、緊張していて心細げな表情の方がもっと、雀を惹《ひ》きつけるのだった。

着信を知らせるブザーが鳴り、現れた波十はすでに笑顔だった。

「雀ちゃん、おはよう」

と、元気よく言う。こちらが朝だということを、稔が教えたのだろう。

「こんにちは。顔が見られて嬉しいわ」

雀が言うと、波十は照れくさそうに微笑《ほほえ》んで、「私も」とこたえた。

「やあ、雀」

稔が顔を割り込ませる。うしろから波十の肩を抱き、

「この女の子はプールで六級を取ったんだよ」

と言う。

「泳げるようになったっていうこと？」

尋ねると、波十は困った顔をした。

「それももうすぐだよ」

波十ではなく稔がこたえる。

「目をつぶったまま、身体をのばして浮くことができるのが六級なんだって」

「じゃあ五級は何をするの？」

尋ねると、今度は稔が困った顔をした。

「それは訊かなかった」

「目をあけて、バタ足をして前に進むの」

波十が言った。四級から一級までについても訊いてみたあとで（波十は五級までしか理解して

いないようだった。その先のこともこたえはしたが、いかにも曖昧というか、いいかげんな説明だった)、〝やじろべえ〟をして遊んだ。これは波十が考案して雀が名前をつけた遊びで、画面をはさんで二人ともが片足で立ち、両腕を水平にひろげて、どちらが長くそのままでいられるか、稔をレフェリーにして競う。たいてい雀が勝つのだが、それは、波十が途中で——場合によっては最初から——笑いだしてしまうからだ。きょうもそうだった。笑いだした波十はあえなくうずくまり、うずくまったあともまだ笑い続ける。

慣例となった質疑応答——いちばん最近たべたごはんは何だった? いま読んでいる本は何? 体重は何キロになった? 最近腹が立ったことは何? きょう、このあと何をする予定?——が済むと三十分近くたっていた。

「雀ちゃん、今度はいつ日本に来るの?」

帰るの、ではなく、来るの、と訊くのは波十だけだ。いまの雀を雀ちゃんと呼ぶのも。

「近いうち」

帰国の予定はとくに立てていないのだが、いつものように雀はこたえた。近いうちっていつ、と、礼儀正しい波十は決して尋ねない。

「待っててね」

雀の言葉に、

「わかった」

と生真面目な顔でうなずくだけだ。

「じゃあ、また連絡する」

稔が横から顔をだして言い、最後は波十と、「いち、にの、さん」で回線を切った。

バス停から自宅まで、街灯に照らされた道を歩きながら、大竹道郎は憂鬱だった。歯医者に行ったのは、左下の奥歯が痛んだからだ。いや、痛んだというほどのことですらなかった。つめたいものがちょっとしみただけだ。しみた痛みがなかなか消えなかったのは事実だが、耐えられないほどではなかったし、前にもおなじようなことはあり、放っておいたら自然に治まった。だから今度も放っておけば、たぶん治まったはずだ。でも歯医者に行ってしまった。妻のヤミにすすめられた歯医者で、そこの老医師は「絶対信頼できる凄腕《すごうで》」なのだそうだった。しかし、現れたのはその医師の娘だという女医で、レントゲンの他に普通のカメラで口のなかの写真をたくさん撮り（その際、プラスティックの器具で口をずっと両端からひっぱられていたので、自分が見るもおぞましい面相になっているだろうことがわかった）、大竹の歯の磨き方のまずさや喫煙習慣についてひとしきり苦言を呈したあと、半ばあきれた口調で、

「これは、前歯を矯正した方がいいですね」

と言ったのだった。大竹は驚愕《きょうがく》した。歯列矯正だって？　大竹の考えでは、それはせいぜい高校生くらいまでの子供――それも、おもに女の子――のするものであり、事実、中学校にはおなじ学年のなかに何人か、前歯に銀色のつぶつぶと針金をつけた女子がいた。あれじゃあキスをする気もおきねえな、と、大竹たち悪童は、キスをした経験もないくせに陰口をたたいたものだっ

た。その歯列矯正が、この年になって、まさか我が身にふりかかろうとは！

ヤミに頼まれていた牛乳とゴミ袋を買いにコンビニに立ち寄り、ついでに週刊誌と缶コーヒーも買う。近所の、しょっちゅう立ち寄っているコンビニなのに、いつもとは違う心持ちがした。ここにいる店員も客も、これから歯列矯正をする羽目になど陥っていないはずで、従って、それについて真面目に考えたこともないのだろう。考えずにすむことを幸運とも思わずに。

昼間、歯科医の治療椅子の上で、大竹は抵抗を試みた。左下の奥歯さえ治してもらえればいいのであって、歯並びの悪さなど自分はいまさら気にしていない、第一、自分のような年齢になった者の歯が、若い子たちのそれのように素直に動くとは思えない――。しかし、それらはことごとく覆された。左下の奥歯などすぐに治療できる、それよりも問題は前歯であって、噛《か》み合せが悪いために下の歯に余分な圧がかかり、歯周ポケットが一か所だけ深度六になっている、他は二か三なのに、そこだけ六、これは大変困った状態であり、この場合の歯列矯正は外見のためではは全然ない、だから本人が気にしていようといまいと関係ないし、大竹の年齢であっても歯は十分に動くから心配ない――。

家にあかりが灯《とも》っているのを見ると、すこしだけ心がなぐさめられた。あのなかにはヤミがいるのだ。ふと、のぞいてみたくなった。駅から電話をかけたときには、DVDを観ているのだと言っていた。ということはリビングにいるはずだ。大竹は玄関扉をあけずに庭にまわった。ヤミが様々な花や香草を植え、クリスマスにはツリーを立てたりもして、たのしんでいる庭だ。網戸になっていることを期待していたのだが、今夜はエアコンをかけているらしく、ガラス戸は閉まっていた。鍵もかかっている。カーテンごしにも室内のあかりがふんだんにおもてにこぼれ、DVD映画のものと思われる音も聞こえた。すぐそこにヤミがいるのに——。そう思うとやるせなかった。玄関から入って会うのではなく、一人でいるときのヤミの姿を一目見たい。その気持ちはいまやおさえがたくなっており、大竹は重い鞄をそこに置き、足音をしのばせて家の横手にまわった。横手に、リビングの出窓があるのだ。ブロック塀と家の壁の隙間を、横歩きで無理矢理進む。土も夜気も湿っぽく、暗くて足元がよく見えない。小さく聞こえる映画の音声よりも、夜なのに鳴いているセミの声の方が大きい。エアコンの室外機をよけるようにして、ブロック塀に這いあがって尻をのせ、手をのばしたが、無情にもその窓も鍵が閉まっていた。大竹は心で悶絶《もんぜつ》した。そうしたところで室内の気配が伝わってくるわけもないのに、両手を窓ガラスにべたりとつける。そして、そんな自分のふるまいが、突然滑稽なものに思えた。一体何をしているのだろう。夜に、自分の家の外でこそこそと、変態みたいに。

狭いので、注意深くずるりとブロック塀からおりる。これではずぼんの生地を傷めてしまう、と思ったときにはすでに遅く、ざぎっというい やな音がして、夏用スーツの薄い生地が破れた。

6

本人でないことは明白なのに、何度でもつい目が吸い寄せられ、ラースはモーナを見てしまう。ゾーヤより幾分ふっくらしているが、肌の白さも栗《くり》色の髪も、すんなりと細い指先もそっくりだ。ゾーヤの商売道具でもあるハスキーな声まで。

「似てるでしょう？」

ラースの気持ちを読んだかのように、モーナは言い、テーブルにコーヒーを置いた。

「お砂糖とミルクも入ってるわ。この台所では、コーヒーといえばこれなの。もしブラックがお好みだったのなら、ごめんなさい」

「いや、これで構わないよ」

厚手のマグカップには、漫画っぽい猫の絵がついていた。

「私は確信してるの。ゾーヤは、エリックを助けようとしたんだって」

午後二時だがおもては暗く、台所には蛍光灯がついている。奥の部屋にいる母親は――モーナによれば――、娘の失踪を、エリックの妻同様に、駆け落ちだと考えているらしい。そう考える方が、事件に巻き込まれたと考えるよりマシだから、とモーナは言う。

「しかし、それでは辻褄《つじつま》が合わないよ。いなくなったのはゾーヤが先で、エリックはあとだったんだから」

テーブルの上の、エリックの財布に目を落としながら言った。ラースが列車で見たものについて話したとき、モーナの目に浮かんだ恐怖の色は、いまや絶望のそれにとってかわられている。もしモーナの言うように、ゾーヤがエリックを助けようとしたのなら、何であれそのゾーヤの企ては、失敗したことになる。

「ゾーヤは正義感が強いの。子供のころからよ。曲ったことが大嫌いなの」

モーナが言う。

「だから、あなたとのこともすごく悩んでいた。あなたには、すでに家庭があるから」

悩んでいた？　ラースの目には、そんなふうに見えなかった。ゾーヤはいつも笑っていた。物怖《もの》《お》じしないまっすぐな目でラースを見て、会うたびに、会えて嬉《うれ》しいと言った。メールの文面もユーモラスで、会えないあいだも、それを淋《さび》しいとか悲しいとか書いてきたためしはない。会えば、夜は抱き合い、昼はよく散歩をした。ゾーヤは戸外で過すのが好きで、早起きだった。

「申し訳ないと、思ってるよ」

ラースは言った。他に、どう言えばいいのかわからなかった。沈黙がおりる。所在なく、ラースは台所を見回した。フックからぶらさがった古びた鍋やフライパン、レースのカーテンのかけられた小窓、旧式の冷蔵庫、花の咲く庭の写真のついたカレンダー。少女時代のゾーヤが、母親と妹と暮していた家。

「でも、来て下さってよかった」

モーナが言う。

「いまや、私たちには証拠がある」

「証拠？」

訊《き》き返すと、テーブルの上の財布を指さされた。死んだピアニストの財布――。

「それをのみ終ったら、すぐに警察に行きましょう。あの刑事を、今度こそ本気にさせてやる」

賢明なことかどうか、ラースにはわからなかった。死体は消えていたのだ。ここに財布があるからといって、エリックが殺されたことの証拠にはならない。証拠というなら、これはラースの窃盗の証拠であり、悪くすると――エリックの死体が発見された場合――、殺人の容疑さえかけられかねない。動機は嫉妬ということになるだろう、もし、ゾーヤとエリックが男女の関係だったのだとすれば。

モーナは、しかしすでにコートを着込んでいる。奥の部屋へ行き、母親に何か声をかけて戻ってきたところだ。フックの一つから、車の鍵《かぎ》をはずす。

「その刑事は信用できるのかな」

尋ねると、そんなことが問題なのかと訊き返された。信用できようとできまいと、私たちには、他に頼れる人はいないのよ。モーナは言い、せわしなげにまた奥に入ると、スノウ・ブーツに履き替えて戻ってきた。

おもては風が強く、車はすぐ庭先に停《と》めてあったが、そこまで歩くあいだにも細かい雪片が鼻

やロに入り、眉毛やまつ毛にぶつかってそこに留《とど》まった。運転席に乗り込んだモーナは内側から助手席のドアをあけ、

「乗って」

と短く言う。かなり年季の入ったヴォクスホール・アストラで、色は赤だった。

赤、というのが稔は気に入った。ヴォクスホール・アストラというのが一体どんな車かは知らなかったが、赤というのは雪景色に映える。細かい雪が顔にぶつかってくる感じもよくわかると思った。東京生れ東京育ちの稔は雪に不慣れだし、スキーにも、学生時代に無理矢理連れて行かれた二、三回以外行ったことがないのに、なぜよくわかるのかは自分でも謎だったが。

時計を見ると十時をまわったところだった。きょうは早目に寝ようと決め、パジャマに着替える。ベージュ色の、麻のパジャマは五、六年前に渚が買ってくれたものだ。同素材の焦げ茶色のものと二つもらったのだが、そのとき、それまで着ていたパジャマを四つとも捨てられてしまったことを、稔はいまでも根にもっている。子供っぽすぎると渚は言うが、やわらかくて気に入っていたのだ。

夕方、迎えに来た渚に波十を返してすぐ、稔は大竹に連絡した。養育費を払う義務のみならず権利も稔にはあると、言ってもらいたかったからだ。大竹は、いま歯医者の待合室にいるので話せないと言った。あとでかけ直す、と。そして、約束通りかけ直してきた大竹は、稔にその権利はないと断言した。弁護士の田辺にも訊いたから確かだ、と。ただし、波十名義の通帳をつくっ

て、そこに金を積み立てておき、いずれ波十に贈る分には問題はないという。ほっとしたが、のけ者にされたような気持ちが消えたわけではなかった。そして、大竹は、渚と会って書類を変更する必要があるとも言っていた。要するに、これ以上金を払わなくていいという言質《げんち》を渚からとりたいのだろう。それを考えると憂鬱になる。「私を信用できないっていうこと?」養育費について取り決めた最初の書面をつくるときにも、渚はそう言って憤慨したのだから——。その渚に贈られたパジャマを、稔はいま着ている。

ベッドに入って本の続きにとりかかろうとしたとき、固定電話の大きな音が響いた。びくりとして、稔は一瞬動けなかった。親しい人間は、最近みんな携帯電話にかけてくる。こんな時間に固定電話が鳴るのは、よくない知らせに決っていた。

「背中、すこしまあるくなった?」

背後から、さやかに言われた。

「そりゃ、誰だってそうでしょ、足の爪に色を塗ってるときには」

チカはこたえる。口をきくと手元が狂うので、いまは話しかけないでほしかった。午後二時。網戸にして扇風機を回している室内は蒸し暑い。

「姿勢じゃなくて、体型」

さやかはたのしそうな声で続ける。みし、と畳のきしむ音がしたので、部屋に入ってきたことがわかった。

「体型？　そうかな」

　チカは作業を中断し、先が刷毛《はけ》になったネイルエナメルの蓋を、小さな容器に戻した。自分の認識としては、チカは昔から小ぶりな中肉中背で、学生時代から、身長も体重もほとんど変動していない。

「そうよ。ほら」

　背中を指で押された。

「ちょっとやわらかくなったわ。前はもっとごつごつしてたもの」

　そう言われても、そうかなとしか言いようがない。

「汗ばんでるから、触らない方がいいよ」

　チカは言い、お尻の位置をずらして逃げた。入居したときには青かった畳は、すっかり藁《わら》色になっている。

「家賃も払ったことだし、畳を張り替えてほしいって大家に言ってみようか」

　思いついて口にすると、

「それはちょっと厚かましいと思うわ」

　という返事と共に、さやかがチカの前にまわった。

「うぐいす豆色」

　チカの爪先を見おろして言う。

「どうしてうぐいす豆色って言うのよ、うぐいす色でいいでしょうに」

胡粉《ごふん》ネイルという名前の、新しく買った和風の色のエナメルを、試してみているところだった。チカは化粧をしないし、手の爪も決して染めないが、足の爪に色を塗るのが好きだった。他人からは見えない場所なので、気兼ねなく塗れる。それに、さやかに言われるまでもなく「ごつごつ」して、女性的とは言いかねる自分の肉体のなかで、足先だけはほっそりと幅が狭く肉が薄く、昔から、ひそかに気に入っているのだった。

「だって、うぐいす豆色だもの」

すねたような、子供じみた口調でさやかが言う。

「うぐいすなんて、あんまり見たことがないし」

チカは笑った。

「そんなことないでしょうよ。このへんにもいるじゃないの、春になれば毎年」

「そうだとしても、私は見たことないもの」

さやかはすぐむきになるのでおもしろい。

「めじろはよく見かけるし、むくどりもときどきいるけど、うぐいすは見ないわ」

わかった、わかった。チカは言い、エナメルの蓋を再びあける。

「いいからちょっと向うへ行っててよ。これを塗っちゃいたいんだから」

足の爪を飾っているところを、人に見られるのは気恥かしかった。たとえ相手がさやかといえども。

チカにとってさやかは、一緒に暮す二人目の相手だった。高校をでてすぐに一人暮しを始めたのだが、二十代の一時期、べつな女性と暮したことがあった。かなり未熟な恋愛だった。チカ自身がいまよりずっととがっていたし、どういうわけか、いつも世の中と戦っているような気持ちがしていた。その相手とは、いまふり返ると派手なけんかばかりしていた。よく泣かせたし、泣かされもした。あんなふうに心身ともに疲れる関係を、自分がよく五年近くも続けられたものだと、いまとなってはいっそ感心してしまう。最後は互いにズタボロだった。近親憎悪にも近い感情を抱いて別れた。実家のあったこの街に戻って、両親のやっていた小料理屋を手伝うことに決めたとき、チカは三十歳だった。そして、店の常連客だった、さやかと出会ったのだった。

エナメルが乾くのを待って台所に行くと、さやかはテーブルで書類仕事をしていた。

「採点？」

尋ねたが、それにはこたえず、

「うぐいす豆、終った？」

と、またしても子供じみた執念深さを発揮して、たのしそうに訊く。

「終った」

チカはこたえ、自分の爪先を見おろす。すると、十本の指の先が、実にまったくうぐいす豆色なのだった。

おもしろいからやってみなよ、というのが歯列矯正についての妻の意見で、おもしろいという言い方に無情さというか冷淡さを感じ、大竹は確かにすこし傷ついたのだったが、一方で、そうかな、おもしろいかな、という気にも、なったことはなったのだった（わかった、やってみるよ、と胸を張った大竹に、妻は、偉い偉いと言ってくれた）。そんなことを思いだしながら、大竹はいま稔の大叔父の出棺を見送っている。BGMは故人が愛したというスタン・ゲッツで、九十六歳という大往生であるにもかかわらず、周囲からは啜《すす》り泣きがもれている。

「慕われてたんだな」

隣に立っている稔に囁《ささや》くと、

「たぶん立派な人だったんだと思うよ」

という返事だった。大竹は故人に、毎年確定申告の時期にだけ会っていた。会ってはいたが、税務上の話合いは主に故人の息子としていたので、故人には、小柄で温厚な老人という印象しか持っていない。

葬儀場ではなく自宅からの出棺で、見事に手入れをされ、老松が枝を張りだした広い庭に、喪服姿の参列者が散らばっている。

「あれを見ると、どうしても運動会を思いだす」

記帳用の白いテントを示して言うと、

「俺も」

と稔がこたえた。

最近、大竹は葬儀に参列するたびに、長生きをしなければと考える。年若い妻のヤミのために。湘南新宿ラインの、グリーン車両は空《す》いていた。荷物棚の下にあるセンサーに、大竹はスイカ・カードをぞんざいに当てる。赤ランプが緑に変る。

「奥、入るぞ」

稔に言い、窓際の席に腰をおろした。習慣どおり、ヤミにメールを打つ。〟葬儀終了。いま電車に乗った。〟

「だめだ、反応しない」

立ったままの稔が言い、見ると、券売機で買った乗車券をセンサーに当てていた。

「お前、ばかなのか？」

それはカード専用だと教えてやった。

「いいから坐《すわ》れよ」

稔は不服そうだ。

「だって、ランプが赤のままだぞ。ちゃんとグリーン券も買ったのに、これじゃあまるで、無賃乗車してるみたいに見えちゃうじゃないか」

携帯電話が振動し、ヤミからの返信がきたので、大竹は稔の文句を黙殺した。〟お疲れさま。門の前で、ちゃんと塩をまいてから入ってきてね。〟

「ヤミちゃん？　さっきも電話したばっかりじゃないか」

ようやく坐った稔が言う。

「あれは火葬場からだろ？　あとどのくらいかかるか、まだわからないときだったじゃないか」

自分でもよくわからない抗弁をした。ホームで買った缶ビールのプルトップをあけ、死んでしまった老人に献杯する。

「でも、人ってほんとに死ぬんだよな、みんな、いつかは」

あたりまえの感慨が、つい口をついてでた。

「うん。こういう列車でさ、いきなり喉を搔《か》き切られることだってあるわけだから」

大竹はぎょっとする。

「何だよ、それ」

窓の外は、淡く青い夕暮れの街だ。

弁護士の田辺と二人で作成した、稔の遺書のことを考える。きょう茶毘《だび》に付された大叔父さんもそうだが、稔たちのような資産家は、死後の相続トラブルを防ぐために、どうしても遺書が必要になる。

「由麻ちゃんはどうしてる?」

相続で思いだし、大竹は訊いた。稔の息子ということになっている赤ん坊を、今年の初めに由麻は産んだのだ。

「元気だと思うよ、しばらく会ってないけど」

こと女となると、大竹には、稔の考えていることがわからない。渚とのあいだに子供ができたことはわかる。二人は恋人同士だったのだから。しかし由麻は――。

「何で会わないんだよ」

「何でって、べつに理由はないよ。機会がないだけで」

「何だよ、機会って。淳子とは会ってるくせに」

稔が身じろぎをした。

「まさかとは思うけど、淳子とは寝てないだろうな」

質問のつもりですらなかった。強い否定が返るものと確信していた。しかし稔は返事をせず、それがつまりこたえだった。

「嘘《うそ》だろ？」

信じられなかった。一体どうすればああいう女と——。

「いつ？」

訊いてしまったあとで、いつだったかは重要ではないし、聞きたくもないと気づいた。

「このあいだ」

稔はぼそりとこたえる。

「そんなつもりじゃなかったんだけど、つい」

と。大竹には、自分の口があいたのがわかった。ぽっかりと口があき、しかし言葉はでてこない。

「『チーズなら無難だから』」

稔が言う。

「そう言ったんだよ、じゅんじゅん」

何を言っているのかわからなかった。大竹は、高校時代の級友二人のそれを、想像してしまわないように努めた。

「どうするんだよ、何でそんなことをするのかな。妊娠したらどうするんだよ。これ以上、子供は禁止だって言っただろ？　どうして懲りないんだよ」

弱々しい声になった。

「だって、じゅんじゅんだよ？　五十の女は、普通、妊娠しないよね」

それは、まあ、そうかもしれない。そうかもしれないが、ほんとうに絶対、確実にしないのかどうか、大竹にはわからなかった。


一目で葬式帰りだとわかる恰好《かっこう》で、大家とその友人が店に入ってきたとき、さやかはカウンター席でトマトのジュレをたべながら、ずっと昔に英語の授業で教わった例文を思いだしていた。女のいない男は水のない魚のようで、男のいない女は自転車のない魚のようだ、というのがその例文で、当時は意味がわからなかったが、いまならばわかる。要するに、男には女が必要だが、女に男は必要ないということだ。

「あら大竹さん、ひさしぶり」

チカが言い、大家の友人が大竹という名前だったことを、さやかは思いだした。以前にはよく店に来ていたが、そういえば、ここしばらく見なかった。坐ったまま、さやかは二人に小さく会釈だけする。

「それで、さやか先生は？」

テーブル席におしぼりを運んで行ったアルバイトの真美が、戻ってきて訊いた。いま欲しいもの、の話をしていた（チカは休暇、真美は新しい自転車だそうで、どちらも自分には必要ないなと思ったさやかは、英語の例文を思いだした）のだった。

「そうねえ、何かしら。すぐにはちょっと思いつかないわ」

「えーっ、ほんとうに？　謙虚ですねえ」

真美が言い、謙虚というのは言葉が違うのではないかと思ったが、言わずにおいた。自分はもう、この子の国語教師ではないのだから。

「欲しいもの、私はいくらでもありますよ、自転車の他にも、服とか靴とか、もっと細い脚とか、恋人とか」

言い置いて、注文を取りに行く。服と靴と細い脚と恋人――。さやかは考えてみる。どれも、まったく欲しいと思わなかった。年を取るということは、もしかすると、欲しいものを失《な》くしていくことかもしれない。でも、もしそうならば、そのことに安堵《あんど》していいのかどうか、さやかには判断がつかない。欲しいものだらけの人生は疲れそうで厄介だが、欲しいものが一つもない人生というのも、どうなのだろう。

「あ！　タッパー！」

大家が大きな声をだし、

「いい、いい、そんなのいつでも」

と、チカがこたえる。

そうだ、別荘。

さやかは唐突に、自分の欲しいものに思い至る。ほんとうは田舎に引越したいと思っているのだから、別荘ではなく新しい家というべきかもしれないが、別荘という言葉の方が、響きがロマンティックだ。

木でできた、素朴な小屋のようなものが理想だ。大きな窓から見える庭には、芝生ではなく野草が生えている。リビングと台所の他に、自分とチカに一部屋ずつ。カーテンはざぶざぶ洗えるように、丈夫な木綿がいい。机が一つ、ベッドが一つ、本棚が一つ。衣類を入れるチェストも一つ要るだろう。チェストの上には、庭から切ってきた花を飾る――。想像上のその小部屋は、まるで少女の部屋だった。

誰に知られたわけでもないのに、さやかは頬が火照って目を伏せた。ばかみたいだろうか。いい年をして、少女みたいな部屋に住みたがるなんて――。店のなかには、鱧《はも》を煮る甘い匂いが立ちこめている。

7

ここに連れて来られて何日になるのか、ゾーヤにはもうわからない。知っていることはすべて話したのに、彼らが、これ以上自分に何を望んでいるのかも。最初こそ手荒い扱いを受けたが――もしあの男にもう一度会うことがあったら、股間を蹴り上げてやる――、いまでは待遇は悪くなかった。窓のない地下室にはテレビもステレオも冷蔵庫もあり、バスルームもエアコンも完備されている。一日に二度、まずまずの食事が運ばれるのだが、新鮮な野菜と果物が足りないと一度文句を言って以来、果物もついてくるようになった。頼んでもいないのに、女性向けの大衆雑誌がついてきたこともある。おおかた、あの女性刑事のさしがねだろう。親切のつもりなのかもしれないが、ゾーヤは、自分が流行のメイクアップやダイエット法や、スターのゴシップに興味津々の軽薄な人間だと思われているようで不愉快だった（とはいえ他にすることもないので、幾つかの記事は拾い読みした）。

エリックのことが心配だった。かわいそうなエリック。最後に会ったときには怯《おび》えきっていた。あんなに善良な人なのに。女性刑事は、協力すれば彼の身に危害はおよばないと請け合ってくれたが、信用していいものかどうかわからなかった。第一、協力すれば、などという強迫じみた付帯条件を、刑事が市民につけるだろうか。もっとも、エリックについて言うなら、これまでゾーヤが信じきっていたような、普通の〝市民〟ではなかったわけだけれども。

テレビをつけると、男性コメディアンが片手で大型犬のリードを持ち、反対の腕に小犬を抱いたまま料理をしていた。肝心なときに決ってどちらかの犬が吠えるので、コメディアンは驚いて、冷蔵庫の扉にぶつかったり、割った卵をボウルから飛びださせたりしてしまう。くだらない。そう思うのに、犬との連携演技が可笑《おか》しくて、ゾーヤはついくすりと笑った。昼間のテレビ番組など、普段はみることがない。設備こそ整っているものの、寛《くつろ》げるとはとても言えない部屋のなかで、ゾーヤはチャンネルを次々に変える。

自分の家に帰りたかった。モーナと電話で喋《しゃべ》りたかったし、エリックとトビアスと、またロッジのバーで歌いたかった。会社の仲間や野暮ったい制服、パソコンのキーボードさえ懐かしかった。母親の顔を見たかったし、ラースに会いたかった。

ゾーヤは、ラースの物の考え方が好きだった。穏やかな口調も、控え目な性格も、小妖精みたいにいたずらっぽい目も、愛し合うときに礼儀正しいところも、整髪料だろうが制汗剤だろうが、そらぞらしい男性用化粧品の匂いが全然しないところも。

きっと心配しているだろう。いや、むしろ腹を立てているかもしれない。ゾーヤが、彼との関係を一方的に、問答無用で断ち切ったと思ったとしたら。あの女性刑事は、近親者にはきちんと事情を説明しておくと約束してくれた。だから母とモーナはわかってくれているはずだ。でも、ラースは――。あのとき、ラースにも連絡してほしいと頼むことが、ゾーヤにはどうしてもできなかった。頼めば関係を話さざるを得なかっただろうし、ラースには家庭があるのだから。

でも、とゾーヤはいまになって思う。彼らが取り組んでいるのは国家的な一大事なのだから、妻子ある男性と自分との恋愛など、そのなかにあってはどうでもいいことだろう。次に誰かがやってきたら、彼に連絡を取りたいと頼んでみるのはどうだろう。なんなら、そいつの見ている前で電話をかけるのでもいい。ゾーヤ自身の携帯電話はとりあげられてしまったが、彼らの電話を借りてかける分には問題ないのではないだろうか。ここには、かわるがわるいろんな人間がやってくる。あの、メイドみたいな老女や、チンピラみたいな背広の二人組では役に立ちそうもないが、親切ぶった女性刑事か、たまにしか来ないその上司――たしか名前はオラフ――なら、もしかするとなんとかしてくれるかもしれない。

テレビを消し、もう何度もしたように、部屋のなかを所在なく歩き回る。閉じ込められ、話し相手のいない不安と孤立感もさることながら、いちばんいやなのは窓がないことだった。部屋には、ゾーヤが消さない限りつねに電気がついていて、時計を見なければ、おもてが昼なのか夜なのかもわからない。

外の空気が吸いたくてたまらなかった。雪の匂いを、こんなに恋しく思ったことはなかった。

警察署をでると、すっかり夜になっていた。夕方より雪は弱まっているが、街灯の光に照らされた空中には、それでも無数の小さな雪片が浮遊している。底冷えのする寒さに、モーナが身をふるわせた。

赤いヴォクスホール・アストラの屋根には、雪が積もっていた。運転席側に立ったモーナが、それを払い落とす。肘から先をワイパーみたいに使って。反対側からラースがおなじことをすると、モーナはにっこり笑った。

「ありがとう」

と言う。ゾーヤによく似た小声で。本人ではないとわかっているのに、ラースはまたびくりとして、モーナの白い小さい顔をじっと見てしまう。ゾーヤは、一体どこにいるのだろう。一人の人間が、こんなふうに突然、何の痕跡も残さず地上から姿を消すなどということがあり得るのだろうか。

モーナがエンジンをかけると、冷えきった車内に温風が勢いよく吹きだす。同時にワイパーがガラスをこすり、シャリシャリと、氷のかけらが散り落ちる音がした。

「まあ、ともかく、やれることはやったわけだ」

ラースが言うと、モーナの目に瞬時に怒りがひらめいた。

「それはどういう意味？」

ラースは口ごもる。深い意味があって口にした言葉ではなかった。話せるだけのことは話し、ピアニストの財布も提出して、それでも罪に問われなかったことに、ほっとしたのかもしれない。ハムズンという名の初老の刑事は、ラースの乗った列車を調べると約束してくれた。

「ゾーヤは行方不明のままなのに、何一つ解決していないのに、自分の役目は終ったとでも？」

モーナは、いまにも泣きだしそうに見えた。あるいは必死で泣くまいとしているように。

「まさか。そうじゃないよ。そんなことは考えてもみなかった」

ラースは言い、しかし、結局、

「すまなかった」

と謝った。ヘッドライトに照らされた雪道を、しばらく無言で進んだ。

「どこにお送りすればいい？」

アンナには、出張は四日だと言ってきた。きょうが四日目で、いまならば、まだオスロ行きの列車があるかもしれない。仮になくても、駅からアンナに電話をし、乗り遅れたから朝一番の列車で帰ると言えば、それで済む。ここに残ったからといって、自分にできることがあるとは思えなかった。

「どこか、この近くにホテルはあるかな」

ラースは、けれど自分がそう言うのを聞いた。

「あまり値段の高くない、小さなホテルがいいんだが」

稔は栞《しおり》をはさみ、本を閉じる。ラースが帰らなかったことがうれしかった。寝椅子《ねいす》から立ちあがり、エアコンを切ると、かわりに寝室のエアコンを――一時間後に切れるようにセットして――つけた。電気蚊取り器のスイッチを入れ、渚にもらったパジャマに着替えると、ベッドに入ってすぐに眠った。

翌朝、例によって日光がふんだんにさしこみ、暑さに耐えかねて目をさますと八時すぎだった。すぐにシャワーを浴びる。風呂もシャワーも、稔はぬるめが好きだ。熱すぎると肌がちくちくするし、せっかく汗を流しても、湯上がりに身体が火照ってまた汗をかいてしまう。雀は逆で、「お湯は熱くなくちゃだめ」だと言う。「熱くなくっちゃ、気持ちよくないでしょう?」と。代々続く江戸っ子だった、祖母譲りなのだ。その雀が帰国のたびに何本もくれる、髪も身体《からだ》も洗えるという液体石鹸《せっけん》は強烈なユーカリの匂いで、湯気とまざると風呂場じゅうが息苦しいほど森林くさくなる。髪も身体も泡だらけにしながら、稔はゆうべ読んだ本の一節を思いだした。ラースには、男性用化粧品の匂いが全然しないという一節だ。ゾーヤにはそれが好ましいと書いてあり、例として整髪料と制汗剤が挙げてあったが、シャンプーや石鹸はどうなのだろう。その匂いもしないのか、あるいは、それは化粧品の範疇《はんちゅう》に含まれないのだろうか。

シャワーからでて、コーヒーを淹《い》れに台所に行くと、流しに、いつもはないものが置いてあった。一瞬ぎょっとしたが、すぐに思いだした。そうだ、蛤《はまぐり》。きのう、大叔父の葬儀にでかける前に、宅配便で届いた。とりあえずボウルに塩水を張り、そこに放っておいたのだった。送り主は、名前だけは稔も昔から知っている、家族の知人の誰かで、それが誰であるかは判然としないものの、よく贈り物をくれる人、として認識はしている人なのだった。玄関には箱入りの桃と健康飲料が置いてあり、冷蔵庫には、佃煮《つくだに》の詰合せとマスカットが入っている。ついこのあいだ方々へ礼状を書いたばかりの気がするのだが、またためてしまった。ラブレターは、よく考えて書きなさい、お礼状は、考える前に書きなさい。死んだ母親は、よくそう言っていた――。

稔は思うのだが、贈答品というのは、贈られる側の度量が試されるものだ。稔の両親にも祖父母にも、あきらかにその度量があり、だから実家には、しばしば風変りなものが届いた。俵に入った米、生きた亀、置き場に困るほど立派な箱庭、稀少《きしょう》だという漢方薬、その朝摘んだばかりのつくし（クール便で届き、すぐに下茹《したゆ》でをして煮るようにと書かれた手紙が添えてあった）、色鮮やかなポケットチーフの詰合せ、一つずつに金箔《きんぱく》が貼られた茹で玉子。思いだし、稔は苦笑する。

一度だけ、度量のある母親をも怯《ひる》ませた贈答品があった。それは大量のすず虫で、風流な誰か

（たぶん、短歌関連の人だろう）が、鳴き声で季節を感じられるように贈ってくれたものだった。虫の苦手な母親によって、稔が飼育係に任命されてしまったのだが、稔もまた、虫は大の苦手だった。奴《やつ》らの、白に黒の斑点のついた長い触角――。思いだすだけで、稔はいまも怖気《おぞけ》をふるう。きゅうりやスイカを割り箸ではさみ、おそるおそるガラス箱のなかに入れたものだ。厄介なのは水を取り替える作業で、プラスティック製の浅い器は割り箸ではつかみにくく、けれど箱に手を入れたくない稔は必死で箸を使った。恐怖に顔をこわばらせ、何度も失敗しながらようやく器を取りだせても、新鮮な水を入れたそれを、箸で箱に戻すのはほとんど不可能なのだった。結局、いつも器の中身をぶちまけてしまった。すず虫たちは、わずかに残った水だけで我慢するよりなかったはずだ。もっともおぞましいのは、奴らが共喰《ともぐ》いをする点だった。エサは豊富に与えていたのに、見るたびにどれかが身体を欠損させていて、やがて次々に死んだ。あら、また殺しちゃったの？　死体をその都度庭に（びくびくしながら割り箸で運んで）埋めていた稔に、雀は言った。まるで、稔が残忍な殺戮《さつりく》犯であるかのように。

当時住んでいた家は、両親が死んだときに手放した。いまそこに住んでいる人たちは、庭に何十匹ものすず虫が埋まっているとは思ってもみないだろう。

ああいう贈答品に較《くら》べると、蛤はすばらしい到来物だった。稔はコーヒーを淹れるのをやめて、すまし汁をつくることに決める。昆布でだしをひき、酒をすこし加えて。

子供のころ、貝が口をあける瞬間を見るのが好きだった。母親が料理をしているそばで、よくじっと見ていた。どれがいちばん最初に口をあけるか、心のなかで予想して、その貝を応援しながら見守った。いまはもう予想も応援もしないが、それでも目が離せなかった。だしが沸くにつれ、気泡が幾つもあがり始める。蛤は動かない。じきに、二枚の貝のあいだにほんの僅かに隙間ができ、灰汁《あく》がでるが、それでも蛤は動かない。灰汁をすくうとき、たまじゃくしの底が、貝の殻のふくらんだ部分にぶつかった。稔は辛抱強く見つめる。隙間がすこし広がり、同時に、かたかたと鍋にあたる音を立てながら蛤がふるえ始める。澄んでいただしが白っぽい半透明ににごるが、それでもまだあかない。稔は息をつめて待つ。ふいに、ほんとうにふいに、最初の一つがぱっくりと口をあける。続いて二つめが、三つめが。

「おお」

朝の台所で、稔はうれしい声をあげる。

夫を会社に、娘をプールに送りだし、朝食の後片づけをすませると、渚はいつもよりも念入りに、玄関と廊下とトイレと居間の掃除をした。着替えて、軽く化粧もする。大竹は十一時に来ると言っていた。書類を読んで署名をするだけなので、五分もあればすむとも言っていたが、だからといって、五分で追い返すわけにもいかないだろう。大竹から連絡が来ることはわかっていた。稔の人生に関われば、もれなく大竹がついてくるのだから。

稔とつきあっていたころは、よく三人で——波十が生れてからは四人で——食事をした。親切で保守的で仕事熱心な大竹を渚は嫌いではないが、いまとなっては、あまり会いたい相手ではない。稔と現在の夫とのあいだで、心を決めかねていた時期が渚にはあって、稔に別れを切りだしたときには、夫からすでに求婚されていた。その事実が、稔にではなくなぜか大竹に対してうしろめたく、大竹の目に映る自分が、裏切り者であるように感じる。そんなふうに思う必要などないと、頭ではわかっているのに。

渚は部屋を見まわし、飾ってあった家族写真を台所のひきだしにしまう。

インターフォンが鳴り、けれどそれは大竹ではなく帰ってきた波十だった。ただいま、という声を聞いて、ロックを解除する。

「誰か来るの？」

玄関に一歩入るなり、来客用のスリッパを見つめて波十は訊いた。髪も肌も一応乾いているのに、プール帰りの子供が水を含んで見えるのはおもしろいことだと渚は思う。

「お帰りなさい。大竹さんがね、お仕事のことでちょっとみえるの」

波十が目をまるく見ひらく。

「ここに来るの？　どうして？　一人で？」

「お仕事の用事」

最後の質問にこめられた期待には気づかなかったふりをしてこたえ、濡《ぬ》れた水着とタオルの入ったビニールバッグを受け取って、

「プール、たのしかった？」

と渚は訊いた。

「すこしたのしかった」

曖昧な返事を静かに寄越し、波十はぺたぺたとはだしで奥に入っていく。脱ぎ捨てられたビーチサンダルの小ささと、小さくても一人前に、足指形についている汚れ――。渚は微笑《ほほえ》まずにいられない。そして、つい、稔にも見せたいと思った。

波十への土産にプリンを携えて、大竹は十一時ぴったりに現れた。渚が憶《おぼ》えている通りの短身痩軀《そうく》、型の崩れた背広と重たげな鞄《かばん》。

「ご無沙汰してます」

人の好《よ》さそうな笑み――しかし、顧問税理士という仕事においては怜悧《れいり》な実務家でもあることを、渚は知っている――を浮かべ、大竹はぺこりと頭をさげた。

波十を呼んで挨拶《あいさつ》だけさせ、渚は紅茶を淹れる。

「大竹さん、お昼は？」

形だけ尋ねる。大竹がここでそれをたべないことはわかっていた。距離――。渚と大竹のあいだに何があったわけでもないが、それでも人と人の距離は変るのだ。

「いただきたいけど、次の約束があるから」

もちろん大竹はそうこたえた。

稔と渚、いまよりもずっと幼なかった波十、それに大竹と、大竹の現在の妻であるヤミの五人で、旅行をしたことが一度あった。行ったのはヤミが少女時代を過したという大阪で、二晩か三晩の短い旅だった。渚にとって、それは稔と波十とする家族旅行で、大竹にとっては恋人のヤミとの関係を深めるための旅だったが、稔にとってはおそらくそのどちらでもなく、旧友の大竹とする、ひさしぶりの旅だったのだろう。

思惑はどうあれ、輝かしくたのしい旅だった。渚は、旅のあいだじゅうずっと自分が笑っていたような気がする。最大の理由は無論波十だった。幼い波十が、知らない街の空気を吸い、新しいことづくめの経験をしている。それを見守れるだけで一瞬一瞬が幸福だった。水族館で、稔の腕に抱かれたまま、天井を泳ぐ魚を指さす波十、ホテルの、白い大きいベッドに一人で寝てみた波十、広場の大道芸人を、怯えた顔でじっと見る波十、遊覧船のデッキで、やわらかく頼りない髪を風になびかせる波十——。二十代の離婚以来孤独だった（らしい）大竹が、四十を過ぎて出会ったヤミに夢中で、見ているこちらが恥かしくなるような言動をするのも、渚には微笑ましく思えた。みんなで川べりを散歩した。ちょうど紅葉のころで、散り敷かれた落葉の上を、稔と渚は波十をまんなかにして手をつないで歩いた。大竹とヤミは——落葉が散り敷かれていようといまいと——腕をからめ合って歩いていた。朝も昼も夜も五人で賑《にぎ》やかに食事をした。それに加えて間食もたくさんした。串カツとか、たこ焼きとか、うどんとか。若かったのだと渚は思う。稔と大竹はそう若くもなかったかもしれないが（そして、ヤミはいまでも若いかもしれないが）、すくなくとも自分は若く、その先にまだ、何でもできる気持ちでいた。もしかすると、一度卒業したはずの青春くさいあれこれを、いきなり取り戻した気になっていたのかもしれない。稔と出会い、波十を授かったことで、世界が俄然《がぜん》新しく、美しいものに見えた。経済的には稔のお陰で安定していたし、戸籍になど囚《とら》われない自分たちを、自由だと思っていた。あの旅——。思いだすと胸がきしんだ。あのころ、自分たちは確かに自由だった。自由だったが、自由の代償である孤独に、渚は耐えられなかった。

十一時ぴったりにやって来た大竹は、十一時二十分に帰って行った。電話で聞いていた通り書類は簡潔で、読んで署名して判を捺《お》すのに、五分もかからなかったからだ。

8

仕方がなかったのだとソニアは思う。自分とイサークの身を守るためには、ああするよりなかった。エリックとの思い出のつまった家のなかで、ソニアはいま荷造りをしている。自分の選んだ家具や食器、日々磨いてきた床や窓、そのすべてに別れを告げなくてはならない。部屋を見回してしまうと泣きそうになるので、ひらいたスーツケースに意識を集中しようとした。ろくに選びもせずに衣服を放り込み、下着はべつにまとめ、洗面具と化粧品をかき集める。イサークは早朝にかけてきた電話で、すべて上手《うま》くいったと言った。すぐに迎えに行くから準備をして待っているように、と。ソニアは西ヨーロッパには行ったことがない。旅行の好きな性質《たち》ではないのだ。でもいまは、イサークのそばにいられるのならどこにでも行くつもりだった。この家に、一人でいることにはもう耐えられない。

ほんの一年前まで、結婚生活は幸福だった。エリックは優しく誠実な夫だったし、ソニア自身もまた、夫に忠実な妻だった。子供に恵まれなかったことは、いまとなっては救いかもしれない。子供や孫がもしもいたら、こんなことをした自分を、きっと許してくれないだろう。ラジエーターをつけっぱなしにしているのに寒く、ソニアは自分で自分を抱いた。いつのまにか肉がつき、たるんでしまった二の腕を、きつく。ソニアの身体のやわらかさが好きなのだとイサークは言ってくれた。とても女性的で、官能と安らぎを同時に得られるのだと。彼はいつ迎えに来てくれるのだろう。早く来て、抱きしめてほしかった。あの大きな身体と、派手で大袈裟《おおげさ》な仕種で。

エリックの旧《ふる》い知り合いだというイサークは、そもそもの最初から派手で大袈裟に登場した。何の予告もなくいきなり玄関先に現れ、エリックを見ると両腕を広げて大きな歓声をあげた。まるで、生き別れになった兄にようやく会えた弟みたいに。一年前、自分の結婚生活がまだ平穏だったころのその場面を、ソニアはいまもはっきり思いだせる。バス停から歩いて来たというイサークはコートも毛糸の帽子も雪まみれで、つめたい外気の匂いをさせ、白い息を吐きながらエリックを抱擁した。エリックは見るからに動揺していた。旧友を居間に坐らせ、ホットワインとペッパルカーコル《スパイス入りクッキー》をふるまいはしたが、再会を喜んでいるふうには見えなかった。夕食も一緒にとすすめたのはソニアだった。はるばる西ヨーロッパから訪ねてきたという夫の旧友なら、もてなすのが当然だと思ったし、自分と出会う前のエリックを知っている人と、話せるのが嬉しいという気持ちもあった。エリックには友達がすくなく、結婚が遅かった（ソニアが三十六歳、エリックが五十二歳のときだった）ので、両親はすでに亡くなっており、昔の話をしてくれる人が、それまで誰もいなかったからだ。

あの夜のイサークは陽気で、すっかり寛いでいるように見え、冗談を言って笑ったり、ソニアの願望通り思い出話を披露してくれたりした。西ヨーロッパでの仕事を辞め、ひさしぶりに帰ってきた故郷に当分滞在するつもりだと言った。だからまたたびたび訪ねて来たいと。そして、彼は言った通りにした。

イサークの視線には最初から気づいていた。直視ではない（彼はそんな無作法なことはしない）。エリックと話しながら、あるいは料理を口に運びながら、ちらりとこちらに向けられる熱っぽい賞讃《しょうさん》のまなざし。ソニアは、背中でも髪の毛でもそれを感じ取ることができた。そのくせ、イサークはソニアと二人きりになると、頑として目を合せようとしなかった。三人でいるときには陽気で騒々しいのに、ソニアに対しては不器用で、途端におずおずと遠慮がちになるのだ。

「どうしたの？　ちゃんとこっちを向いたら？」

そんなふうに言って笑うことがたのしかった。エリックの妻という守られた立場で、安心して男性をからかえることが——。思いだし、ソニアは微笑む。自分にまだ美しさが残っていることを、年齢を重ねることが必ずしも女を疲弊させるわけではないことを、イサークは教えてくれた。あと戻りのできないところまで突き進んでしまうのに、さして時間はかからなかった。イサークは魅力的でユーモアのセンスがあり、普段は自信たっぷりなのにソニアの前では少年のような照れ屋になり、おまけに大きくてたくましかったのだから。

エリックにだって責任の一端はある。妻である自分に、これだけ長い年月、過去を隠していたのだ。それを知ったときには裏切られた気がした（だからイサークと寝たわけではなく、そのときにはもう寝てしまったあとだったが）。目の前の夫が他人のように見えてこわくなったし、秘密を打ちあけるほどにも自分を信頼してくれていなかったのだと思うと、内臓がよじれそうに傷ついた。盤石だと信じて疑っていなかった地面が、最初から何もない宙空だったと知らされたようなものだ。

それを持っていると危険だという書類を、イサークと二人で家じゅう探し、見つけたときのイサークはほんとうに嬉しそうだった。これでソニアもエリックも安全だと請け合ってくれた。

ソニアは身ぶるいする。それにしても寒い。スーツケースのふたを閉め、お茶を淹れようと台所に向かった。途中で気を変えて、居間のサイドボードから薬草酒の罎《びん》を取りだす。ソニア自身は滅多にアルコールを口にしないのだが、その酒は、エリックのために常に買ってあった（夫に忠実だった、過去の自分のしていたことだ）。

「身体を温めなくちゃ」

声にだして言い、そのとろりとした赤い液体をリキュールグラスに注ぐ。しかし、ソニアがその酒をのむことはなかった。音もなく近づいた大きくてたくましいイサークが、左腕で背後から彼女を抱え込み（彼の左手が、ソニアの右腕にくい込んだ。やわらかく、肉のたるんだ二の腕に）、一気に喉を掻《か》き切ったからだ。おもしろいほど勢いよく血が噴きだし、床やラグやそこらじゅうを汚すのを、イサークは無言でじっと見ていた。ソニアには抵抗する術《すべ》も、状況を把握する暇《いとま》もなかった。

「エリッ」

最後に口にしかけた夫の名前すら、最後までは発音できなかったし、どっちみち、自分がなぜこの期におよんでその名を呼ぼうとしたのかも、理解できないままだったろう。

「愚かな女だ」

事切れたソニアを床に転がし、イサークは

携帯電話が鳴り、稔はうしろ髪をひかれながら本を伏せた。噴きだす血が目の前にちらついている。ソニアが日々磨いたという床や窓に囲まれたその部屋の様子も。液晶画面に〝じゅんじゅん〟と表示されているのを目にしてもなお、その光景が頭から去らなかった。

「元気？」

淳子は名乗りもせずに言った。

「どうしてるかなと思って」

と。

「元気だよ」

稔はこたえる。目の前が血だらけだけど。そして、まだ北欧にいるけど。

「どうした？」

尋ねると、ややあって、

「どうもしません」

という声が返った。

「もしそれを心配してるなら、安心させてあげるけど」

何だ？　どういう意味だ？　めんくらっていると、

「会える？」

と、ようやくいつもの淳子らしい、あかるい——わずかだが甘えるような——声になった。

「もちろん会えるよ。いつがいい？」

「来週は？」

稔は構わないとこたえ、店は任せるとつけ足して——新しい店とかおいしい店とか落着ける店とか、感じのいい店とかなかなか予約の取れない店とかを、淳子はほんとうによく知っているのだ——、日時を決めて電話を切った。


夕食は豚の生姜焼《しょうがや》きだった。それにクレソンのサラダと、大根のおみそしる。

「料理、上手くなったね」

食器を洗っている由麻の背中に茜は言った。膝の上に大きな赤ん坊をのせて。

「簡単だよ」

由麻はこたえる。

「そうかな。私は全然だめだな、料理」

「それは茜がまだ親元にいるからだよ。私みたいに一人になれば、いやでも上達するって」

由麻は母親を早くに亡くし、父親の再婚相手と折り合いが悪い。おまけに未婚の母になってしまったために、父親とも決裂してしまった。

「由麻は一人じゃないじゃん。藤枝《ふじえだ》さんがいるし、雷留《らいる》くんだっているんだから」

茜は言い、膝の上で立ちあがりたがる赤ん坊の雷留くんを、なんとか坐らせようとする。立たせると、小さな両足が腿《もも》にくい込んで重いからだ。

「この子のよだれ、すごいね」

「一人じゃないっていえば一人じゃないけど、一人っていえば一人だよ、現実的に言って」

さばさばした口調だったが、茜は中学時代からの親友の声音に淋しさを聞き取る。淋しさか、そうでないとすれば疲労を。二十二歳でシングルマザーになるというのは、勇気の要ることだったに違いない。

「毎日来てくれるんでしょ？　藤枝さんはここに」

「ほぼ毎日。きょうは来ないし」

由麻は訂正し、水を止めてタオルで手を拭く。やかんを火にかけ、冷蔵庫をあけて、茜の買ってきたワッフルの箱を取りだす。

「どれにしようかなー」

ふたをあけ、嬉しそうに迷う様子は十代のころと変らないのに、この親友が、自分の膝にのっている重い物体の母親なのだと思うと、茜は畏怖の念に打たれる。学校をさぼって、〝遠足〟と称して二人で高尾山に登った（それに味をしめて、大雄山にも登った）り、授業中にメールのやりとりをしているのを見つかって、揃《そろ》って職員室に呼びだされたりした日々は、ついこのあいだのような気がするのに。

一貫教育の女子校だったので、中学にも高校にも短大にも一緒に通った。卒業しても就職をせず、親のすねをかじり続けながらあれこれ習い事をしていた茜とは違って、由麻は短大時代から精力的にアルバイトをこなし、その一つだったファミリーレストランで、そこの本社勤務の藤枝さんと出会い、もう一つだったソフトクリーム屋「シュプレーパーク」に、卒業と同時に正社員として雇われた。バイトを通じて恋人と仕事の両方を手に入れたわけだけれど、ほどなくして妊娠し、仕事を続けられなくなってしまった。それで、ちょうど習い事に飽きてきていた茜が、頼まれて代りを務めることになった。だから由麻は結果的に、茜にいまの仕事をくれた恩人ということになる。

赤ん坊がぐずり始め、驚くほどの力で両足をふんばって自由を求めたので、茜は慌てて親友に抱きとってもらった。紅茶は私が淹れるから、と言って、蒸気を立てているやかんのそばに行く。さっきまで海洋生物のドキュメンタリーだったテレビでは、いつのまにか懐メロ番組が始まっていた。七〇年代のフォークソングとか、八〇年代の歌謡曲とか演歌とか。

「ねえ、やばくない？　こういうの雷留くんに聴かせるの。じじくさい子になっちゃうかもよ」

言えてる、と言って由麻は笑い、チャンネルを替えた。

「仕事は順調？」

茜の淹れた紅茶を一口のんで、由麻が訊く。

「順調、順調。今度、雷留くんとおいでよ、サービスするから」

こたえたところで思いだし、

「あ、今年から、はちみつソフトも始めたんだよ、言ったっけ、そのこと」

とつけ足すと、由麻は首を横にふった。

「おいしいよ。他のよりちょっと値段が高いんだけど」

原液のメーカーが違うこと、乳脂肪分が高いことなどを茜は説明した。

「ふうん」

由麻は相槌《あいづち》を打ったが、つまらなそうな顔つきだった。茜にはよくわからない。仕事を辞めるまで、由麻は職場を気に入っていた。どちらの社長とも上手くいっているようだったし、とくに稔のことは信頼して、いろいろ相談に乗ってもらっていた。それなのに雷留くんが生れてから、由麻は彼のことを避けているように見える。

「行かれないよ、あの店に私は、もう」

由麻が言った。

「だって、雀さんは私をお金目当ての女だと思ってるんだよ？　弟からお金をひきだそうとして、虚偽の認知を迫った女だって」

茜は返答に詰まる。

「そしてね、実際その通りなんだもん」

そう続けた由麻は笑っていた。ものすごく悲しそうに。

「でも、稔さんは？　あの人はそんなふうに思ってないでしょ？」

最低の意気地なしだと茜は思うのだが、妻子持ちの藤枝さんは、書類に判を捺《お》すことができなかったそうだ。代りに社長が判を捺した。そして養育費を払っている。この部屋の家賃も、大家の〝家族〟だから免除されているのだ。そんな社長を茜は底ぬけにいい人だと思うのだが、由麻の意見は違ったらしい。

「思ってないところがね、あのひとはひどいんだよ」

もう笑っていない顔で、そう呟《つぶや》いたから。

まったくもう。

携帯電話を鞄にしまい、心ならずも感じてしまった淋しさのかけらを、淳子は急いで怒りに転化する。若い娘ではないのだし、稔とのことは大人の友情と割り切ってはいるが、それにしても初めてああいうことがあったあとで、まるで何もなかったかのような、いつもと寸分変らないあの態度はどうなのだろう。初めて——出会いから三十数年を経て初めて（！）——互いの服をはぎ取ったというのに。

ため息を一つつき、社屋ビルの、とうに閉まっている正面玄関の軒先から舗道に降りる。しゃくにさわるのは、自分がどこかで稔からの連絡を待っていたことだ。これまで一度ももらったことがないのに。怒るというより呆《あき》れながら、駅に向って歩き始める。そして何だか笑ってしまう。いまったく自分と稔らしい。これがもし学生時代なら、すぐに可奈子に言いつけたことだろう。いまは、勿論《もちろん》自分一人の胸に納めておくしかない。大したことではない。そう思えるようにもなっている。

蒸し暑い夜だ。道を隔てた反対側の、肉料理専門レストランに客が行列をつくっている。あんなところに立っていたら蚊にさされるだろうに。淳子は足を速める。修理から戻ってきたハイヒールが、カツカツと小気味いい音を立てた。


電話を切ると、稔はすぐに寝椅子に横たわり、本の続きに戻った。


イサークはその家をあとにした。

おなじころ、その家の写真を数枚、オラフがじっと見つめていた。望遠レンズで撮られたもので、どの写真にも、エリックの家の玄関と彼の妻のソニア、それに初老の男が写っている。

「いつだ?」

「金曜日です」

オラフは、男の顔が拡大された写真を手に取った。

「それで、この男が列車に乗っていたというのは確かなのか?」

「ニルスはそう言っています。食堂車でワインをのんでいた奴だと」

「誰なんだ?」

「わかりません。ニルスがこの写真を見たのは今朝になってからですし、あのときには気にとめていなかったそうです。そのあとすぐに、エリックが、その……動かなくなっていることに気づいて、あとはもう、チームまるごと、隠蔽《いんぺい》だけで手一杯で」

どういうことなのかわからなかった。オラフは写真をテーブルに放る。ストックホルム郊外にあるこの屋敷にゾーヤを連れてきてからというもの、何もかも後手後手にまわっている。

計画は単純だった。列車であんなことがあるまでは、何もかも上手くいっていた。オラフには死者をだすつもりなどなかった。もうソヴィエト時代ではないのだから。証拠さえ回収できればそれでよかった。ゾーヤを餌にして揺さぶりをかけたら、エリックは怯えきった。簡単に白状したし、何もかも手放すことに同意もした。それなのにどういうわけか証拠を紛失し、あげくに殺されてしまった。それも我々の目と鼻の先で――。

「こいつは、一体、誰なんだ？」

ひさしく感じたことのなかった怒りが、低くおさえたオラフの声を、わずかにうわずらせた。

「エリックの女房を締め上げろ。この男が誰なのか吐かせるんだ。必要なら、痛めつけても構わん」

オラフは命じ、窓の外に目を転じる。部下が二人、寒そうに背中をまるめ、所在なげに煙草《タバコ》を喫《す》っていた。ふいに疲労を感じた。下らない任務だ。個人的には、政治家のスキャンダルに興味はない。しかし目の前で獲物をさらわれるわけにはいかない。我々が任務を遂行できないなどということが、あってはならないのだ。誰であれ、そいつを許すつもりはオラフにはなかった。

部下の二人が、それぞれ煙草を投げ捨てて靴底で踏んだ。午後の淡い日ざしが冬枯れた庭園を侘《わび》しく彩っている。早く仕事を終えてロシアに帰りたかった。静かに降る美しく清潔な雪が、醜悪なものをすべて覆い隠してくれるロシアに。

9

日曜日、渚は娘のお稽古バッグに刺繡《ししゅう》をしながら——図柄は荷車をひくロバと、荷車にくくりつけられたたくさんの風船——、そばで夫の見ているテレビ番組を、見るというほどではないがなんとなく聞いている。窓の外は、たぶん暑すぎるせいで、空気がゆらゆらして見える。窓辺には鉢植えのダリアが置いてあり、ベランダには娘の水着が干してある。昼食にそうめんをたべたのだが、そのときにつけ合せとして用意した茄子《なす》の揚げびたしの、油を含んだ濃い出汁《だし》の匂いがリビングにはまだ漂っていた。この瞬間は二度と戻ってこないのだ、という感慨に、ふいに渚は囚われる。どこといって特別なところはなく、ありふれた家族の光景であり時間だが、間違いなく過ぎ去って、二度と戻らない。

「ねえ」

床に胡坐《あぐら》をかいて坐り、テレビを見ている夫がふり向く。渚より二つ歳下《としした》の夫はその年齢以上に童顔で若々しく見える。炭酸飲料のロゴが入ったTシャツに、ウエストを紐《ひも》でしばるタイプのグレーのスウェットパンツ。黒々した髪は休日仕様で乱れたままだ。

「なんでもない」

渚は言い、手元の布に視線を戻す。夫は不思議がるふうもなく、またテレビに向き直った。中年の女性タレント三人が、温泉地を旅する番組に。渚は、結婚するまでテレビというものをあまり見たことがなかった。両親が厳しく、子供のころには好きな番組も週に二本しか見てはいけないことになっていたし、高校にあがるころにはそれも見なくなった。一人暮しを始めてからは、仕事と恋愛と育児に忙しすぎて、テレビを見る暇などなかったし、正直に言えば、テレビを長時間見る人間は暇で孤独か知性がないかのどちらか（あるいは両方）だと決めつけて、内心軽蔑していた。だから夫が休みの日は終日（平日も毎朝、毎晩）テレビを見ることに、最初はひどく戸惑った。でもいまは、それをある種の優しさだと感じられるようになった。すくなくとも、本ばかり読んでいられるよりはずっとましだ。テレビならば夫がいま何を見ているのかわかるし、一緒に見ることもできる。

「お部屋にあんなお風呂がついてるの？」

と言うこともできるし、

「この人は女優さんなの？　それとも昔のアイドル歌手か何か？」

と訊くこともできる。たぶん〝共有〟の問題なのだ。テレビを見ている夫を、渚はいまここにいると感じることができるが、本ばかり読んでいた稔のことは、そばにいてもいないようにしか感じられなかった。渚をそこに置き去りにして、いつも一人でべつな場所に行ってしまうようにしか――。

どういうわけか読書好きが遺伝してしまったらしい波十のことが、だから渚は心配だった。いまも、隣の和室で畳に足を投げだし、壁に背中をあずける恰好で、厚ぼったい児童書を読んでいる。本に没頭する娘が渚には、現実を（あるいは母親を？）拒絶して、自分の殻に閉じこもっているように見える。渚と二人でいたときの稔がそうだったように。

「波十」

呼んでみた。

「波十、ちょっといらっしゃい」

二度目の呼びかけは、けれど夫の、

「波十、ママが呼んでるぞ」

という、しっかりした大きな声に半ばかき消されてしまう。そして、波十はその声に反応して本を閉じた。

「なあに」

閉じた本を持ったままやってくる。

「この風船、何色にしたい？」

渚はつくりかけの刺繡を見せ、たくさんある刺繡糸の束を指さして訊いた。波十は首をかしげ、糸の束をじっと見てから、

「ピンク？」

となぜだか語尾を上げてこたえ、

「それか茶色」

とつけ足す。

渚は軽く驚いてしまう。すでに刺繍してあるロバが焦げ茶色で、荷車が薄茶色なのだ。

「茶色？」

「なんでもいい」

波十は言い直し、くるりと背を向けて和室に戻った。こういうとき、娘の気持ちがわからなくて渚はいつもすこし混乱する。ピンクか茶色、なんでもいい――。結局、ピンクの糸を渚は選んだ。濃いピンクと薄いピンク、それからさらに薄い、白に近いピンクを。六本どりの糸の束は、どれもつややかで発色がいい。手にのせたときの感触と、軽さと呼びたいような重さが渚は昔から好きだった。五つある風船のうちの三つはピンクにするとして、あとの二つを何色にするかすこし悩んで、深緑と青に決める。テレビでは三人の女性タレントが、浴衣姿のままバーで寛いでいる。そのバーでは、足湯につかりながら酒がのめるらしかった。

診断名――右側側切歯《そくせつし》の反対対咬と、下顎前歯の叢生《そうせい》
治療方法――クリアアライナーにて被蓋改善とレベリングを行う
装置――クリアアライナー
治療期間――約十か月
保定期間――六か月以上
矯正治療費――二十一万六千円

処置料——一度につき五千四百円または三千二百四十円

先週歯医者がくれた書類を、大竹はじっと見つめる。書類には、他にさまざまな可能性と注意事項が二枚にわたり、細かい文字でぎっしり印刷されていた。机のひきだしから、普段鼻毛を切るときに使っている小さな手鏡をとりだし、歯をむきだした顔を映してみる。確かに歯ならびは悪い（し、長年の喫煙習慣のせいで、どの歯も黄ばんでいる）。ヤミにすすめられるまま、矯正治療を受けることに同意はしたものの、自分がいまさら——白髪がかなり増え、老眼にもなったいまになって——そんなことに関わるというのは奇妙な気がした。それに矯正というのは大竹にはどうしても、外見にこだわる女の子のすることだと思えてならない。ヤミには「そんなのセクハラ」と一蹴されたのだが。

そのヤミは、日曜日だというのにでかけている。「女友達とランチ」だというその言葉に嘘がないことはわかっているし（場所が代官山の〝美味〟という名前の中華料理店であることも、そのあと近くの服屋を何軒かのぞき、駅のそばのカフェでお茶をのんでから別れて帰る予定であることも聞いて知っていた）、それが「ほんとうにたまのこと」なのも事実として認めるが、それでもヤミのいない家のなかは空虚で淋しく、自分がないがしろにされている気が一分ごとにしてしまう。女友達と会うのなら、大竹が仕事にでる日に会えばいいのにと思い、しかし自分のいないあいだに妻が街にでていると思うとそれはそれで不安で、それよりはやはりこうして日曜日に、自分が家で待っていることをヤミが知っている状態で、でかけてくれた方がいいような気もする。

もう食事は終った？

というのが、すこし前に大竹の送信したメールで、
まだ。これからデザート。(にこにこ顔マーク)
というのがヤミからの返信だった。その着信が午後二時一分で、いまは午後二時四十分だから、いくらなんでももう中華料理屋はでているはずだ。
買物してるところ?
大竹はそう打って一字ずつ消去し、
いいもの見つかった?
と打ってまた躊躇《ちゅうちょ》し、一字ずつ消去する。考えて、結局、
買物をたのしんでね。
と打って送信した。ヤミはいつも買物が早い。あれこれ迷って最後にわけがわからなくなり、店員の言葉にも混乱して一種の思考停止に陥るのが常の大竹とは違って、ヤミは気に入ったものを見つけるとすぐに試着して、店員が何と言おうが関係なく、買うか買わないかその場で瞬時に判断する。大竹に意見を求めることもしない。試着室からでてきたときの言葉は、「買う。似合った」か、「買わない。似合わなかった」かのどちらかなのだ。だからたぶん、買物はすぐにすむはずだ。女友達が大竹のように迷って思考停止に陥るタイプでない限りは。
手に持ったままだった携帯電話が振動し、
はーい。(にこにこ顔マーク)
という返信が届いた。妻のあかるい声が聞こえ、顔まで見えたような気がして、大竹は微笑む。

携帯電話というものを、つくづくありがたいと思った。

夕方になり、風が立って、暑さがすこしやわらいだので、稔は九通書いた礼状を投函《とうかん》しようとおもてにでた。帰りにチカの店で夕食を摂《と》るつもりで、借りたままになっているタッパーと、到来物のマスカットを持ってでる。夏の夕方の匂いがする。何の匂いなのか具体的にはわからないが、稔はその匂いをなつかしく感じる。草いきれ、昼間の熱にあたためられたアスファルトやコンクリートや木材、どこかの家の風呂や台所から漂ってくる気配、小学校の体育倉庫、虫よけスプレー、濃く茂った木々、風に冷やされ始めた空気、それらすべてを溶かして薄めたような匂いだ。

ポストのある路地で、小学生が三人キックボードに乗って遊んでいた。手紙を投函し、まだあかるい空に金星を見つけた稔は、今夜は星が美しいに違いないと思った。この季節にしてはめずらしく、とても空気が澄んでいるから。

天体望遠鏡を所有したことは一度もないし、とりたてて星座に詳しいわけでもないが、稔は昔から星が好きで、よく空を眺める。渚とつきあっていたころは、きょうのように空気の澄んでいる日に、星を見るためだけに、思い立って遠出をすることもあった（渚は車の運転ができたので、思い立てばいつでもレンタカーを借りてでかけられた）。行くのは決って日光の山奥だった。そこで見た星空が、稔がこれまでの人生で見たなかで、いちばん美しい星空だった。まさに降るほどの、夥《おびただ》しい数の星々が、夜空に凍りついたように散らばり、そのそれぞれが、つめたい光を放ってただ瞬いていた。山の上は夏でも寒く、滝の水音がごうごうと聞こえた。

思いだすと、またあの星空を見たくなった（が、稔は車の運転ができない）。腕時計を見ると五時半だった。早目の夕食をすませてからでかけても、深夜、いちばん美しい時間帯の星を眺めるのに十分まにあう。シャツの胸ポケットから携帯電話をとりだして、稔は大竹の着信履歴を呼びだして発信した。

無理、というのが大竹の返事だった。にべもない。でかけている妻をこれから駅まで迎えに行って、二人でスーパーマーケットに寄り、食材を買って帰らなければならないからだそうで、

「子供じゃないんだからさ、急は無理だろ、急は」

と言われた。しかし稔に言わせれば、こういうことは、急であることこそが肝なのだ。

「大人だからこそできるんだろ」

そう言わずにはいられなかった。

「なんのために大人になったんだよ」

と。

「すくなくとも、星を見るためじゃないな」

大竹はこたえる。

「なんでだよ。星、きれいだぞ」

ため息が聞こえた。

「お前さ、もうちょっと大人になってくれよ、たのむから」

その言葉は、稔に渚を思いださせる。お願いだから、もっと大人らしくしてよ。渚は何度もそう言った。

「じゃ、ヤミから電話がかかるかもしれないから切るぞ」

大竹は言い、ほんとうに電話を切ってしまった。稔はぽつんととり残される。夏の夕暮れの街路に。

すぐに二つ目の衝撃が待っていた。チカの店が閉まっていたのだ。稔はタッパーを持ってくることは忘れなかったが、きょうが日曜日だということを忘れていた。日曜日は定休日だ。まったくついていない。そう思った途端に、「ダブルショーーーック」という言葉が頭に浮かび、稔は自分で驚いてしまう。稔自身は、これまで一度もその言葉を口にしたことがない。しかし懐かしさはあり、男の子供の声を伴って頭に浮かんだので、ずっと昔、おそらく小学生か中学生のころに、級友の誰かが口にしていた言葉なのだろう。「ショ」と「ク」のあいだを決ってながくのばして。

ダブルショーーーック。ダブルショーーーック。すっかり忘れていた遠い言葉が、自分の頭のどこかに埋まっていて、これだけの時間を経て唐突に現れたことがおもしろく、稔は胸の内でくり返し呟く。ダブルショーーーック。ショックとは言いながら、それを茶化してふざけてみせるその響きのばかばかしさと軽さを、稔は気に入って微笑んだ。大竹に拒絶された痛みは多少残っていたものの、計画が頓挫した失望感は消えていた。どっちみち、ただの思いつきだったのだ。

せっかくここまで来たのだし、タッパーはともかくマスカットは傷むといけないので、彼女たちの住むアパートまですこし足をのばし、届けに行こうと稔は決める。散歩にもってこいの、気持ちのいい夏の夕方なのだから。

さやかには理解できないのだが、チカは一人で美容室に行くのをいやがる。「気恥かしい」のだそうだ。だからといって、いわゆる床屋に行くわけでもなく（「それはべつな意味で、もっと気恥かしい」らしい）、短い髪がのびてくると鬱陶しがって、うなじのあたりの髪だけ無理矢理ゴムでしばり、どう見てもへんな頭のまま、平気な顔でいたりする。そうやって、さやかが彼女を美容室に連れていくまで、じっと待っているのだ。問題は、ショートヘアのチカの方が、セミロングのさやかよりも頻繁に髪を切る必要があることで、だからさやかは結局いつも、自分の必要以上の頻度で美容室に行くことになる。きょうのように。もっとも、チカと違ってさやかは美容室が嫌いではないし、誰かに髪の手入れをしてもらえるのは気持ちのいいことなので（とくに、シャンプー後に施されるヘッドマッサージにはうっとりする）、費用が嵩《かさ》むことをべつにすれば、頻度があがって困るというものでもなかった。というより、こうしてチカとならんで鏡の前に坐るのはむしろたのしい。普段は口数が多く威勢のいいチカが、美容師に話しかけられても最低限の返事しかせず、緊張した面持ちで、鏡をにらんでいるのを見るのは。

「どうしてそんなにこわい顔になっちゃうの？　美人が台なしよ」

さやかが言って笑っても、チカはむっつりしたまま返事もしない。一連の施術が終る瞬間を、ひたすら忍従して待っているのだ。風呂に入れられた猫みたいに。さやかは、鏡に映った自分たち二人の姿を眺める。確かに、他人に見られたい姿ではない。病院着じみたガウンを着せられ、濡れた髪はあちこち奇妙な具合にピンで留められ、あかるすぎる照明のせいで肌の衰えも目立つ。けれど同時に、さやかはその自分たちを、人生を共有している者同士だと強く感じる。長年一緒に暮し、互いに互いを徹底的に知っており、劣化の度合がそれを物語っていると感じる。つまり、自分たちは夫婦でも姉妹でもないが、でもそれらとおなじくらい不可避に家族だと――。

軽くなった頭と、一本ずつが健康になった（気がする）髪で美容室をでて、地下鉄と私鉄電車を乗り継いで家に帰ると、チカが水ぎょうざを作ると宣言した。

「こういう日は水ぎょうざよ。水ぎょうざとビール」

こういう日というのがどういう日のことなのかはわからなかったが、さやかはただ、

「いいわね」

と応じた。チカの作る水ぎょうざはおいしい。

「トマト入れてね、トマト」

窓をあけ、部屋に風を通しながら要望を伝える。夕方の空は薄青く、雀《すずめ》がたくさん電線にとまっていた。髪が風に揺れると、まだ美容室の匂いがする。インターフォンが鳴ったのはそのときだった。チカが応待にでたので、さやかはそのまま空と雀を眺めていた。まだ夜にはまがあるのに、星が一つだけ光っている。黒々した影に見える雀たちと、ピチュピチュと湧きあがって途絶えない鳴き声を、さやかはちょっと不気味だと思った。どうしてもヒッチコック映画を連想して

しまう。

「どうぞどうぞ。入って入って。野暮用ででかけてて、いま帰ってきたところなの。すれちがいにならなくてよかった」

チカの声の最後に重なって、

「おじゃまします」

という男の人の声がすぐそばで聞こえ、びっくりしてふり向くと、大家がうしろに立っていた。

「かえって申し訳ないなあ、こんなものまでいただいちゃって」

あとから入ってきたチカが言う。美容室の緊張から解放されて、いつもの調子を取り戻している。

「ちょうどいま、水ぎょうざを作ろうとしていたところなの。お夕飯まだでしょう？　これはもう、ぜひたべて行ってもらわなきゃ」

さやかは、自分がまだ挨拶もしていないことに気づいて、

「こんばんは」

と大家に言った。

「雀が、すごくたくさんいるの」

と、これはチカに向かって言い、窓の網戸だけ閉める。

「窓ごと閉めて冷房入れたら？　暑いわよね、そうしなきゃ」

チカが、前半はさやかに、後半は稔に向って話しかけ、

「でも、いい風が入るわよ」

とこたえたさやかの言葉は、

「僕の姉の名前は雀っていうんです」

と言った大家の声にほとんどかき消されてしまう。

「以前、お店にも連れて行ったことがあるんだけど、憶えてらっしゃらないかな」

大家の姉という人に会ったことがあるのを、確かにさやかは憶えているが、名前を聞いた覚えはなかった。聞けば憶えているはずだ、雀だなんて。けれどチカは、

「そうそう、雀さん！　もちろん憶えてるわ。元気にしてらっしゃる？　外国にお住いなのよね」

と、調子よくこたえた。食卓の椅子をひいて大家を坐らせると、つっ立ったままのさやかに業を煮やしたのか、自分で窓を閉めて冷房をつける。暑さだか天気だかについてぼやきながら、濡らして絞ったタオルを客にさしだすチカの姿を見て、さやかは苦笑した。定休日だというのに、店の女将《おかみ》そのものの所作だったからだ。

10

何もかも悪夢のようだ。駅構内を行き交う人の流れ、コーヒーとペストリーの匂い、その平穏さと自分とのあいだに、埋め難い隔りがあるとエリックは感じる。KGB（元、とつけるべきだとわかってはいたが、つけたところでおためごかしであることも、またわかっている。本質的に彼らの体質は変りようがないのだし、その指揮系統がどんなに強固か、任務において、職員の一人ずつが――個々は十分に〝いい奴〟であっても――どれほど冷酷非情になり得るかを、エリックはよく知っている）が相手では、逃げられる見込みはない。皮肉なことだが、せめてもの救いは、妻にとって自分がもう不要であるらしいことだ。過去から現れた亡霊――。エリックにとってイサークはまさにそれだった。そのイサークに感謝する日がくるとは思ってもいなかったし、いまでも自分がほんとうに感謝しているのかどうかわからなかったが、それでも妻の人生に、〝新しい光〟（そう、ソニアは確かにそう言った）をもたらしてくれたのであれば、感謝すべきなのだろうと思う。とくに自分がこんなふうに追いつめられ、ゾーヤとひきかえに、この十五年間に築きあげた生活のすべてを失おうとしているいまとなっては――。

十五年間――。

自分の座席を見つけ、荷物を網棚に上げてエリックはため息をつく。スパイではなく一市民として、普通という自由を怯《おび》えながらも享受した十五年間、ソニアの夫となり、酒場のピアニストとして暮した日々。

あなたはずっと私をだましていた。

そう言ったときのソニアの、傷ついた表情が脳裡《のうり》から消えない。愛情は真実だったし、ソニアと過した時間のすべてが、エリックにとっては生涯で唯一の〝新しい光〟だったけれども。

列車が駅を離れ、見慣れた街がゆっくり遠ざかっていく。乗り込む前に売店で買ったコーヒーはまだ熱く、意外なことに味もよかったが、自分が手に持って、現にのんでいるそのコーヒーと自分とのあいだにも、埋め難い隔りをエリックは感じる。列車も、窓外の雪景色も、コーヒーも、目の前にあって見えているのに現実だという気がしない。まるで、自分だけが現実の外側にいるかのような、この感覚には憶えがあった。かつて、エリックはつねにその感覚のなかで目覚め、その感覚のなかで眠りに就いた。だから、ある意味ではなつかしいとさえいえる感覚だった。

KGB時代、エリックの任務は、他の多くのスパイたちとは異っていた。いまは亡きソヴィエト連邦が世界じゅうにばらまいた様々なスパイ、必ずしも優秀だとは限らないし、祖国に忠実だとも限らない彼らを監視すること、つまりスパイのスパイが、エリックに与えられた任務だった。数多くの裏切りを目にしたし、ときには同胞の恨みも買った。しかしエリック自身は、最後まで組織に忠実に仕事をこなした。それなのにいまや追われる身になっている。これから自分がすべてを失うであろうことをエリックは知っている。この列車に奴らがすくなくとも五人、いや、おそらく七、八人は乗っているだろうことも。けれど誰も接触はしてこないはずだ。いまは、まだ。

ゾーヤに危害を加えるつもりはないと、オラフは言った。見たところ信頼できそうな人間だったとはいえ、その言葉を鵜呑《うの》みにするほどエリックは錆《さ》びついていない。だから奴らと取引きをする前に、万が一に備えてモーナに何もかも話しておく必要があった。ウスタオセ駅で乗り込んでくるというゾーヤの恋人――モーナは、ラースという名だと言っていた。妻帯者で、エリックよりは若いがゾーヤとはかなり年が離れているとも――にも、だから話すことになるだろう。自分が取引きに応じたあと、万が一ゾーヤが解放されなければ、彼らが国家警察に訴えられるように。

コンパートメント内の座席は四席とも購入してあるので、モーナの待つミュルダールまでその男と二人きりのはずで、だから列車がウスタオセ駅に着く前に扉があいたとき、エリックはてっきり奴らが気を変えて、自分の口を封じに来たのだと思った。

「入ってもいいか?」

そう言ったのはソニアの〝新しい光〟、イサークだった。

「ああ。しかし、なぜお前がここに?」

「心配するな。すぐにでて行く」

どうしてだかわからない。旧友の声か、口調か、それとも目つきか、ともかく何かがエリックを不安にした。烈《はげ》しく不安に。

「ソニアは? ソニアに何かあったんじゃないだろうな」

立ちあがろうとした途端に腹を蹴られ、壁に頭をしたたかぶつけて座席に尻を戻された。次いで髪をつかまれ、頭をのけぞらされる。のけぞりすぎて息ができない。

「心配するな。彼女はまだ無事だが、すぐにそこに送り届けてやる」

エリックが生涯の最後に見たものは、網棚にのった自分の荷物だった。

ドアがあき、茜は本を閉じる。自分でも気づかないうちに息をつめて読んでいたので、すぐに

は声をだせなかった。短く一度、息を吸って吐いてから、

「いらっしゃいませ」

と言い、

「こんにちはー」

と語尾を伸ばしてあかるく続けた。常連客の、女子高校生四人組だったからだ。

「暑いー」

「こんにちはー」

「涼しー」

「ほんとだ、涼しー」

口々に言いながら入ってきて、注文する前に椅子に鞄を置く。

「でもいいじゃん、アキは特進クラスなんだから」

「いやいやいやいや」

「それ天ぷら?」

「やだそれワタナベ?」

いつものように、彼女たちの会話は茜には理解不能だ。それでも微笑ましいし、すこしなつかしくも思う。椅子に坐ると同時に二人がスマホをとりだす。

「あたしははちみつ」

「あたしも」

「えー、きみちゃんはバニラにしなよ」

「なんで？」

彼女たちには彼女たちの手順があることを茜は知っている。慎重に言葉を切りつめて、すこし気を遣って、すこし気を許して、できるだけ軽く。そうやって天下泰平をつくりだすのだ、自分たちのいる場所なら、どこにでも。

「あ、カリヤからだ」

「何だって？」

「エスプレッソは？」

「いらない」

「私はのもうかな」

いつものようにテーブルでお金のやりとりが行われ、四人を代表して二人がカウンターにやって来る。

「すみません。はちみつ二つとチョコミックス二つ、それからエスプレッソを一つお願いします」

女子高生たちは、茜に対しては言葉を切りつめてくれない。どの子も丁寧に明快に、礼儀正しく注文する。

ソフトクリームを四つ——一人に二つずつ——手渡し、

「エスプレッソはのちほどお席にお持ちします」

と言っているさなかに、まの悪いことにあくびがでかかった。瞬時に噛殺《かみころ》したが、一人――ソフトクリームをあとから受け取った方の子――には気づかれたかもしれない。

この子たちが帰ったら、自分もエスプレッソを一杯のもうと茜は決める。奥の事務所にべつなコーヒーメーカーがあり、従業員はそっちのコーヒーしかのんではいけないことになっているのだが、きょうはいいはずだと思った。何しろゆうべは社長に突然呼びだされたのだし、おかげで四時間――茜にとっては普段の半分だ――しか寝られなかったのだから。

「どこにいるの?」

アンナの声は心配そうだった。

「どういうことなの? ラース、ちゃんと説明して」

うしろでオペラが鳴っているのが聞こえる。〝庭園の音楽〟、ラヴェルだ。出産に備えて里帰りしている娘が、胎教のために聴いているのだろう。

「ラース? 一体どうなってるの?」

自分の家の居間が目に浮かんだが、ひどく遠く感じられた。

「すまない。ひどく込み入っていて、いまは詳しく話せないんだ」

「何なの、ラース。何が込み入ってるの?」

「ともかく心配ないから。また連絡する」

自分でも確信の持てないことを口にして、ラースは携帯電話を閉じた。

バー・ラウンジに戻ると、モーナに、

「大丈夫？」

と訊かれた。

「ああ、もちろん」

またしても確信のないことを言った。黒いセーターにブルージーンズという飾りけのない服装のモーナは、その飾りけのなさのせいで、かえって生き生きと美しく見える。生き生きと美しく、ゾーヤそっくりに。

「あなたを疑うわけじゃないけど、ほんとうにエリックは死んでいたの？」

ラースとモーナは、呼ばれもしないのに、きょうもまた警察署を訪れたのだった。ハムズンというあの老刑事は、ラースの乗った列車を調べたが、不審な点はなかったと言った。乗務員の誰に訊いても、列車は通常通り運行され、途中で何のトラブルもなかったとこたえたそうだ。

「だって、あり得ないでしょう？　人が一人、そんなふうに殺されて、誰も何も見ていなくて、血痕すらないなんて」

ラースにはわからなかった。そういうことがあり得るのかどうかも、警察が、果してほんとうに捜査したのかどうかも。

エリックの死を認めたくないという、モーナの気持ちはわかった。エリックはモーナに、ゾーヤは無事だと請け合ったのだ。必ず自宅に送り届けると。

「ゾーヤが生きてることはわかってるの」

モーナは言い、悲壮ともとれる表情で微笑んでみせる。

「ゾーヤは絶対帰ってくるわ。笑って。わかるでしょう？　あの人はいつだって笑ってるんだから。叔父のお葬式のときだって冗談を言って、自分の冗談に自分で笑ったのよ、私もゾーヤもその叔父が大好きだったのに」

モーナは微笑んだまま喋っていた。微笑んだまま目に涙をため、鼻を赤くして。

「彼女は無事よ。姉妹だから感じ取れるの。彼女は無事で、笑って帰ってくるって」

ラースは肯定した。ウェイターを呼び、それぞれの酒のお代りを頼む。モーナから目をそらしたのは、モーナがゾーヤのように見えるからで、それは〝似ている〟かどうかの問題ではなく、いまここに二人が同時に〝いる〟ようで、その考えはむしろ不吉な感じがしたからだ。


ゾーヤはにっこり笑った。運ばれた食事がピッティパンナだったからだ。

「これ、大好きなの」

運んできたメイドに言う。

「誰だか知らないけど、料理してくれる人にそう伝えてね、へんな魚料理よりこっちの方がいいって」

どういうわけか、メイドは返事をしない。前回の食器を袋に入れて片づけ、汚れた衣類をまたべつな袋に入れるために、バスルームに向う。それでも、

「ねえ」

と呼ぶと立ち止まってふり返った。メイドは二人いるのだが、どちらもゾーヤの母親くらいの年齢に見える。体力は自分の方があるだろうし、つかみかかって鍵を奪い取ることは可能かもしれなかったが、それではエリックを助けだせなくなってしまう。

「オラフを呼んでもらえない？　話したいことがあるの」

メイドはやはり返事をせず、表情も変えず、バスルームに入って行った。

稔は、淳子との約束を忘れたわけではなかった。六時に、前回とおなじ代々木のビアガーデンだから、五時に出れば間に合う。いまはまだ四時四十二分だ。着替えだの何だのをしなければ、もうすこし読んでも大丈夫だ、と判断し、稔は視線を時計から本に戻す。


バスルームに入って行った。ゾーヤは立ちあがってあとを追った。

「ねえ、じゃあせめて、ちょっとだけ外にだしてもらえない？　絶対に逃げないって約束するから。外の空気が吸いたいだけなの。ここじゃあ天気もわからないんだもの」

「晴れています」

メイドは言い、ゾーヤの脇をすりぬけて部屋に戻る。袋を二つ持ってドアをあけ、でて行きかけたので、ゾーヤはついて行こうとした。ドア枠をつかみ、廊下に顔をだした途端、信じられないものが目に入った。短銃――。目に入ったというより、目の前につきつけられたのだ。

「大人しくしなさい。事情が変ったの」

そこにいたのは、あの親切ぶった女性刑事で、メイドはまったく何もなかったかのように、廊下を歩き去っていく。

「中に戻りなさい」

ゾーヤは後ずさった。短銃から目を離すことができない。

「どうして……」

「言ったでしょう？　事情が変ったの」

びくりとしたのは変な音がしたからで、一瞬わけがわからなかったが、それはテーブルの上で震え、わずかに移動もしている自分の携帯電話だった。本を伏せ、手にとって見ると雀からのメールを受信したところで、
いまスカイプできる？
と、ひとことだけあった。稔は急いでパソコンを立ち上げる。

ふくらはぎに止まった蚊を、淳子はぴしりとたたいた。手のひらにはりついた黒い蚊の残骸と、少量だが生々しく赤い血を、いつも持ち歩いているウェットティッシュで拭う。そして、これもまたいつも持ち歩いているウナコーワを、かがんでふくらはぎに塗った。庭園ビアガーデンは確かに眺めがよく、ビールもおいしく感じられるが、蚊がいるのだった。

このあいだも、待合せはここだった。思いだし、淳子は甘やかな気持ちになる。食事のあとで

バーに行こうとしたこと、地下にあるその店に続く、仄暗《ほのぐら》い階段でキスをされたこと、稔の手がスカートのなかに入ってきたこと、結局バーには入らずに、降りたばかりの階段をまた昇って（そのときには手をつないでいた）、タクシーでホテルに急行したこと——。あのときの、切羽詰まった男女の空気は、思いだすだけで息苦しくなってしまう。けれど、そういえば、あの日も稔は遅刻してきたのだ。

腕時計を見て、淳子はため息をつく。相談があると部下に言われ、きょうは無理だわとこたえて、そそくさと会社をでてきたというのに。部下の相談というのが、二度目の産休をとりたいという話ではないといいがと淳子は思う。無論、産休は何度でも認められてしかるべきだし、そうである以上笑顔で送りだすしかないのだが、それでも現場としては——。

「ごめん、ごめん。申し訳ない」

稔の丸顔がふいに現れ、淳子はなんとなくたじろぐ。この人の肌を自分は知ってしまったのだと思った。すこし前までは知らなかったのに、いまはもう知ってしまった。

「でがけに姉から電話がかかってきちゃって」

稔は言い、向いの椅子に腰をおろすと、片手をあげてウェイターを呼んだ。

「電話っていうか、姉とはスカイプで話すんだけど」

ビール、と、これはウェイターに向って言う。ああいうことになる前とおなじ態度をとりたいと思うのだが、それがどういう態度だったのか、淳子には上手く思いだせなかった。

「大竹に連絡しなきゃならなかったりして、またばたばたしちゃって」

大竹？　淳子は、自分が何か聞き逃したことに気づく。

「今度は一か月くらいいるらしいんだけど」

そう言われてようやく、お姉さんが外国から帰ってくるのだとわかった。

「急なんだよね、あの人はいつも」

「お姉さん、いまお幾つだった？」

「俺の四つ上」

ということは五十四歳だ。稔のビールが運ばれ、ジョッキを合せる。

「じゅんじゅんは？　どうしてた？」

まっすぐに目を見て尋ねられ、淳子は確信した。こいつは全然たじろいでいない。淳子がまさにいまそうであるように、記憶がちらついて気恥かしい思いもしていない。

「あいかわらずよ。仕事三昧」

こたえて、〝やれやれ〟という笑顔をつくってみせる。そして加速する。現地二泊だった弾丸パリ出張のこと、自分をインテリだと勘違いしている嫌味な上司のこと、二度目の産休をとる（かもしれない）部下のことまで話して聞かせ、稔を何度も笑わせた。息子自慢（出張土産に買ってきたエルメスのローファーを、いやがらずに履いてくれる！）と、先週試写で観《み》た映画がすばらしくよかったこともつけ足し、気がつけばつい、〝充実しています、あなたなしでも私の人生は〟というアピールをしているのだった。もちろんそれは嘘ではない。たとえば出張は慌しかったがたのしかったし、向うに住んでいる友人にも会えた。世界中に（というのは大袈裟だが、ヨーロッパにもアメリカにも、カナダにも香港にも）友人がいて、淳子は彼らを自分の財産だと思っている。いい息子がいることも、いい映画を観たことも事実だ。

でも――。夕風の渡るビアガーデンで、残りすくなくなっていたビールをのみ干した淳子は、いったいなぜ稔ごときのために、自分が人生の充実度をアピールしなければならないのかと、腹立たしくなった。

11

迷った末、昔観《み》て、シャーリー・マクレーンが可愛《かわ》いかったことだけ憶《おぼ》えている「あなただけ今晩は」と、比較的新しそうな「ハンナ・アーレント」を借りて、さやかはレンタルショップをでた。好都合にも隣がスーパーマーケットなので、DVDを観ながらたべるつもりで、ポップコーンの素も買った。晴れた午後の街は人が多い。小型犬を抱いた男の人とすれ違い、いつか田舎に家を買って引越せたら、犬を飼うのもいいかもしれないと思った。小型犬ではなく、番犬になってくれるくらい大きな、でも散歩のときに引きずられて転んでしまうほど大きくはない、たぶん中くらいの犬を。

現実的に考えれば、チカが店を閉めない限り移住はできないのだし、チカがその気になるとは思えないのだが、あの思いがけない遠出以来、田舎の家へのさやかの移住願望は、厄介なことに高まってしまった。

驚くべき光景だった。あんなに深い暗闇を、さやかははじめて体験した。自分の手足も見えないほどで、樹木の緑も鼻だけが感じた。遠くで流れ落ちる水は耳だけが。寒さにはたじろいだが、空気が澄みきっていて、皮膚も内臓も眼球も浄化されるようだった。そして、あの、とても現実とは思えない星空――。もっとも、そんなことを言えば、あの夜の出来事の何もかもが、どこか現実離れしていた。

大家がその場所の話をしたとき、さやかは水ぎょうざをたべながらビールをのんでいた。行ってみたいと言ったのはただの相槌《あいづち》だったし、まさかあんな時間から、ほんとうにでかけることになるとは思わなかった。それも、知らない人の車で。大家が言うには、彼のソフトクリーム屋で働いている娘さんだそうだが、あんな夜に(家に帰ったのはほとんどあけ方だった)若い娘さんを呼びだしたりしてはいけなかったのではないかと、いまになってさやかは気が咎《とが》める。そして、でも、いかにも霊験あらたかな感じのあの場所に、チカと自分と大家と知らない娘さんの四人(なんて変な組合せだろう)で立っていたことの不思議を思うと、なにか愉快な気持ちになった。愉快で自由な気持ちに。

日光の山奥、としか説明されなかったあの場所に、果して自分がもう一度行くことはあるのだろうか。そんな機会はもうないような気がした。いま、昼下りの街を歩きながら、さやかは自分が遠出をたのしんだことを認める。あれは、とても変でとてもたのしかった。

「先生」

バス停でバスを待っていると、あかるい声で呼ばれた。女子生徒が二人、輝くばかりの笑顔――とくに嬉《うれ》しいことがなくても、この子たちがこういう顔をすることを、さやかは知っている――を見せて立っている。制服姿なので、部活の帰りなのだろう。

「あら美香《みか》ちゃん、飯田《いいだ》さん」

名前を思いだせたことにほっとしながら、さやかは言った。この二人は……たしか吹奏楽部だ。

「練習？」

はい、と二つの声が揃《そろ》う。

「先生は？　お買物ですか？」

スーパーマーケットの袋（ポップコーンの素の他にも、卵や化粧用コットンや、チューブ入りの練りわさびや詰替用の洗剤など、雑多なものが入っている）に視線を落としながら訊《き》かれ、さやかは理由もなく恥かしくなる。三十年以上も教員をしているのに、学校以外の場所で生徒と出くわすことに、いまだに慣れない。

「ええ、まあ」

そうこたえると、もう話すことがなかった。ここでバスを待っている以上、それじゃあまた学校でね、と言って歩きだすわけにもいかない。

「そのスカート、すてきですね」

一人――飯田さんだ――が言う。

「きれいなブルー」

と。

「だって、先生はいつもおしゃれじゃん」

もう一人――伊藤美香――も加勢し、

「先生がしょっちゅう着てるりぼんつきのブラウス、昔っぽくてイーカンジです」

と言った。〝しょっちゅう着てる〟と〝昔っぽくて〟は余計なお世話であるにしても、生徒たちの方がよほど社交上手だと思いながら、

「イーカンジじゃなくて、いい感じでしょ」

と、さやかは発音を訂正した。


チャイムに応えてドアをあけた稔は、珍しく読書以外のことをしていた。料理だ。大竹にそれがわかったのは、ドアをあけるなり稔が台所に駆け戻ったからだし、何かを炒《いた》める音と匂いもしていたからで、昼食には遅く、夕食には早い時間だったが、自由人の稔には、そんなことは関係がないのだろうと大竹は思った。ジャケットを脱ぐと、リビングは例によって冷房が効きすぎており、ヤミと結婚して以来温度に敏感になった大竹は、リモコンをとって設定温度を四度ほど上げる。

「何作ってるんだ?」

台所に向って尋ねたが、〝作ってる〟は〝ちゅくってる〟になった。矯正器具(歯医者が言う

には〝クリアアライナー〟）をつけていると、もともとあまりよくなかった滑舌がさらに悪くなり、とくにサ行とタ行の音が上手《うま》く発音できないのだった。

「ピッティパンナ」

稔がこたえる。

「何だそれ」

〝それ〟は〝しょれ〟になった。鞄《かばん》から必要なものをだしてテーブルにならべる。各種団体への寄付金額の見直しがきょうの最重要課題で、資料はすべて、すでに稔のパソコンに送ってあった。が、稔がきちんと目を通したはずはなく、結局直接顔を合せて、大竹が口頭で説明するよりないのだった。さらに、稔の署名が必要な契約書と、返信の必要な招待状が幾つかあった。前者は問題ないのだが、後者についてはぜひ出席するように（というのも、ほとんどの招待状には――稔の希望で――欠席の返事をだしているからで、良識および義理人情の観点から、どうしたって欠席すべきではないと思われるものだけを持ってきているわけなので）、稔を説得するのも大竹の仕事だった。

「できたぞ」

台所から声がかかった。

「俺は要らないよ。昼が遅かったし、きょうは早く帰って、夜はヤミとたべるから」

大竹はこたえたが、それでも台所に行って、冷蔵庫から勝手に水をとりだし、稔の昼食（あるいは夕食）を鑑賞する。

「何だ、それ」

もう一度訊いた。皿にのっているのは正体不明の炒めもので、上に目玉焼きがかぶさっている。

「なんで幼児語なんだ？」

稔が怪訝《けげん》そうな顔をした。そばに小説が伏せて置いてあり、料理をしながらまで本を読んでいたことがわかった。もはや驚きもしなかったが。

「これのせいだ」

大竹は仕方なく、透明なプラスティックにおおわれた前歯をむきだしてみせる。

「これをつけると滑舌が悪くなる」

〝つけると〟は〝ちゅけると〟に、〝滑舌〟は〝かちゅじぇちゅ〟になった。稔は怯《おび》えた表情を浮かべる。

「いいからさっさと食ってくれ」

大竹は言い、椅子《いす》に坐《すわ》ってペットボトルの水をのんだ。

稔が食事を済ませるのを待って、リビングに移って仕事を片づけた（招待状に関しては、四件中二件の説得に成功した）。ジャケットを着て、ただでさえ重い鞄を持ったところへ、

「まっすぐ帰るんならさ、これ、ヤミちゃんに持って帰ってよ」

と言われた。

「よければこれも」

りんごジュースの三本セットと、焼き菓子の詰合せだった。稔の家は、いつきても到来物だら

けなのだ。大竹は一瞬返答に詰ったが、ヤミの好きそうなものである以上、受けとらないわけにはいかない。

「おう」

こたえて、二つともらうことにした。

「そういえばさ、美術館の企画展、いま何やってるのか知ってる?」

尋ねられ、稔が雀さんのことを心配しているのだとわかった。「日本の夏の湿度が恋しくなった」とかで、いつものように突然帰ってくる風来坊の姉のことを。

「たぶん絵本の原画展だろ。あそこ、それがいちばん多いから」

「いい絵本かな」

「知るかよ」

大竹は美術館の税務もひきうけているが、展示内容までは管轄外だ。

「心配なら、たまには自分で観に行けばいいだろ」

その美術館は、もともと稔の祖父母が住んでいた家で、大正時代に建てられたその建物自体が結構な文化財なのだが、美術品の蒐集家《しゅうしゅうか》だった彼らのコレクション(絵画、茶器、掛け軸、柱時計など)プラス雀さんの写真、という常設展示だけでは集客がままならず、なんとか客を呼ぼうと、企画展をひらいている。そして、その企画展の質に、雀さんはうるさいのだった。

「雀が頑固なのは俺のせいじゃない」

大竹の頭のなかを読んだかのように、先回りして稔が言った。

「まあな」

肯定したが、大竹にはよくわからなかった。無論、雀さんの頑固は雀さんの責任だろうし、稔の頑固は稔の責任だろう。しかし大竹にはどういうふうにだか、二人が互いに互いの頑固を保護助長し合っているように思える。姉弟《きょうだい》というのはみんなそうなのだろうか。大竹にはわからない。自分にも妹がいるが、自分と妹との関係は、雀さんと稔の関係とは随分違う気がするし、けれど姉と弟というのは兄と妹とはそもそも別物なのかもしれず、この姉弟のありようは昔から、大竹には理解不能なものだった。

稔のマンションをでると、午後六時近くなっていた。空はまだあかるい。

本日の業務終了。

まっすぐ帰ります。

習慣通り、妻にメールを打った。返事がこないことはわかっていたけれども。


目が覚めて、雀は一瞬、自分がどこにいるのかわからなかった。ステファンの部屋だ。気づくと同時に記憶が甦《よみがえ》った。ゆうべは、ひさしぶりにセックスをしたのだった。正確なところはわからないが、おそらく一年以上ぶりだ。雀は掛け布団カヴァー(暑いからだろう、カヴァーだけで、中身はない)を持ちあげてみる。全裸のままだった。ベッドからでて床に立ち、両足のあいだの違和感を確かめる。

「ステフ!」

そうしながら友達の名を呼んだが、返事はなかった。日あたりのいいロフトは狭くて散らかっているが、持ち主の人となりや暮しぶりのうかがえる散らかり方で、ここに来るのははじめてではなかったが、気持ちのいい部屋だと雀は改めて思う。大きな作業台と小さなテーブル、座面に必ず何か——本、植木鉢、服——が置かれている椅子。壁に立てかけられた大きな鏡と、手前にならべられた靴。

雀は鏡の前までそろそろと（違和感を味わいつつ）歩いて行き、そこに映っている女を眺める。しげしげ。すると、空気がもれるみたいに笑いがもれた。こんなありさまになっても、あんなことができるとは！

バスルームを借りてシャワーを浴びていると、ノックの音に続いてステファンが顔をだした。ランニングに行ってきたのだと言う。この友人の、かなり貫禄《かんろく》のあった腹部を思いだし、雀は微笑《ほほえ》んだ。

「朝食を一緒にする時間はある？」

尋ねられ、すこし考えて、雀は「ない」とこたえる。せっかく気分のいい朝なので、このまま自分のアパートに帰りたかった。

「オーケイ」

ステファンは言い、顔をひっこめてドアを閉める。がっかりもせず、ほっとしてもいない、いつもの彼の口調で。

アパートに着くころには、ステファンのことは忘れてしまっていた。しばらく日本に帰ることにしたので（セックス同様、帰国もひさしぶりのことだ）、するべきことがたくさんあった。留守中の部屋の管理と郵便物の整理はいつものようにパトリチアがひきうけてくれたが、彼女は来月ヴァカンスをとる予定なので、そのあいだはべつの誰かに頼まなくてはならない。講師をしている写真学校には来期の授業の概要を提出しておかなくてはならないし、日本の友人知人や姪《めい》へのいわゆる〝お土産〟を、あらかじめ別便で送っておきたくもあった。自分の荷物と一緒に。

でも、その前に朝食だ。雀は気持ちがいいほど空腹だった。ゆうべもだいぶのんだはずだが、体感として、アルコールはすっかり抜けている。部屋着に着替え、コーヒーを淹《い》れる。ヨーグルトをたべながら、読みかけだった小説をひらいた。著者はドイツ在住のイスラエル人で、象と男の物語だ。主人公の男は象に踏みつぶされたいと願っているのだが、象はなかなか踏みつぶしてくれない。のみならず、ちょっとしたアクシデントがあって、主人公の妻を踏みつぶしてしまう。妻は幽霊となってこの世にとどまり、どういうわけか、夫ではない男にとりつく、というところまで読んできのうはでかけてしまったのだった。

膝にのせたお稽古バッグ――ロバと風船の刺繡《ししゅう》つき――には、読みかけの本が入っている。学校の図書室から借りた三冊のうちの一冊で、『西風のくれた鍵』という題だ。でも、いま取りだして読むわけにはいかない。そんなことをすれば、藤田くん――というのは波十の父親の名前だ。波十のいまの苗字《みょうじ》でもある――が気を悪くするだろう。波十は藤田くんに、気を悪くしてほしくなかった。せっかくこうしてわざわざ野球場まで連れてきて、波十に野球のルールを教えようとしてくれているのだから。

　野球場は――というか、すくなくとも選手たちが試合をしている緑と茶色の部分は――ひろびろとしていてきれいだ。空がたくさん見えるところも気持ちがいいが、観客席は満員で、よその人の顔や仕種やたべているものがまる見えなので、なんだか変な感じがする。それにとてもビールくさかった。野球場では、大人はみんなビールをのむ決りなのだろうか。波十の両隣で、父親も母親もビールの入った紙コップを持っているし、前の列の人も後ろの列の人も持っている。

「カウントは？」

　藤田くんに訊かれ、波十は電光掲示板を見る。青と黄色と赤のランプの読み方は、さっき教わったばかりだ。

「ツーアウト、ワンボール、ツーストライク」

「正解！」

　藤田くんは嬉しそうに笑う。波十は野球に興味がないが、藤田くんが応援しているチーム（いま守備についている、赤いユニフォームの方）が勝つといいなと思っている。母親もそう思っているのだろう、玩具《おもちゃ》のバットが二本セットになったみたいな道具を使って、ときどき応援の音をだしている。ほんとうは母親も野球に興味がないことを、でも波十は知っていた。

「よし。チェンジだ」

　藤田くんが言った。風がないので蒸し暑い。

「あそこは？」

尋ねられ、ライトとこたえる。あそこは？　いちるい。あそこは？　にるい。

「賢いのね、波十は」

母親が言い、波十は肩を抱き寄せられた。

藤田くんと結婚してもいいかと母親に訊かれたとき、波十が最初に考えたのは稔くんのことだった。

「稔くんは？」

もちろんそう訊いてみた。これからも稔くんは稔くんだし、いままで通り、会いたいときには会えるという返事だった。

「だったらいいよ」

波十はそうこたえたのだった。それからしばらくして、藤田くんにお礼を言われたことも波十は憶えている。ママと結婚させてくれて、僕の家族になってくれてありがとう、と。教会での結婚式には稔くんもきた。大竹さんとヤミちゃんも。そのとき波十は、自分が稔くんにひどいことをしてしまったような気がした。ひどいことというか、かわいそうなことを――。前には三人で家族みたいにしていたのに、母親と波十だけがよそに家族をつくってしまったのだから。そして、いまではこんなふうに野球を観たりしている。家から持ってきたおむすびをたべながら。

藤田くんの――ということは波十たち三人の――応援しているチームにとっていいことが起きたらしく、突然まわりじゅうの人が立ちあがった。玩具のバットをさかんに打ち鳴らし（前の座席の背もたれに、叩《たた》きつけている人もいる）、歓声をあげたり抱きあったり、すごい騒ぎだ。他にどうしていいのかわからないので、波十も立ちあがってみる。

「点が入ったの？」

尋ねたが、声は喧噪《けんそう》にのみ込まれ、藤田くんにも母親にも届かなかった。

12

オラフには信じられなかった。二体目の死体――。またしても何者かに先を越されたのだ。報告によれば、エリックの妻はエリック同様喉を切り裂かれ、目を見ひらいたまま、居間に倒れていたという。壁ばかりか天井にまで血飛沫《ちしぶき》の跡があり、しみ込んだ大量の血で、ラグはすっかり変色していたらしい。腹立たしいのは、またしてもその後始末をしなくてはならなかったことだ。いま警察に介入されるわけにはいかないのだから。

これであの男の身元を知る手がかりが失われてしまった。冬枯れた公園を速足で歩きながら――こうして毎朝一時間以上歩くのは、ソヴィエトが崩壊して以来の習慣だ――、苛立《いらだ》たしい気持ちでオラフは考える。あの写真に写っていた男、ニルスが列車で見かけたというその男を、何としても見つけだす必要があった。

ストックホルムっ子たちは、冬のさなかでも公園を散策するのが好きらしい。腕をからめ、ぴったり密着して歩く恋人たちのみならず、小さな子供を肩車した若い父親や、新聞を脇にはさんだ気難しげな顔つきの老人、騒々しくしゃべりながら笑い、自分たち以外は目に入らないらしい若い娘たち——すれちがったあとで、甘ったるいガムの匂いが漂った——、といった有象無象がそこらじゅうにいる。オラフが歩くのは、脳に酸素をいきわたらせ、思考を鋭敏にするためであって、そこには、たのしみのための散策という要素はない。そして、自分でも驚いたことに、オラフはいまこの公園にいる自分以外の人々をうらやましく感じた。水のように薄い日ざしや、芝の枯れた、固くてでこぼこした地面、氷の張った池の面、そういうものをただあるがままに眺めて味わい、味わっている自覚さえおそらくないであろう人々——。

屋敷に戻ると、玄関ホールでマリーエが待ち構えていた。オラフを見ると、坐っていた木箱から立ちあがり——その木箱には、ホッケースティックと釣り道具が入っていることをオラフは知っている——、

「私たち、ここで何してるわけ？」

と、尖《とが》った口調で尋ねる。二体の死体、二度の尻拭い。マリーエが爆発寸前なのはわかっていた。

「もうお守はたくさん。第一、エリックがいなくなった以上、あの人質にはもう何の価値もないでしょう？」

「室内は禁煙だろう」

マリーエの指先を見おろして言うと、彼女はオラフを挑戦的に一睨《ひとにら》みし、乱暴にドアをあける

と、煙草《タバコ》を持った左手だけドアの外にだした。オラフは片眉だけ上げてみせる。まったく、この女は子供みたいだ。呆《あき》れるというより疲労を覚え、オラフは居間に入ってコートを脱いだ。紅茶を淹れてくれとメイドに頼む。ジャムを忘れずに添えて、と。

「さっさとここをひき払ってノルウェーに戻るべきよ。誰がやったにせよ、殺人は二件ともそこで起きたんだし、民間人になったあとのエリックの、人生は全部そこにあるんだから」

ついてきたマリーエが、ノミにたかられてストレスを抱え、おまけに月経前症候群に悩まされてもいる犬のように吠《ほ》える。

「わかってるさ、そんなことは」

パソコンを立ち上げながらこたえたのは、クレムリンからの指示や部下からの報告を読むためではなく、家族からの私信をチェックしたかったからだ。

「ゾーヤをさっさと始末しなくちゃならないことも？」

「ああ、わかってる」

残念ながら私信は届いていなかった。前回のものをもう一度読む。

パパ元気？

ぼくもママも元気だよ。

イーガリも。

イーガリはまた靴下をたべちゃったんだよ。全部じゃなくて、半分くらい。

おしおきのために一時間無視しなさいってママは言ったけど、できなかった。

だってイーガリはぼくの機嫌をとろうとして、布巾をくわえてきたんだもの。

たべずに、無傷の布巾をだよ。

だからほめてやらなきゃならなかったの。

じゃあまたね。

ママがよろしくって。


「よかった」

マリーエが言う。

「きれい事にはもううんざり。誰も死なないし誰も怪我《けが》をしないってあなたは言ったけど、ふたをあけてみればそこらじゅう血だらけじゃないの。私たちが手をこまねいているうちに、私たちの鼻先で――」

メイドが運んできた紅茶には、あんずジャムが添えられていた。オラフは礼を言って受けとり、薔薇《ばら》模様の描かれた白磁の茶碗《ちゃわん》を顔の前に持ちあげて、香りをかぐ。散歩のあとの濃い紅茶は、普段ならとても幸福なものだ。一杯の紅茶で解決できない悩みなどこの世にはない、と言ったイギリス人がいたことを、苦い気持ちでオラフは思いだした。マリーエに言われるまでもなく、いまとなってはゾーヤを生きて帰すことは不可能だった。彼女には、このまま永遠にエリックと〝駆け落ち〟していてもらわなくてはならない。

「こんなことは言いたくないけれど、もしミルコが生きていたら、あなたみたいに手ぬるい真似《まね》はしなかったと思うわ」

マリーエは、まだ何か言っていた。オラフは紅茶にジャムを落としてかきまぜる。甘い匂いが立つ。もしミルコが生きていれば、人質に対しては勿論《もちろん》、上司にこんな口をきくマリーエに対しても、容赦はしなかっただろう。秩序、とオラフは考える。秩序はどこに行ってしまったのだろう。ソヴィエト連邦が崩壊し、KGBが解体されてから、すべてが急速に変ってしまった。しかし、変ったのが世界なのか自分なのか、オラフにはわからなかった。

「そうそう」

居間をでて行きかけたマリーエがふり向いて言った。

「人質があなたに会いたがってるわ。話したいことがあるんですって」

甘い紅茶をのみ下し、わかった、とオラフはこたえる。ゾーヤには、いちばん苦痛のない方法——小さな、二粒の錠剤——で、死んでもらうつもりだった。

秩序、と稔も考えてしまう。オラフにとってと同様に、自分にとってもそれは大切なものだからだ。子供のころからそうだった。それはたとえば整理整頓とか、筆箱のなかの鉛筆は背の高い順にならんでいないと気持ちが悪いといった小さなことに始まり、もっと大きなこと——たとえば朝になれば日が昇り、夜になれば日が沈むということへの絶対的な信頼——にも及び、煎じつめれば稔にとって秩序とは、〝こうでなくては困る〟という個人的欲求であると同時に、〝そうあるべき〟だと信じる指標でもあるのだが、物事は無論移り変るのだ。子供のころには常にそばにいるものだと信じて疑わなかった父親も母親も死んでしまったし、生きている雀も遠くにいる。

一緒に生きようと思い、相手もそう思ってくれていたはずの女性は稔の元を去り、たのしいことをいつでも共有できるはずの親友は、稔よりも自分の妻を選ぶ。

布団乾燥機のブザーが鳴り、稔は寝室に向った。寝室は日あたりがよく、温室なみの暑さで、一歩入るなり違和感に圧倒された。そうか、いまは夏だったのか、と新鮮に認識する。ストックホルムの公園は冬枯れていたのに――。稔はまずコンセントを抜き、曲がり癖のついた箇所をたどりながら、注意深くコードをまとめる。ビニールの巻かれた短い針金をねじって中央で留め、乾燥機の本体に収納した。蛇腹式のホースをシートからも本体からもはずして縮め、最後に大きな青いシートを、ベッドシーツと掛け布団のあいだから引き抜き、折り跡通りにたたんでやはり本体に収納する。その本体をクロゼットに入れて、週に一度の布団乾燥の、全工程が終了する。枕元の時計を見ると、三時五分すぎだった。数日前にまた訃報があり、今夜はお通夜にでなくてはならない(この夏二度目の葬儀だ)。でもそれまでにもうすこし、本を読む時間がありそうだった。


夕方だ、とわかる光に目を細めながら、チカは蚊取り線香を店の入口の外側に置く。

「だからさ、具体的にどういう音なのよ」

カウンターの端の席に坐っているさやかに向って言った。

「それがわからなきゃ想像のしようがないじゃないの」

さやかはおっとりと首を傾《かし》げて、それはそうなんだけど、と言う。

「それはそうなんだけど、絶対に再現不可能な音っていうか声なの」

「手を洗って、筋をお願い」

絹さやの入った笊《ざる》とボウルをカウンターに置いて言い、チカは茗荷《みょうが》を薄切りにする。戻した車《くるま》麩《ぶ》といっしょに甘酢で和《あ》えて、つきだしにするのだ。

「で、どんな声なの？」

アパートの窓をあけておいたところ、男の子が二人、怪獣ごっこをしている声が聞こえたのだそうだった。その二人の発生させる擬音語が「もう凄《すさ》まじく」、「かわいくておもしろかった」とさやかは言い、「最近の子も、怪獣ごっこなんてするのねえ」と感心しているのだが、その場にいなかったチカとしては、それが一体どういう擬音語なのかがわからなければ、おもしろがることも感心することもできないわけなのだった。

「いいわ」

決心したようにさやかは言い、絹さやの筋を取りながら、椅子に坐ったまま姿勢を正した。

「真似はできないけれど、できるだけ説明してみるわね」

そしてほんとうに〝説明〟を始めた。

「まずね、基本はシュとかシャとか、ショーとかなの。息と声の中間というかね、たぶん舌や唇をフル活動させているのであろう音で、必然的につばがたくさん飛んでいたと思われるんだけど、そこにときどき奇声が混ざるの。甲高く、あひーとか、キキキキーとか。そこに、さらにときどき普通の言葉が入るんだけど、それはですます調なの。つきささります、とか、すごいスピードです、とか、何とか攻撃です、とか。そして、野次というか指示も入るの。誰が誰にだしている指示なのかはよくわからないんだけど、行け、とか、もっと速く、とかね」

あっけにとられ、チカはさやかをじっと見つめる。茗荷を切る手は止まっていた。

「あとはね、機械音。ギュイーンとか、ガガガガとか、プシューとか、ダダダダとか」

ここではないどこかを見ているような表情で、おそらく記憶をたぐりよせながら、さやかは〝説明〟を終える。チカは奇妙な感慨にとらわれ、男の子二人が遊んでいるその光景から目が離せなくなった。実際には、さやかから――。自分がアパートにいなかった昼間の時間、さやかにしても、その子供たちの姿を実際に見たわけではなく、窓ごしにただ声を聞いただけなのだ。

「いまのでわかった?」

心配そうに尋ねられ、

「よくわかった」

とこたえた。

「よかった」

さやかは笑顔になる。

「とても熱心に遊んでいたの」

刻むべき野菜をすべて刻み終えたとき、しかしチカの記憶に残っていたのは、遊ぶ子供たちでも〝説明〟するさやかでもなく、窓辺で聞き耳を立てているさやかの姿だった。

アルバイトの真美がやって来たとき、チカは鱧《はも》の骨切りをしていた。

「わあ、いい匂ーい」

真美がそう言ったのは、でも生の鱧の匂いではなく、昼間から煮込んでいる和風ビーフシチュウ——鰹出汁《かつおだし》で炊いた野菜と牛肉を、赤ワインと八丁味噌《みそ》で煮込んだもの——の匂いだろう。チカはこれを、毎年夏の一時期にだけだす。冬にもだしてほしいと言う常連客もすくなくないが、この味の濃さは夏にこそ合うのだとチカは確信している。

「いま駅でおーやさんに会いましたよ」

お釣用の紙幣と硬貨をレジに入れながら真美が言う。

「会ったっていうか、すれちがって会釈しただけで、おーやさんは私が誰だかわからなかったみたいですけど」

真美にとって彼は大家ではないが、チカとさやかが大家大家と（本人のいないところで）呼び捨てにしているので、それを憶えてしまったのだろう。

「あのひと稔さんっていうのよ」

チカは教えた。

「おーやみのるさん？」

さやかが吹きだす。

「ちがうちがう」

チカとさやかの声が揃った。

「大家ってアパートの大家よ。あのひとは地主なの。苗字はね……」

言いかけてチカは口をつぐんだ。大家の苗字は何だっただろう。

「ええとね……」

彼の一族は地元では有名なのだし、チカもさやかも、以前は稔を苗字で呼んでいた。彼が店に来始めた最初のころは——。それなのに思いだせない。

「何だっけ」

さやかに助けを求めたが、

「私もいま考えてるんだけど、でてこないの」

という返事だった。

「あ、いいですいいです。私はべつに、おーやさんの苗字を知らなくても構わないですから」

真美が急いで言う。

「そりゃそうだろうけどさ、でもやんなっちゃうわよね、年取るといろいろ忘れちゃって」

チカの言葉にさやかも同調したので、そのあとひとしきり、老いにまつわる話になった。白髪を染めるべきか否かとか、骨粗鬆症《こつそしょうしょう》の予防にはビタミンDがいいらしいとか、最近は老眼鏡をリーディング・グラスと呼ぶそうだとか、いずれこの店もバリアフリーにするべきかもしれないとか。半分は冗談だったし、知り合いの例として披露されるのはどれもチカより上の世代の話で、でもそれはいまではないにしろ、すぐそこにあるものなのだという確かな視野がひらけていて、自分のことながら信じられない、としか言いようのない気持ちにチカはなるのだった。

部屋に戻ると稔は喪服を脱いで吊《つる》し、エアコンのスイッチを入れてから風呂に入った。姉にもらった液体石鹼《せっけん》で、顔も身体《からだ》も髪も洗う。最後に冷水を数分間浴びるのは、風呂あがりに汗をかかないために稔の編みだした習慣で(汗を流すために風呂に入るのに、風呂に入ると汗をかくというのは、稔の考える人生の不条理の一つだ)、こうすれば厚地のバスタオルに包まれたときの暖かさを、より幸福に感じられる。渚にもらったパジャマを着て、冷たい緑茶を用意してから、寝椅子で読書を再開した。

「あの女性刑事を私に近づけないで」

オラフの顔を見るなりゾーヤは言った。相当頭にきているようだ。

「一般市民に銃をつきつけたのよ？　こっちは協力しようとしているのに」

ではこの娘は、まだ我々をオスロ警察の人間だと信じているわけだ。

「すまなかった。彼女はちょっと気が短くてね」

ジャケットのポケットに手を入れて、錠剤の存在を確かめる。オラフはほんとうにすまないと思っていた。こんなことをせずにすめばどんなによかっただろう。

「用事というのはそれだけ？」

もうじき、メイドがシャンパンを運んでくることになっている。おめでとう、と言うことにしよう。任務はすべて終了した、エリックは無事だし、きみもすぐに解放される、と。この別荘のセラーにあったなかで、いちばん上等なシャンパンを選んだ。オラフがこの娘にしてやれることは、そのくらいなのだ。

「それが……違うの」

ゾーヤが言う。

「あなたに頼みたかったのはもっとべつなことなの。言いにくいんだけど……」

十分後、オラフには自分の幸運が信じられなかった。ゾーヤの携帯電話に保存されていた写真の男――ゾーヤが言うには〝ソウルメイト〟――は、エリックの妻と写った写真の男とあきらかに同一人物に見える。自分たちが血まなこになって探している男――どこの誰なのか、皆目見当がつかなかった男――の、名前も身元もいきなり白日の下に晒《さら》されたのだ。

シャンパンを運んできたメイドをオラフはさがらせた。ゾーヤには、まだ使いみちがある。


一体なぜこんなことになったのか、ラースにはわからなかった。モーナはまだ眠っている。一糸まとわぬ姿で、隣で。

混乱したのだ、と自分に言い訳をしてみる。別々の部屋をとったのに、一人でいたくないと言って深夜にやってきたのはモーナだったし、もう誰を信用していいかわからない、警察さえ信用できないと言って泣いたのもモーナで、彼女の腕がラースの首にまきつき、その感触もつめたさも重みも、あまりにゾーヤのそれに似ていた。ゾーヤではないとわかっていたが、ある意味ではゾーヤだった。ラースにとって、モーナという存在自体がゾーヤの一部なのだから。

午前五時。寒々しい薄明のなかで、ラースは見馴《みな》れた天井をぼんやり見つめる。このホテルで、ゾーヤと何度抱き合ったことだろう。

「会いたかったわ」バー・ラウンジで先に顔を合せていた場合でも、それどころか、レストランで一緒に食事をしたあとだとしても、この部屋で二人きりになると、ゾーヤは必ずそう言って、喜びに顔を輝かせた。細い腕をラースの首に巻きつけて、「飲まなきゃ」と言う。「飲みましょう」でも「飲ませて」でも「飲みたい」でもなくて、決って「飲まなきゃ」と言うのだ。その声が、ラースにはいまもはっきりと聞こえる。

傍らでモーナが眠っている。肌の白さもふっくらとした頬の線も、短いまつ毛もゾーヤに生き写しだった。ラースは目が離せなくなる。離せばモーナもいなくなってしまうかもしれない。音もなく降る雪のなかに姿を消し、最初からいなかったみたいに、あとにはただ自分だけが残されているかもしれない。

13

会いたくはなかったが、これだけ――生活をまるごと――めんどうみてもらっている以上、ときどき様子を知らせないわけにはいかない。それは義務だと由麻は思う。雷留が元気に育っていること、母親である自分が育児放棄したり児童虐待したりしていないことは、すくなくとも見せておく必要がある。

タオル、替えのおむつ、ビニール袋、パイル地のぬいぐるみ、哺乳びん、赤ん坊用のおやつ、赤ん坊用の歯ブラシ、ウエットティッシュ――。バッグに入れるべきものは多く、生後八か月の雷留は大きな赤ん坊で、かなり重い（前回の健診では十一キログラムだった）。加えてバギーがあるのだ。子供連れの外出は容易ではない。

呼べば稔の方から会いに来てくれることはわかっていた。雷留が生れたばかりのころにはよく来てもらっていたし、買物にでられない由麻の代りに、食料や日用品を買ってきてもらったりもした。稔はすこしも嫌がらなかった。のみならず、「戸籍上は僕の息子だから」と言って、高価なベビー服や玩具、それに、これはおそらく息子ではなく由麻のために、（やはり高価なことで有名な店の）果物をどっさり届けてもくれた。けれど由麻は今回、自分たちがでかけて行く方を選んだ。恩知らずな物言いかもしれないが、稔に、できるだけここに来てほしくなかった。

「よそのおじさんですからね、ちょっと顔を見せてあげて、すぐ帰りましょうね」

まだ言葉を理解しない雷留に向って言った。雷留の父親は、約束通り、平日はほぼ毎日会社の帰りにここに寄ってくれる。雷留を風呂に入れてくれるし、由麻を抱いてもくれる。でも、勿論帰って行く。妻と、五歳の子供が待っているのだ。犬も。犬の名前はレイナで、それはスペイン語で、王女だか女王だかの意味なのだそうだ。

雷留がもうすこし大きくなったら、由麻は仕事を探すつもりだ。自分の収入で、いつか二人分の生計を立てたい。仕事の口は紹介しようと稔に言われている。だから、そのためにも稔とは良好な関係を保っておかなくてはならなかった。

エレベーターのない低層マンションなので、バギーだけ先に一階に運びおろし、すぐにひき返して雷留を抱いた。静かで清潔なエントランス――稔の住むマンションほど豪華ではないが、ここもいわゆる高級マンションの部類だ――でバギーに雷留をのせ、暑くてまぶしいおもてにでる。由麻は自分をいやな人間だと思った。稔を利用しているのだし、これからもさらに利用しようとしている。でもそのことで自己嫌悪に陥る余裕などないことも、またわかっていた。雷留を育てるためなら、いやな人間にでもずるい人間にでもなるつもりだった。誰にどう非難されても。


かんかん照り、というのが、空港から一歩おもてにでたときに、雀の思ったことだった。なにこれ、子供のころの夏休みみたい、というのが。前回の帰国は冬だったし、その前は春で、その前もたしか晩秋で、ここ数年、それと意識していたわけではないのだが、どうやら自分はこの国の夏を避けていたようだと気づいた。

荷物はナイロン製のリュックサック一つだ。ベルリンでも日常的に使っているもので、旅行荷物という感じはしない。嵩張《かさば》るのはパソコンとカメラだけで、他には財布とパスポート、ごくわずかな化粧品とペーパーバック二冊が入っているだけだ。移動は身軽を身上にしている。まあ、両方に家があるからこそできることではあるのだったが。

タクシーに乗り、行き先を告げる。なつかしの我家だ。と言っても、雀がその古家を購入したのは十年ほど前で、同居人がいるわけでもないので思い出と呼ぶほどの思い出があるわけではない。稔には、所有するアパートやマンションがたくさんあるのに、なぜよその家を買いたがるのか理解に苦しむと言われたが、普段簡便なアパート住いをしている雀としては、せめて日本に帰ってきたときくらい、庭のある家に住みたいのだった。かんかん照り、と、車窓を流れる風景を見ながら雀はまた思う。自分の目が、まだ異邦人のそれであることを軽く意識しながら。

家の前ではなく、すこし手前でタクシーを降りる。歩きたかったのだ。日にあたためられたアスファルト、電信柱、郵便ポスト。小さな公園は無人で、カラフルな遊具が現代美術の展示オブジェみたいに見えた。道幅の広い坂をのぼる。右手に川。このあたりは、新しげで大きい家が多い。コンクリートの打ちっぱなしだったり、まっ白なタイル貼りだったり。そういう家はどれも、生活の気配が外からは見えない造りになっている。ところどころにふいに出現する古い家が、勝手口の牛乳箱とか出窓に置かれたぬいぐるみとか、ガレージの自転車とかによって住人の様子を想像させるのと、それは対照的だった。雀はカメラを手に、何枚か写真を撮りながら歩いた。八重葎《やえむぐら》が垣根からはみだすほど茂っている家、住宅地にぽつりとあるクリーニング店、スクールゾーンの青い標識。

雀自身の家は、昭和三十年代に建てられたというきわめつけの古家で、以前の所有者たちによって、継ぎはぎじみた増改築が施されている。風呂が狭くて暗いのが難点なのだが、玄関が広いことや庭があること、台所の流しが昔風に深く四角いステンレスであることや、小さいながらも濡《ぬ》れ縁《えん》があること（濡れ縁の下で野良猫がしょっちゅう子を産んでしまうと、管理を頼んでいる業者からは文句を言われるのだが）など、いい点もたくさんある。なかでも雀がいちばん気に入っているのは、螢光灯が一つも使われていないことだった。雀にとって螢光灯は、学校や役所といった公共の場を連想させるものであり、プライヴェートな空間には、絶対に侵入してほしくないものなのだ。

リュックサックをおろすと、雀はまず家じゅうを点検してまわった。帰国に合せて清掃をしてもらってあり、清潔ではあったが、家全体がよそよそしく、不機嫌そうに空気が淀《よど》んでいた。今回の滞在は一月半の予定だが、そろそろまた長期滞在――半年、もしくは一年――する頃合いかもしれなかった。

家じゅうの窓をあけ、居間のソファに腰をおろして、稔に帰国を知らせる電話をかける。どっちみち、夜には会うことになっているのだが、それでも着いたら知らせてほしいと言われていた。発信音を聞きながら、テーブルの上のバラを眺める。葉ごとどっさり生けられたそれは、そばに置かれたメモを見るまでもなく、税理士の大竹からだとわかっている。いつものことなのだ。そして、まだ見てはいないが、冷蔵庫にはシャンパンとビールが冷えていて、冷凍庫には雀の好きな〝サクレレモン〟が入っているはずだ。稔がそれらを用意するのも、またいつものことなのだから。

ゾーヤに会いたい。その思いを護符のようにして、警察署にいるあいだも、ラースはモーナの顔を見なかった。見ればあの夜を思いだしてしまうからだし、思いだせばゾーヤとモーナを取り違えそうになるからだった。

「頭にくる」

おもてにでると、モーナは言った。

「だって、どこかに、いまも、ゾーヤは、絶対、いるのよ」

言葉を一つずつ区切って発音しながら、正面の階段を足早におりる。すっかり馴染になってしまった警察署の階段――。除雪が不十分な路面はぬかるんで滑りやすいが、まるで気にするふうもなく、うしろから歩くラースをたちまち引き離して駐車場に向う。その小さなうしろ姿は、モーナであるようにも、ゾーヤであるようにも見えた。

「おい、ラース！」

大きな声に呼びとめられ、見ると、太った男が小走りに近づいてくる。みっともないヨタヨタ走りだ。初老で禿頭《とくとう》、衿にコーデュロイのあしらわれたキルティングジャケット。ラースは立ち止まって待ったが、知らない男だった。

「やっと見つけたぞ、この色男め」

男は、馴れ馴れしく肩を抱いて言う。声をだすな、と囁《ささや》き、同時に素早く、片手に持っていたものを見せた。ナイフでも拳銃でもなく、二枚の写真を。一枚にはゾーヤが写っている。手と足を縛られ、どこかの部屋の床に転がされたゾーヤが。そしてもう一枚を目にしたとき、ラースの心臓は凍りついた。居間で寛《くつろ》ぐ妻と娘だ。自宅の窓ごしに、望遠レンズを使って撮られたものだとわかった。

「もうとっくにオスロに帰ってるはずじゃないのか？　みんな心配してるぞ」

男はそらぞらしい大声で続ける。そして小声で、歩け、と囁く。奥さんと娘を、失いたくはないだろう、とも。

「心配するな。これでも口は固い方でね。あんたは一人だったと奥さんには言うよ。誓ってもいい」

男はラースの肩に腕をまわしたまま、モーナの車に向って行く。太った男がよくそうなるように、喋《しゃべ》りながら歩くだけでゼイゼイと息をきらして。ラースには何も考えられなかった。ほんとうに何も。口のなかが恐怖で一杯になり、脳が一切の機能を停止したようだった。ただ木偶《でく》のようについて歩く。言うとおりにすれば家族には手をださない。男は最後にそう囁いて、ラースに回していた腕をほどいた。

モーナは、赤いヴォクスホール・アストラのそばに立って待っていた。口をひらかなくても、傷ついた目が、彼女の言いたいことをはっきりと伝えていた。私とゾーヤを見捨てるのね。

「マーティンだ」

男は白い息を吐きながら笑顔で言い、モーナに片手をさしだす。くたびれた様子の、いかにも害のなさそうな男。

「モーナよ」

モーナはしぶしぶ握手に応じた。

「モーナ、その、邪魔をするようで悪いんだが、ラースはもうオスロに帰らなきゃならない。ええと、孫が生れるんだ。きょうか、あしたか、ともかくすぐにも」

モーナが弾《はじ》かれたように顔を上げ、こちらを見る。ほんとうなの、と問うように。

「だからさ、悪いんだけどラースは連れて行くよ。駅まで送ってオスロ行きの列車に乗せないと、奥さんに恨まれちゃうからね。僕は彼女と親しいんだ、つまりアンナと」

最後の部分が自分に向けられたメッセージであることが、ラースにはわかった。モーナの目が、何か言ってと懇願している。

「すまない」

ラースには、そう言うのが精

インターフォンが鳴っている。稔は本を閉じ、あわててモニターに向った。きょうは由麻と雷留が来ることになっているのだ。忘れていたわけではないし、ケーキも西瓜《すいか》も用意してあるのだが、つい本に熱中してしまった。それで短パン姿のままドアをあけることになったが、由麻はともかく雷留は気にしないだろう。

「いらっしゃい」

稔は言い、戸棚からスリッパをだして揃えた。

「ご無沙汰しました」

礼儀正しく言って、由麻はぺこりと頭を下げる。太くて立派な、黒々したポニーテイル、化粧っけのない顔は目が大きく口が小さい。以前からそうだったが小柄でおうとつのない身体つきで、ポロシャツがそのまま長くなったような紺色のワンピース姿の由麻は、稔の目には、子供を育てるには若すぎるように見える。

「雷留、起きています」

報告口調で言いながら、赤ん坊のわきのしたに手を入れて、バギーから縦に抱きあげた。胴体がぶらんとぶらさがり、稔はびっくりしてしまう。

「随分大きくなったんだね」

さしだされた赤ん坊を抱きとりながら言った。ついこのあいだまで、雷留は横に、ひとかたまりのモノとして抱きあげられていた。

「発育がいいの」

由麻は言い、バギーを器用に折りたたんで玄関の壁に立てかける。

赤ん坊はずしりと持ち重りがした。縦に抱いているので稔の胸と肩のあいだに頭部があり、黒々と毛の生えたその頭部は、妙に湿っぽくて温かかった。それにごろんとしている。雷留は片足をつっぱり、稔の胃のあたりを足がかりにして、上にのびあがろうとする。

「ソファに坐らせても平気かな」

尋ねると、誰かが横で見ている必要があるという返事だったので、その役を母親に任せて稔は台所に行った。

「藤枝くんは元気?」

雷留の父親について尋ねると、

「元気です」

と、すぐに短い返事があった。

「エアコン、ちょっと切ってもいいですか？」

稔は勿論だとこたえた。ごめんごめん、赤ちゃんには寒いよねと。

大人二人が紅茶をのんでケーキをたべるあいだ、雷留は終始（決して大人しくはなかったが）機嫌がよかった。ソファの奥に――倒れないようにまわりをクッションで埋めて――坐らせると、王様のように堂々とした坐りっぷりを見せた。坐ると二重顎《あご》になるせいで、余計そう見えたのかもしれない。両手を上下に突発的に激しく動かし、稔がぎょっとするほど甲高い笑い声を立てるのだが、笑ったあとは決って目をきょろきょろさせ、何が起きたのかわからない、とでも言いたげな顔になった。

「あ」

ふいに思いだし、稔は携帯電話を手にとって、着信がないかどうか確かめた。雀の乗った飛行機は、昼すぎに羽田に着いているはずなのだが、遅れているのだろうか。

「社長のことが好きなのかも」

たべ終ったケーキの銀紙を、フォークで折りたたみながら由麻が言う。

「この子がこんなに機嫌よくしてるのは、ほんとうに珍しいんです」

と。お世辞だとしても嬉しく、稔は赤ん坊を抱きあげて、床に坐った自分の胡坐《あぐら》の上にのせた。ここ数か月、由麻に避けられているような気がしていた。子供が生れる前にはよく一緒に（ときには藤枝くんも交えて）食事をしたし、芝居やコンサートにも、由麻の方から誘ってくれてでかけた。そういえば、じゅんじゅんと再会した六本木のライヴハウスにも、由麻に誘われて行ったのだった。アーティストの名前は忘れてしまったが、中年の女性歌手だった。ソフトクリーム屋は（大竹に言われるまでもなく）趣味のようなものだし、由麻にしても茜にしても、稔は従業員というより〝手伝ってくれている年若い友人〟と見做《みな》している。

元気ですよ。茜に由麻の様子を尋ねると、いつもそう言われた。最近連絡がないことについては、子育てで手一杯なんじゃないかな、という返事だった。ほんとうにそれだけならいいがと稔は思う。真面目《まじめ》で一本気で、神経質なところもある由麻のことが、稔は心配だった。妻子ある男の子供を生んで、一人で育てようとしているいまはなおさら――。

「ご両親とは疎遠なままなの？」

由麻に歓迎されない話題だということは知っていたが、そう訊かずにはいられなかった。他人の自分が抱いているのに、実の祖父母――まあ、祖母にあたる人は父親の後妻で、由麻も家を出て以来、ほとんど会っていないらしいが、それでも――がこの子を抱けないというのは気の毒なことだ。雷留はこんなにかわいいのだし、赤ん坊が赤ん坊でいる時間は短いのに――。

「ままです」

硬い声が返った。

「たぶんずっとままですし、私はそうであってほしいと思っています」

語気強く言われ、稔はたじろぐ。

「ごめん。余計なお世話だったね」

稔の胡坐の上で、雷留はしきりに立ちあがろうとしていた。アとオの中間の小声をだし、腕をふりまわして。短パンをはいているので、雷留の蹠《あしのうら》の感触が、肌にじかに伝わる。大きな赤ん坊なのに、蹠はひどく小さい。

戸籍上は父親だが、自分は祖父のようなものだと稔は思う。年齢的にも、感情的にも。

「お金は足りてる?」

尋ねると、返事の前にまができた。由麻の顔を見た稔は、自分が失言したらしいことに気づく。

「はい。足りてます。ありがとうございます」

由麻は稔を見ずにこたえた。ずっと昔、渚におなじ質問をして、逆上されたことを思いだした。そんなことしか言えないの? あなたは私に、そんなことしか言ってくれないの? あのとき渚はそう言った。憤怒《ふんぬ》の形相で。稔に言わせれば言いがかりだ。自分は渚に、無論他にもいろいろなことを言っていたのだから。

「それならいいんだ。もし足りなかったら、遠慮しないで言ってくれていいからね」

由麻はもう一度、ありがとうございますとこたえた。

「いま読んでる本の主人公にさ、もうじき孫が生れるんだ」

話題を変えたのは、空気を変えたかったからだ。

「でも旧ソヴィエトに関する事件にまきこまれてて、生れてくる孫と無事に対面できるといいんだけど、いまあわやのところなんだ」

しかし由麻の表情を見る限り、空気は変らなかったようだ。そのとき、天の助けのように携帯電話が着信音を奏でた。

「ごめん。きっと雀だ。きょうドイツから帰ることになっていてね」

断ってから電話をとる。由麻は無言で雷留を抱きとってくれた。稔の脚から重みが取り除かれる。

「ただいま」

果してそれは雀だった。気のせいかもしれないが、声が近く感じられる。

「お帰り。無事についた？　遅かったね。飛行機、遅れたの？」

雷留を抱いたまま、由麻が食器を台所に運ぼうとする。

「いいよいいよ、そのままで」

咄嗟《とっさ》に声がでたが、それを聞いてひき返して来る女などいないことを、経験上稔は知っている。まあ、雀ならひき返すかもしれなかったが。

「誰かいるの？」

尋ねられ、

「由麻と雷留」

とこたえると、雀は不興げに鼻を鳴らした。

14

すりガラスごしの夕空と、リビングから聞こえる野球中継の音が、早く食事の仕度をするべきだと告げている。下拵《したごしら》えは済んでいるし、渚は料理は苦にならない。それなのに、立ちあがる気になれなかった。もうすこしだけ、ここでこうしていたいと思う。畳の感触、窓の外とおなじだけの薄暗さ。襖《ふすま》を閉《た》てきってあるので、この部屋に、いま自分は一人きりでいると感じられる。襖の隙間からリビングのあかりが細くもれてくるし、野球中継の音も、「よし」とか「ありゃりゃ」とか、ときどき夫が口走る声も聞こえてくるにしても。

渚は微笑ましがろうと努める。微笑ましがるべきだとわかっていた。隣室にいるのは渚にとっていちばん大切な二人で、二人とも、それぞれに夏の夕方をたのしんでいるのだから。夫はすでに風呂に入ったあとなので、湯あがりの匂いをさせているだろう。台所からは、炊飯器が炊きあげたばかりの白米の匂いもしているはずだ。暗い和室で畳に足を投げだして坐ったまま、渚にはわかっていたし、わかっていることがおそろしくもあった。これは例の瞬間なのだ。多くの人たちが、〝ありふれた、でもかけがえのない〟と形容する家族の瞬間、ずっとあとになって、失われてはじめて〝あのときは幸福だった〟とわかる類の瞬間だ。それなのになぜ、ときどき自分は逃げだしたくなるのだろう。

渚は立ちあがり、すりガラスの窓をあける。電線と、よその家々の屋根、あいだを縫うように こんもりと茂った緑が見えた。考えないことだ、と、渚はもう何度も言い聞かせたことをまた自分に言い聞かせる。幾つもの驚き、幾つもの違和感、幾つもの苛立ち――。結婚によって渚の生活は一変したが、無論それはあたりまえのことだろう。自分がこれまで避けてきただけで、世のなかの人たちはみんな――稔はべつにして――、そういうすべてにきちんと対処しているのだ。

困ること（たとえば夫は、渚がこれまで娘に禁じてきたこと――生返事、食事中どころか一日中のテレビ、寝室以外の場所で寝転って過すこと、物を片づけないこと、無秩序な間食――を、のきなみ自分でやってしまう）、腹の立つこと、耐えられないと思うこと（渚の観察したところ、夫は渚が物を考えることを好まない。日常会話以外の話題、主義とか趣味とか思想にまつわる話題は、何であれわずらわしがる）、はたくさんあるが、それを補って余りあるのは、彼がいつもそばにいてくれることだ。

矛盾――ではなぜ、私は十一日間という夫の夏休みが終るのを心待ちにしているのだろう――には気づかないふりをして、渚は襖をあけ、〝ありふれた、でもかけがえのない〟瞬間に足を踏み入れる。煌々《こうこう》とあかるい、騒々しいリビングの食卓の椅子で、波十が本を読んでいた。

「勝ってるの？」

まず夫に声をかけ、

「もうごはんだから本はしまって」

と娘に言った。

「お皿をならべるの、手伝ってくれる？」

と。波十は素直に本を閉じてついてくる。

「昼間買った花火、ごはんが終ったらしてもいい？」

勿論いいと、渚はこたえる。ごはんが済んで、藤田くんの観ている野球のテレビが終ったら、三人でしましょうね、と。


いつものことだが、ひさしぶりに雀と会うとなるとどきどきする。壜《びん》ビールを手酌しながら、稔は思う。どきどきというのは正確ではないかもしれない。たのしみであると同時に不安な、むしろ恐怖に似たこの気持ちをどう呼べばいいだろう。再会を、いっそ先のばしにしたい気持ちが稔はする。あした、いや、あさって、いや、やはり今夜、でもいまではなくたぶん一時間後――。雀が、自分のよく知っているあの雀とおなじであるかどうか、約束の時間が近づけば近づくほど心配になった。

昔、家族でよくでかけた老舗の鮨《すし》屋か、すこし前にじゅんじゅんに教わった、感動的に旨い小《シヨウ》籠包《ロンポー》屋に連れて行こうと思っていたのに、雀はここがいいと言った。外国から帰った人間を鮨屋に連れて行くという発想はありきたりすぎるし、かといって中華料理屋というのは奇をてらいすぎだ、というのがその理由だったが、もしも最初からここを提案していたら、手近なところで済ませようとしている、と、難癖をつけられたに違いなかった。

「はい、つきだし。鶏《とり》レバーの生姜煮《しょうがに》」

カウンターごしにチカが言い、小鉢を置く。「こっちはサービス。こないだのお礼。いちじくのごま和《あ》え」

体言止めを連続させるのはチカの接客の癖というか特徴の一つだ。

「このあいだ？」

ほら、滝、と言われてすぐに思いだした。チカとさやか、それに茜の四人で、星空を見るためのドライブをしたのだった。

「なんだか知らないけどさやかがえらく感動しててね。いまだにすぐその話をしたがるの、すばらしかったとか、寿命がのびたとか」

「寿命って、さやかさん、まだそんな年じゃないでしょうに」

稔は苦笑してみせたが、ほんとうのところはわからなかった。あの人は一体幾つなのだろう。もう若くない女性であることは確かだが、まだ仕事をしているし、ときどき、恥しがり屋の少女のようにふるまう。

「それに、あの日はこちらこそぎょうざをご馳走《ちそう》に――」

いきなり隣に人が坐り、それは勿論雀だった。

「いらっしゃい」

チカが即座に声を他所《よそ》ゆきに変える。

「真美ちゃん、おしぼりね」

「おかえり。音もなく入ってくるんだね」

稔は言ったが、それは、しかし実に雀らしいことなのだった。昔から、自宅以外の場所では妙に気配が薄いというか、いるのにいないみたいに存在できるのが雀という姉だった。

「ビール？」

尋ねるとうなずき、

「暑いわね、この国は」

と、不服そうに呟《つぶや》く。

「まあ、夏だからね」

こたえた稔は、ふつふつと喜びが湧きあがるのを感じた。ふつふつと湧いたそれは内臓に浸透し、血管を通って全身をめぐる。同時に皮膚という皮膚が否応なく反応する。すぐ隣にいる雀の皮膚に。

「お土産、もう届いてるんだけどまだ箱をあけてないから、今度取りに来て」

あいかわらず勝手なことを言う。白髪まじりのおかっぱ頭、色褪《あ》せた紺色のポロシャツに、辛子色のコットンパンツ（洗濯がくり返されたものに違いなく、いかにもはき心地がよさそうだった）を合せ、赤い鼻緒の下駄《げた》をつっかけている。スカイプでしょっちゅう顔を見てはいるのだが、それでも生身の雀はなつかしかった。

「完全な休暇？」

ビールのグラスを合せて訊くと、

「まあ、ほとんど休暇」

という返事だった。雀の右頬骨あたりの、濃いしみに稔は目をとめる。以前からあっただろうか。それとも最近出現したものだろうか。稔にはわからなかった。雀は昔から、わりとくすんだ、うす茶色の肌をしている（色の白いは七難かくす、という諺《ことわざ》を、だから好んで口にした）。

「このあいだ、圭子《けいこ》さんのお父さん亡くなったよ。葬式に行ってきた。ちょっと前に逗子《ずし》の大叔父さんも死んだし、この夏は葬式が多いよ」

雀は「そう」とだけこたえ、弔意というより諦念の表情を浮かべる。人は死ぬわ、と、口にはださなかったが目で伝えて寄越すので、稔としても、同意せざるを得なかった。確かに、人はみんないずれ死ぬ。

刺身をつまみ、冷製茶碗蒸をたべた。茶碗蒸には焼き茄子《なす》と枝豆と天豆《そらまめ》、それに何だかわからない半透明の野菜が入っていて、チカに訊くと、ずいきだと教えてくれた。

「学校はたのしくなってきたわ」

そっちはどう、と尋ねると、雀はそうこたえた。講師を始めたばかりのころは、自分は教えるのに向いていないと言い、登校拒否講師になりそうだとも言っていたが、心境の変化があったらしい。

「若い子たちって変でおもしろいの」

ビールから切りかえた冷酒を、水のようにすいすいのみながら言った（雀は酒に稔よりも強い）。

「どう変なの」

尋ねたが、雀はいきなり「ねえ」と言って背すじをのばし、何かを訴えかける目で稔を見た。何？　と稔も目で問い返す。

「勝手にだすのはやめさせて」

雀は小声で呟く。それが料理のことだとわかるのに、稔は数秒かかった。カウンターには鮎《あゆ》の春巻がでたところだ。この季節の、チカの得意料理の一つで、稔は旨《うま》いと思うのだが、雀にとっては「おいしいかどうかの問題じゃない」らしい。メニュー（稔はいつもチカに〝おすすめ〟をだしてもらうのだが、この店にはそういうものもあるのだった）をもらうと、雀はトマトサラダと銀鱈《ぎんだら》の西京焼を注文した。そして、

「変さは一人ずつ違うの」

と、ようやく質問にこたえる。そのあとの数十分、稔は学校に女装してくるノーマンの話や、猫の写真しか撮らないエフェリンの話、自傷癖があることを除けば、雀いわく「ムーミンにでてくるミイみたいに生意気でかわいい」イェシカの話を聞いた。稔はその一人一人を想像できたし、雀が彼らを好きになり、（それでもたぶん一定の距離を保って）つきあっている様子も想像ができたが、同時にそれらはひどく遠く、現実ではないことのようにも感じた。ラースやモーナのでてくる本のなかのような距離のことに。

雀の住むベルリンに、稔は一度も行ったことがない。でも彼らは現実に存在しているのだ。いまこの瞬間にも。

「待って待って」

渚は言い、ベランダにでようとした娘と夫の手足に、蚊よけスプレーをかけた。手足が済むと、仕上げとして頭にも噴霧する。蚊は頭皮も刺すのだし、頭皮を刺されると、痒《かゆ》いばかりか痛いのだから。シューッという音と共に霧と風が頭にあたると、夫も娘も顔をしかめたが、文句は言わなかった。水を張ったバケツを夫に手渡す。自分にもスプレーをかけ、ベランダにでると、波十は花火を〝分類〟しているところだった。

「夜でも蒸し暑いな」

缶ビールを手にした夫が言う。風のない夜で、空気には、確かにまだ昼間の熱が残っていた。隅にあるエアコンの室外機のまわりはさらにむっとしているのだが、波十はその室外機をテーブルにして、花火を分けていた。毎回そうするのだ。こわいやつとこわくないやつ、というのがまずあって、別枠として、いいやつと好きなやつと貴重なやつ、それにやらなくてもいいやつというのがある。なんとなくわかるような気はするものの、渚には、この分類法が完璧に理解できたためしがない。二つ以上の項目にあてはまるものがあるはずだし、やらなくてもいいやつに関しては、そもそも意味がわからなかった。いいやつと好きなやつの差も渚には謎だが、ともかくまず〝分類〟してからでないと、波十は花火を始めないのだった。

「できた」

波十が言い、俺のはどれ、と夫が訊く。

「どれでもいいよ。好きなやつをやって。でも分けたやつをぐちゃぐちゃにしないでね」

去年も、夫と娘のあいだにおなじような会話があったことを渚は憶えている。稔くんはこれ。波十が、稔にはそう言っていたことも。

三人がそれぞれ一本ずつ火をつけると、ちり、と紙の燃える音がして、すぐに色のついた光がこぼれ落ちる。同時に白い煙があがり、火薬の匂いが立ちこめた。いつものように、波十はこわいやつには手をださない。場所がベランダなので、できるものに限りもあった。マンションの前の道は、〝私道につき屯《たむろ》、飲食、喫煙、花火、その他近隣の迷惑となる行為禁止〟なのだ。

「これがいちばんあかるいわね」

白い光が雨のようにこぼれる一本に火をつけて渚が言うと、

「それはシュルシュル」

と波十が教えてくれた。独自に名前をつけているのだ。〝シュルシュル〟は、確かにシュルシュル言っていた。まるで、勢いよくこぼれでているのが光ではなく音そのものであるかのように。

「すごい煙だな、しかし」

夫が言い、渚の臀部《でんぶ》をつかんだ。

「ちょっと来て」

と耳元で囁き、ガラス戸をあける。腕をつかまれた渚は、室内に戻る前に、まだ火のついている〝シュルシュル〟を、水の入ったバケツにあわてて落とした。夫が求めてきたのはキスだった。唇に唇を強く押しあてるだけの、せいぜい五秒間のキス。ガラス戸はあいたままだった（ので、渚には花火の煙の匂いがかげた）が、カーテンは閉じられていて、波十からは見えなかったはずだし、キスが済むと、夫はすぐに一人でベランダに戻って、波十に何か話しかけ、煙や蚊が入り込まないように、今度はガラス戸をぴたりと閉めた。渚をそこに残して。

　こういうことはときどきあった。子供じみた性急さと乱暴さで、決って波十のいるときに、夫が渚の身体をまさぐったり、短いが強いキスをしてきたりすることは。

　不快がるのはおかしいとわかっている。藤田くん——かつての職場の後輩で、真面目な若者だと思っていた相手、渚の孤独を埋め、波十もろとも「ひきうける」と言ってくれた男性——は、夫なのだから。むしろ喜ぶべきことだ。子供の目を盗んで妻にキスをする夫というものを、数年前の自分がもし目に（あるいは耳に）していたら、うらやましく思ったはずなのだから。

　これもまた、例の一瞬なのだろうと渚は〝分類〟してみる。あのときは幸福だったとあとになって気づく、家族の日常のひとこま。ガラス戸をあけ、もうもうとけむいベランダに渚は戻る。波十がいつも最後まで残しておく線香花火——貴重なやつ——が、室外機の上に三本、注意深く取り除《の》けられていた。

　稔のマンションになら歩いて帰れるので、一晩泊って行くようにすすめたが、「自分の家の方が落着く」から帰ると雀は言った。移動疲れも時差ぼけも「したことがない」と豪語するだけあって、よくたべてよくのんだ雀はチカの店について、「料理を勝手にだしさえしなければ、やっぱりとてもいい店だ」と認めた（〝やっぱり〟というのは自分が選んだ店だけあって、という意味だと稔にはわかった）。

「お墓参りに行かなきゃね」

駅までの道を歩きながら雀は言う。

「それに台湾にも」

「台湾？」

驚いて訊き返すと、写真を撮りに行きたいのだと言った。こっちにいるあいだに、と。

「こっちって」

稔は苦笑する。

「まるで地続きみたいな言い方だね」

見上げても、月も星も見えない。おまけに風もなく、蒸し暑かった。

駅の十メートル手前で、雀が突然立ちどまる。

「ねえ」

と、いたずらを思いついた子供のような顔になって言った。街灯が、白髪の目立つ頭を真上から照らしている。

「シュプレーパークに行かなきゃ」

いま？　と口にだしそうになったが、なんとかだささずにすんだ。あぶないところだった。だしていれば、姉は機嫌をそこねただろう。〝突然〟一緒に何かできるか否かは、相手との距離を測る一つのバロメーターだった。

「鍵、持ってるんでしょう？」

持ってるけど家に置いてある、とこたえると、役立たずとののしられた。

「備えよつねにって、昔教えたでしょ」

雀の声はあかるかった。

「いいわ。じゃあ取りに行きましょう」

そう決ると、稔はなつかしさに圧倒された。自分たちの所有するソフトクリーム屋に夜中に侵入する――。そのばかばかしさ、そのひそやかさ。雀と会う前に感じた緊張はもう跡形もなかった。雀は雀だった。昔みたいだ。そう思うと、姉に白髪やしみのあることが奇妙だった。いや、自分にも（姉ほどたくさんではないにせよ）それがあることも。

「いい感じ」

真暗なソフトクリーム屋を外からのぞきこんだとき、雀は言ったし、稔もそう思った。厚くて艶のあるオーク材の扉といい、縦長に切った窓といい、正面から見た外観は洒落《しゃれ》ていて、ヨーロッパの小さなカフェさながらの趣がある。周辺は普通の住宅地なので、その趣は滑稽で、雀の言った〝いい感じ〟というのは、その滑稽さを指しているのに違いなかった。

「泥棒になったみたいな気がするよ」

鍵をあけて稔は言ったが、自然に声をひそめていた。

夜中の店のなかは、侘《わび》しくよそよそしく見えた。電気を点《つ》けるとその感じはさらに強まり、稔は、ついさっきまでの高揚した気持ちが、急に冷めるのを感じた。ここにあるのは現実そのものだ。

「ここ、掃除道具入れみたいな匂いがしない？」

雀が言う。

「たぶん、カウンターを磨いたからじゃないかな。木製のものと真鍮《しんちゅう》のものは、毎日磨くように言ってあるから」

電気の点いた店のなかに姉と二人でいることが、稔は突然気づまりになった。

「ソフトクリーム作れないの？」

尋ねられ、無理だとこたえる。

「コーヒーだけ淹《い》れるよ」

と言ったものの、エスプレッソマシン（上からタオルがかぶせられている）の使い方もわからなかった。茜にメールで使い方を尋ね、ラジオのスイッチを探す。海外の放送が聴けるインターネットラジオというものを、BGM用に買って取りつけさせたことは憶えているが、どうすれば音がだせるのかまでは、思いだせない。

「本を持ってくればよかった」

ブース席に腰をおろした雀が退屈そうに言い、稔はスイッチを見つけられないまま、沈黙のうちに数分が過ぎ、稔をほっとさせたのは、茜からの、きわめて懇切丁寧な、エスプレッソマシンの使い方を説明するメールだった。

15

半年先まで予約で埋まっているという温泉宿に泊れることになったとき、一緒に行く相手としてまず淳子の頭に浮かんだのは稔だった。可奈子を誘うことも考えはしたが、各部屋にテラスと露天風呂のついた、いかにも〝お忍び〟仕様のそういう場所に行くのなら、やはり男性とが望ましい。稔と自分は独身同士なのだし、一度そういうこともあったのだから、誘っても不自然ではないはずだ。

退社後に、などと構えていると決心が鈍りそうだったので、昼食にでたらついでに電話をかけようと淳子は決める。人通りのすくない路地からかければいい。午後いちばんで会議があるので、きょうは昼食に割ける時間がすくない。最近できた、スープと天然酵母のパンをだすカフェか、昔からある小さな中華屋のチャーハンか。地上四階のオフィスはエアコンがきいているが、窓の外は日ざしが強く、いかにも暑そうだ。後者だと判断した途端、自分がとても空腹なことに気づいた。

機内には単調な飛行音だけが響いている。黒パンとチーズを、男はあっというまに平らげた。

「もらってもいいか？」

ラースが手をつけていないのを見ると、にこやかに言った。自分たちに注意を払う乗客などいそうもないが、もしいても、仲のいい男二人に見えるだろう。しかしラースの足首には再びあの特殊な拘束具がつけられているし、ゆうべの手荒いもてなしのせいで、身体じゅうが痛んだ。言うとおりにすればアンナと娘に手出しはしないと男は請け合ったが、とても信用できる相手ではない。小窓のぶ厚いガラス越しに、ラースは雲の連なりを見つめる。隣にいる男ばかりか、現状も、自分自身も信じられなかった。オスロで、妻と二人で平和に暮していた男、もうすぐ孫ができるはずのあの男はほんとうに自分だったのだろうか。前世の記憶のように遠い。

モーナののびやかな肢体が脳裡《のうり》にちらつく。それもまた信じられないことだった。自分は妻も、ゾーヤも裏切ったのだ。ラースはゾーヤの身体を思いだそうとした。数えきれないほど何度も愛し合った身体を。けれど記憶のなかのそれはひどく曖昧で、むしろモーナに似ていた。

モーナとのそれは、愛というのではなかった。あの夜のモーナは単刀直入で激しく、「こわい」と言ってしがみついてきた。行為のさなかにも、「こわい」と何度も口走った。「ゾーヤがいなくなってしまいそうでこわい」と。そして、そう口にするたびに攻撃的になり、まるで、ラースに挑みかかることでゾーヤを危機から救いだそうとするかのようだった。

見ず知らずの男に飛行機に乗せられ、拘束具までつけられているという異常事態のなかで、自分が思いだしているのが最新の性行為だという事実に、ラースは奇妙な感慨を覚える。

到着ロビーでラースを出迎えたのは、いかにも仕立てのいい濃紺のコートを着た、四十がらみの男だった。背はあまり高くないががっしりとして、余分な脂肪の一切ない身体つきであることが、着衣のままでも見てとれる。

「オラフだ」

男は名乗り、ラースをじっと見つめる。ひどく疲れた、感情のない眼差《まなざ》しで、ラースはぞっとした。

「一体――」

訊きたいことは山ほどあった。一体なぜ自分がここに連れてこられたのか、ゾーヤはどこにいるのか、あんたは誰か。しかしオラフはラースに背中を向け、出口の方へ歩き始める。

「質問するのはあんたじゃない」

太った男がにやつきながら言った。

自動ドアをでると青空がひろがっていた。植込みには真白な雪が残っているが、路面は完璧に除雪されている。黒い車が停《と》められており、促されるままに、ラースは後部座席に乗り込んだ。

「はじめに言っておく。分別を働かせることだ。そうすれば何も起らない」

助手席のオラフが、ふり向きもせずに言う。

「無駄な血をこれ以上流したくない」

列車の光景が蘇った。無駄な血をこれ以上――。ということは、エリックを殺したのはこの男なのだろうか。

「なぜエリックを消した？」

尋ねられ、ラースは混乱する。

「ばかな。私は何もしていない」

身をのりだした途端、太った男にひき戻され、腹を蹴られた。見事に胃に膝が入り、息ができずにラースはうめく。

「やめてくれ」

呼吸が戻るのを待って、きれぎれに声を絞りだした。

「あんたたちは……警察官なのか？」

ふり向いたオラフは、嫌悪をたぎらせていた。

「猿芝居はそこまでにしてもらおう」

ラースは座席に背中をもたせかける。腹をおさえたまま目を閉じた。自分の命がほんとうに危険にさらされているのかもしれない。車は高速道路には乗らず、ひたすら郊外を走っている。


本から目を上げると雀が見えた。薄いスウェット素材の、見るからに楽そうなワンピース（色はモスグリーン）を着て、ソファに寝そべって本を読んでいる。稔自身は肘掛け椅子に陣取り、テーブルに足をあげてやはり本を読んでいる。子供のころみたいだと思った。子供のころの夏休み、稔は雀と二人で、よくこうして一日じゅう本を読んだものだった。木造である点も庭が見える点も、家具の趣味が重厚で古めかしい点も、雀の買ったこの家は、昔住んでいた家に似ている。

「おもしろい？」

雀をこちら側に呼び戻すためだけに稔は言ってみる。

「おもしろい」

雀はこたえ、同時に片足をあげてみせた。子供のころから見慣れている雀の足。

「それはよかった。こっちもおもしろいよ」

訊かれもしないのに稔は言い足して本に戻る。こんなふうにときどき言葉を交して相手の存在を確かめると、べつべつな場所にでかけていながらおなじ場所にいることの、不思議さと満足と幸福感が高まるのだ。


降ろされたのは瀟洒《しょうしゃ》な邸宅の正面の車寄せだった。玄関前で、背広姿の男性が二人、煙草を吸っている。ラースはオラフに続いて、太った男に腕をつかまれながらなかに入った。

おなじ家のなかにラースがはるばる連れてこられたことを、ゾーヤは無論知る由もなかった。「事情が変った」と言われて以来、扱いはひどいもので、一度など手足を縛られ、さるぐつわを咬《か》まされて床に転がされ、その姿を写真に撮られた。さるぐつわもロープもすぐにはずされはしたが、彼らはもう誰も刑事のふりはしなくなった。したところで信じられはしなかっただろうが。彼らが誰で、一体何が目的なのか、考えることをゾーヤはもうやめていた。そんなことよりも、逃げだすことを考えなくては。窓のない部屋に閉じ込められ、鍵のかかったドアの外側には拳銃を持った男や女がうろうろしているというこの状況で、どうすれば逃げだせるのか見当がつかないにしても。

ゾーヤは、できるだけ身体を動かすことから始める。腹筋、背筋、腕立て伏せ。子供のころ以来したことのなかった逆立ちまでやってみた。こんなことなら、彼らがまだ優しい刑事のふりをしていたころに、雑誌や果物ではなくエクササイズマシンをさし入れてもらえばよかった。武器にもなりそうなダンベルとか。

街が、家が恋しかった。母親が、モーナが恋しかった。山の上のロッジが、エリックのピアノとトビアスのサックスが、自分の生活のすべてが恋しかった。青空が、雪と針葉樹の匂いが、角のカフェのドーナツとコーヒーが恋しかった。

ラースのことを思った。以前にもよくそうしたように、会社で仕事をしているラースや、通勤電車に乗っているラース、妻のいる自宅で寛いでいるラースを想像する。ゾーヤは、そのどれも見たことがない。

出会って以来はじめて、ラースを遠く感じた。名前を知っているだけの他人で、見つめ合ったことも、信じ合ったことも、愛し合ったことも幻だったかのように感じた。

そのとき銃声が聞こえ、ゾーヤはびくりとした。一発だけ、大きく響いたその音は、四方の壁に隔てられていてさえ殴られたように衝撃的で、消えたあとも耳に残った。何が起きたのかわから

「稔」

肩をつつかれ、見ると、すぐそばに雀が立っていた。

「お昼ごはんたべよう。お腹《なか》すいた」

意識を戻すのに数秒かかる。姉の家の居間、テーブルの上の薔薇《ばら》、その手前に載った自分の足、夏の真昼。銃声とゾーヤをそこに残して、稔は本を閉じた。

午前中にスーパーマーケットにでかけたので、食材は豊富に揃っていたが、稔はまたピッティパンナを作ることにした。小説にでてきた料理で最近凝っているのだと雀に言うと、雀は表情を変えずに稔をじっと見て、

「ほんとに変らないね、あんたは昔から」

と言った。

「昔、寺村輝夫を読んだときにも、毎日オムレツばっかり作ってた」

咄嗟に返事ができなかったのは、すっかり忘れていたからだった。忘れていたが、思いだした。昔、確かにそんなことをした。

「あのときあんた幾つだった？　台に載って料理をしてたよね。背が届かなくて」

台のことは憶えていなかった。

「小学校の……どうだろう、一年か二年だったかな」

「あれ、最初は嬉しかったけど、あんまり毎日作るから、ママも私もしまいに飽きちゃったのを憶えてるわ」

雀は可笑《おか》しそうに言う。

「え、飽きてたの？」

忘れていたくらい昔のことだとはいえ、心外だった。

冷蔵庫のなかの野菜から、稔はじゃがいもと玉ねぎ、レタスとピーマンを選んだ。じゃがいもさえ入れれば、あとはどんな野菜でもできるのが、ピッティパンナのいいところなのだ。肉を炒めているときに電話が鳴った。

「もしもし稔？　いまちょっと話してもいい？」

じゅんじゅんだった。

「ごめん、あとでかけ直すよ。いまちょっと手が離せないから」

炒めものの音がしているから、料理中だと察してくれるだろうと思いながら電話を切った。ピッティパンナは火加減が肝だ。

結局稔は電話をかけ返してこなかった。用事があるのだからこちらからまたかければいいものを、会社から帰って息子との夕食を終えるまでずっと、向うからかかってくるのを待ってしまった。まるで若い娘のように愚かなふるまいだ。

淳子が若い娘だったころ、携帯電話などというものはなかったから、電話を待つのは一仕事だった。外出ができないし、両親と一緒に住んでいたから、あまり露骨に電話のそばにはりついているわけにもいかず、かといって両親のどちらかに先に受話器をとられるのも、あとであれこれ訊かれるので嫌だった。もう十分に年をとったのだから、そんなことはしなくて済むのだと思っていた。いや、済ませるべきなのだ。淳子はそう決めて携帯電話を手に取る。おばさんなのだからおばさんらしく、何度でも厚かましく電話をかけて、用事をしっかり告げるべきだ。ねえ温泉に行ってみない？　それがね、なかなか予約のとれない旅館なんだけど、ひょっこり空きがでたの。前にうちの雑誌で紹介したとこなんだけど、そういうときには連絡してほしいって頼んでおいたらほんとうに連絡してくれて――。

淳子は携帯電話を充電用のコンセントにつなぎ、息子の部屋に行く。ノックをし、ドアをあける。

「何？」

大音量とまでは言えないが、それでも部屋じゅうに満ちる程度には大きいヴォリウムで音楽がかかっていた。クラシックだ、ということしか淳子にはわからない。

「何？」

息子はパソコンの画面から目を離さずに、もう一度訊いた。

「温泉に行かない？」

淳子は言い、部屋に入った。

「結構な高級旅館なの。景色のいいところで、お料理も折り紙つきに上等」

息子のベッドに腰掛けると、ちょうどいい弾力で尻が沈んだ。

「行く。何県？」

あっさり同意され、淳子はすこし拍子抜けする。温泉なんて興味ないとか、勉強で忙しいとか、言われるかもしれないと覚悟していた。

「二十七日の木曜日なんだけど」

あと二週間もない。

「いいよ。何県？」

「露天風呂とべつに、テラスにバスタブもあるの。贅沢《ぜいたく》なお部屋よ」

キーボードから手を離し、ふり向いた息子は怪訝そうな顔をしていた。

「それで何県なんだよ」

鳥取県だと淳子はこたえ、旅館の名前を教えた。息子がパソコンで検索し、画像を見せてくれるかもしれないと期待して。


「KGB？」

モーナは訊き返した。

「じゃあエリックはロシア人だったたってことですか？」

信じられなかった。陽気なピアノを弾くゾーヤの仕事仲間、物腰がやわらかく、笑顔が穏やかで、ゾーヤと父娘みたいに仲がよかったあのエリックが？

「いや、出身はウクライナだ。ソヴィエトが崩壊したときに祖国を捨てた人間の一人だろうと、向うの警察は考えている」

「ウクライナの警察？」

「いや、ロシアの」

老刑事のハムズンはこたえ、めくっていた書類から顔をあげると、

「歴史はきみが思うより複雑なんだよ」

と言って、ひっそり笑った。

「ロシアに戻ったのかもしれない。あるいはウクライナに」

誰にわかる？　とでも言うように、老刑事は肩をすくめた。

「じゃあ姉は？　ゾーヤはどこに行ったんですか？」

ハムズンは、今度は眉をあげてみせた。そして同情のまなざし。

「一緒だと、我々は考えている」

あり得ない、とモーナは思う。ラースにならともかく、ついて行ったかもしれない。姉は彼を愛しているのだから。ラースのことを考えると胸が痛んだ。あの夜のことは思いだしたくなかった。あんなことが起らなかったのなら、どんなによかっただろう。ラースが妻の元へ帰ってしまったいまとなってはなおさら。

「何度も言っていますけれど、ゾーヤには他に恋人がいるんです。あなたも会ったでしょう？　私と一緒に何度もここに来ましたよね、エリックの財布のとき以来」

「もちろん憶えているとも」

ハムズンは言い、またしてもモーナに同情のまなざしを向ける。

「人間も、歴史とおなじくらい複雑だからね。愛のために、人がどのくらいばかな真似をしでかすか、知ったらきみは驚くだろうね」

どうどうめぐりだ。

「若い男に惹《ひ》かれる女性もいれば、若くない男に惹かれる女性もいる。恋人のいない人間もいれば、複数の恋人を持つ人間もいる。そうじゃないだろうか」

ハムズンの、毛玉だらけのくたびれたカーディガンにモーナは視線を落とした。これ以上顔を見ていたら、自分がそれこそ何をしでかすか、わからないと思ったからだ。この年寄りにはゾーヤを探す気がないのだ。エリックが元KGBだとわかったにもかかわらず、いや、わかったからなおさら、いなくなっても構わないと思っている。あるいはいなくなって当然だと――。

ラースに話さなくてはならない。エリックがもしほんとうに死んだのなら、ゾーヤがエリックと一緒にいるというハムズンの推測は成り立たない。

「ラースが書いた書類を見せてもらえますか？」

モーナはハムズンに言った。

「住所を知りたいんです、オスロの」

老刑事は呆れ顔をしたが、ラースの住所を教えてくれた。


稔は本を閉じて寝椅子から立ちあがる。ベッドに移動してもうすこし読むつもりだった。あしたは雀の方がここに来ることになっている。それに波十も。歯を磨きに洗面所に行って、鏡を見た瞬間に、淳子に電話をしていないことを思いだした。が、すでに十二時をまわっており、あしたかければいいということにした。

16

雀名義になっている会社の会計報告をひととおり終えた大竹は、咳払《せきばら》いを一つした。居心地が悪そうにソファに腰かけている背広姿のこの男を、雀は昔から知っている。弟の親友だったから、それこそこの子――目の前の男はもう立派に中年だが、雀はつい子供扱いしてしまう――が親に隠れて煙草《タバコ》をすったり、制服のネクタイをわざとだらしなく結んだりしていたころから知っているのだ。稔から聞くところによれば真面目《まじめ》一方であるらしい現在の大竹とは違って、高校時代のこの子はそこそこの遊び人を気取っていた。まあ、あくまでもそこそこのではあったが。

「ほんとうにのまないの？」

せっかく上等の赤ワインをあけたのに、昼間だからというつまらない理由で、大竹は水をのんでいる。

「車を運転するわけじゃなし、すこしぐらいのんだって影響ないでしょうに」

大竹が稔より酒に強かったことも、雀は憶《おぼ》えていた。

「じゃあ、せめてコーヒーを淹《い》れてあげようか？」

「いや、水《みじゅ》でいいでしゅ。暑《あちゅ》いし」

雀は肩をすくめる。

「背広、脱げばいいじゃないの」

ひさしぶりに会ったのだし、弟ばかりか自分も、さらに何人かの親戚までも、税務上のことでいろいろ世話になっているのだから、雀としてはもてなしたいのだった。けれど雀は昔から、人をもてなすことが苦手だ。それで、自分一人だけ、昼間からゆるゆると、上等のワインをのんでいる。のみならず、

「そういえば、ステレオが動かないんだけど直せる?」

と訊《き》いてしまう。ふいに思いだしたのだ。母親が好きで集めていたレコードのなかから、ゆうべ、ひさしぶりにエディット・ピアフを聴こうとしたのに、針を上げてもターンテーブルが回らなかった。

「たぶん僕には無理なので、修理屋を手配しましゅ、できるだけ早く」

大竹はこたえた。

庭にスズメがたくさん来ている。今朝パンくずをまいてやったからだろう。縁の下でよく子を産む(らしい)野良猫に、襲われないといいがと、ガラス越しに眺めながら雀は思う。

親戚の誰それに連絡をするように(雀にそのつもりはない)とか、美術館を訪問するときには、必ず予《あらかじ》め知らせてほしいと館長が言っていた(雀は承服しかねる)とか、不明瞭な口跡で、大竹は喋《しゃべ》っている。口跡が不明瞭なのは前歯に矯正器具をつけているからだそうだが、人が、一体なぜ突然そんな不自由そうなものをつける気になるのか、雀には理解できない。自然界に、そんな

ものをつけたがる動物は他にいない。もっとも、稔いわく大竹は「年若い妻に骨抜きにされている」そうだから、そのせいかもしれないと想像することはできる。誰かを好きになると、人は奇妙な人格崩壊を起すことがある。突然ヴェジタリアンになったり、それまでとは違うタイプの服や靴や下着を買い込んだり、自転車通勤を始めたり、いきなりワイン通になったり、支持政党が変ったり——。雀にも経験がないわけではないが、遠い昔のことだし、幸い軽症で済んだ。おかげで人格は健全そのものだ。自分のままの自分でいられる。

「じゃあ、僕はこれで」

大竹が言い、立ちあがった。スリッパをすすめたのに、なぜだか遠慮をして履かなかったので靴下のままだ。チャコールグレーのビジネスソックスは、汗で湿っているに違いない。

「大竹くん、今夜は?」

もてなせなかったことに気が咎《とが》め、雀は玄関で尋ねた。

「稔と波十と食事をすることになってるの。よかったらどう?　いっしょに」

「ありがとうございましゅ。でも、夕食は妻《ちゅま》としゅることにしているので」

靴を履きながら大竹はこたえる。

「そう。でも、じゃあ、奥さんも誘えば?」

雀に背中を向けたまま、大竹は何かもごもごとこたえた。よく聞きとれなかったが、今夜は来る気がないらしい。

「シュテレオの修理のことは、またご連絡しましゅ」

そう言って、大竹は帰って行った。

携帯電話が振動したとき、淳子はインテリア頁《ページ》のレイアウトをチェックしているところだった。液晶画面に稔の名前が表示されるのを見て、心ならずも安堵《あんど》の気持ちが込みあげた。すくなくとも、ちゃんとかけ直してはくれたわけね。

「はい」

席を離れながら応答した。

「じゅんじゅん？　稔だけど、いま、電話、大丈夫かな」

「ええ、もちろん。きのうはすみませんでした、タイミングの悪い電話をしてしまったみたいで」

仕事用の、快活な声をつくって言うと、稔が一瞬怯《ひる》むのがわかった。

「いや、こちらこそ申し訳なかったよ。雀の家にいたんだ。ちょうど料理をしてるところで」

夏休みをとっている人が多いせいか、エレベーターホールには人けがない。そうでなくても、廊下での私用電話はみんな日常茶飯事なので、構うほどのことではないのだが。

「かけ直すって言ったのにうっかりしてて」

「うっかり？」

訊き返すと沈黙ができ、それから、笑みのこぼれる気配といっしょに、

「あ、声が低くなった。じゅんじゅんに戻ったね」

と、稔が言った。

「で、何だったの？　きのうの用事は」

今度は淳子が沈黙しそうになる。〝用事〟は、もうなくなってしまった。が、沈黙が許されるのはもっと甘やかな、初々しい関係の場合だけだとわかっていた。それで急いで、

「あのね、用事がなくちゃ電話しちゃいけないわけ？」

と言った。

「そういうのって、ちょっと冷たくない？」

稔は笑ってまた謝り、用事のない電話も、もちろん大歓迎だと言った。こうしてじゅんじゅんと話せるのはたのしいから、と。

「それよ、それ。だいたいその言い方に誠意がないの」

何かを誤魔化《ごまか》そうとしているのか本音なのか自分でもわからないまま、淳子はつけつけと言った。

「稔って、昔からそうよね。ミスター・ノー・誠意」

突然、これはわざわざエレベーターホールで話すほどの内容ではないという気がして、淳子は編集部に戻りながら続ける。

「やさしいことはやさしいんだけどねえ」

ハイヒールがこつこつと音を立てた。

「ええっ？　それはたぶん逆だよ。あんまりやさしくないけど、誠意はある」

稔が言う。どちらがひどいのかわからなかった。

「まあいいけど。ともかくかけ直してくれてありがとう。そのうちまたごはんに誘うから、覚悟しといてね」

「了解。たのしみにしてるよ」

電話を切ったときにはデスクの前に坐《すわ》っていた。藤沢市のI邸、横浜市のM邸、港区のY邸。瀟洒《しょうしゃ》な佇《たたずま》いの部屋の写真がならんだ、二種類のレイアウトの前に。

雀の家をでるとほっとして、大竹は肩の力を抜いた。嘘《うそ》をついたわけではない、と自分に言い聞かせる。夕食を妻と摂《と》ることに決めているのは事実なのだから。ただ、妻が家にいないだけで——。

セミが鳴いている。ここは環境のいい街だが、坂が多い。雀の家は駅から遠く、きょうはまたおそろしく暑い。太陽は真上から照りつけているのに、熱気はむしろ地面から湧きあがり、大竹の考えでは、自分の周囲だけに、いつもとりわけ押し寄せてくるのだ。ポケットからハンカチをとりだして汗を拭う。もう何日も、おなじハンカチを使っていた。

子供のころは——。公園のそばを通りかかり、遊んでいる子供たちを眺めながら大竹は思う。子供のころは、どんなに暑くても一日じゅうおもてで遊んでいられた。しかし、暑さに耐えながら遊んでいたのか、暑さに気づきもせずに遊んでいたのかは思いだせない。自分たちが子供で、あんなふうに遊んでいたころ、こんなふうに立ちどまって、眺めている大人がときどきいた。そのひとたちも、いまの自分とおなじような気持ちだったのかもしれない。いま公園にいる子供たちにしてみれば、この汗だくのおじさんに子供のころがあったとは、想像もつかないことなのだろう。

　再び歩きだし、大竹は妻にメールを打った。

　二件目の打合せ終了。

　本日はあと一件。

　それが済んだらまっすぐ帰ります。

　返信がこないことはわかっていても、妻へのメールは習慣なので、どうしてもやめられないのだった。


「じゃあねえ、洗濯機」

　雀ちゃんが言った。

「洗濯機いい？」

　波十はへんな声をだしてしまう。四角い、ということしか思いだせなかったからだ。雀ちゃんは、子供みたいに自分の手元を腕で隠しながら、早速かき始めている。順番に〝お題〟をだし合って、絵をかく遊びをいま三人でしているところだ。もうすでに、ロバとミッフィーとヴァイオリンの絵をかいた。

「それは波十が不利じゃないかな。まだ自分で洗濯したことがないんだから」

稔くんが言うと、雀ちゃんは顔をあげ、

「ばかなことを言わないで。勝負事なんだから」

とこたえる。

「大人げないなあ」

稔くんは苦笑したけれど、波十はちっとも構わなかった。いまのところ二勝一敗で波十がリードしているし、みんなの絵がすごくへんになるこの遊びは、勝っても負けてもおもしろいからだ。

「できた」

まず雀ちゃんが、次に波十が、最後に稔くんが言って、それぞれ鉛筆やボールペンを置いた。いっせいに見せ合って、勝敗は〝審議〟して決める。洗濯機の絵は僅差《きんさ》で稔くんが勝った。

「次は波十がお題をだす番」

雀ちゃんが言った。

「うんとむずかしいやつにしてね」

と、たのしそうに。

たまにしか会えないが、波十にとって雀ちゃんは特別な存在だった。伯母《おば》さんだからではなく、波十がはとという名前で、雀ちゃんがすずめという名前だからで、仲間という感じがする。実際、仲間なのだと波十にはわかる。波十と雀ちゃんは、ときどきだけれど目だけで会話ができるのだ。きょうもそうだった。雀ちゃんは、入ってくるなり波十を見て、

「早かったのね」

とだけ言った。稔くんのマンションに、波十の方が先についていたからだ。それだけだった。それだけで、でも波十には雀ちゃんが、波十に会えて嬉《うれ》しがっているのがわかった。こんにちはも、ひさしぶりねも、大きくなったわねもなかったのに。

「じゃあねえ、すべり台！」

波十は言った。

そのあとライオンと貴婦人の絵をかいたところで、ビールをのむ時間だと雀ちゃんが言い、この遊びはお終《しま》いになった。

「そうそう、お土産があるのよ」

二人がビールを、波十が自分で作ったカルピスをのんでいるとき、雀ちゃんが言った。外国語の書かれた段ボール箱のなかから、包みを次々にとりだす。それに絵本を。絵本は包まれていなかった（「私も読みたかったから」）。

「あけてみて」

促され、波十は一つずつ包みをひらいた。でてきたのは赤いフェルトの湯たんぽ（「ドイツはこういうものの性能がいいのよ」）とさくらんぼ酒（「これは渚ちゃんに」）、それとチョコレート（「波十のすきなマジパン入り」）だった。

「ありがとう」

お礼を言い、波十はまた一つずつ、品物を包装紙やビニール袋のなかに戻す。お土産そのものよりも袋や包み紙の方に、外国の匂いがした。それから絵本を手に取って眺める。

「Eine Heirat」

雀ちゃんがタイトルを発音した。

「雰囲気のある絵だから、読めなくても見てるだけでたのしいと思ったんだけど、お話もおもしろいの。真面目で誠実な熊と虚無的な羊が、一緒に暮す話」

それを聞くと、寝椅子《ねいす》で本を読んでいた稔くんが笑った。

「虚無的という概念は、波十にはちょっとむずかしいんじゃないかな」

「ばかなことを言わないで」

雀ちゃんがまた言う。

「わかるわよね」

尋ねられ、波十は困って、

「なんとなく」

とこたえた。雀ちゃんは勝ち誇った顔になり、

「なんとなくで十分」

と、力強く言った。


ガラス越しに見る赤ん坊は、モーナにはどの子もおなじように見えた。医者や看護師にだってそう見えるはずで、だからこそ、ここにいる赤ん坊たちは、一人ずつベッドにも足首にもタグをつけられているのだろう。でも、いま隣にいる女性の目には、違うふうに映っているはずだ。自

分の――そしてラースの――孫なのだから。

「名前はアリルドよ。娘の夫がつけたの。もうすぐ来るはずなんだけど。毎日来るの、ハンディカムを持って」

アンナは言い、ひっそりと微笑《ほほえ》んだ。

「ラースに会ったら、孫が無事に生れたことを伝えてくださる？　彼が何をしたにせよ、私は家で待ってるってことも」

モーナには、アンナの目を見ることができなかった。ゾーヤがこの女性の夫を奪ったからでも自分が彼と寝たからでもなく、この女性の夫が、もう生きていないかもしれないからだ。

モーナは、アンナにすべてを説明できたわけではなかったが、それでも大切な点は伝えたつもりだ。ゾーヤがいなくなり、ラースが探そうとしてくれたこと、警察は認めていないけれどエリックが殺されたかもしれないこと、ラースが死体を見たと言ったこと、それに、アンナの友人だという男が現れて、ラースを連れ去ったことも話した。隠したのは、ゾーヤとラースの関係だけだ。けれどおそらくそのせいで、アンナは察してしまったのだろう。そして、他の部分を信じられずにいるのかもしれない。こうして、オスロの現代的で安全な病院の廊下に立っているいま、自分の言っていることは、モーナ自身にさえ信じられない。

「私は……、ラースがここに、ご家族のもとに帰ったんだと思ったんです。帰ってないなんて思わなかった」

モーナの腕に、アンナの手がそっと置かれた。

「いいのよ、大丈夫」

「警察は、エリックがゾーヤを連れてロシアだかウクライナだかに帰ったんだと思っています。でも、そんなことはあり得ない。だってゾーヤはラースのことが――」

それ以上、どう言っていいのかわからなかった。

「いいのよ」

アンナはもう一度言い、モーナの腕をぽんぽんとたたいた。励ますみたいに。そして、

「娘に会って行く?」

と訊いた。モーナが首を横にふると、

「そうね。その方がきっといいわね」

と言って静かに微笑んだ。その瞬間に、モーナにはふいにはっきりとわかった。この女性が察してしまったのはラースとゾーヤの関係ではない。ラースとモーナの関係なのだ。


部屋のなかが随分静かなことに気づき、見ると雀も波十も本を読んでいた。ソファの端と端に離れて坐り、どちらも真剣な表情で。刃物で削《そ》いだような姉の頬と、ふっくらした娘の頬、白髪まじりのおかっぱ頭と、黒々としたショートカットの、前髪がピンで留められた頭。

できることならこのままずっと本を読んでいたかったが、渚に、十時までには送り届けると言ってあった。空気の色合い――電気をつけずに活字を追うには、すでにかなり暗い――から、七時前だろうと稔は見当をつける。

「夜ごはん、どうしようか」

起きあがり、まず電気をつけた。

「目が悪くなるよ」

自分も本を読んでいたことは棚に上げて言い、テーブルの上の空き缶とグラスを片づける。

「またチカさんのところでもいいけど、駅前に結構おいしい台湾料理屋があるよ。あと、まあまあのそば屋も」

二人とも返事をしない。

「それか、波十を送って行く途中だから渋谷まででてもいいけど」

そう言い足すと、

「それはめんどくさい」

と雀がこたえ、

「波十も」

と、波十まで言った。どちらも本から顔をあげない。稔には、自分だけ本の外にいることが不当に――というか、ほとんど疎外されているようで淋《さび》しく――感じられ、抗いきれずに寝椅子に――そしてモーナとアンナのいるオスロに――戻る。

それで結局、ピザの宅配を頼むことになった。そうしたいと波十が言ったからで、稔が驚いたことに、反対するに違いないと思った雀まで、まさにそういう気分だと認めたからだ。

17

散髪直後の男の人が、普段より子供っぽく見えるのはどうしてだろう。テレビに気をとられながら食事をしている藤田の横顔を見ながら、渚は不思議に思った。髪型も床屋に行く頻度も人それぞれなのに、そういえば、藤田以前につき合った男たちもみんな、散髪のあとは幼く見えたような気がする。

「さっぱりしたのね、とくに耳のまわりが」

感想とも言えない感想を口にすると、藤田はテレビに顔を向けたまま、「うん」とこたえ、

「こぼすわよ、よそ見してたべると」

と渚が言っても、「うん」と、全くおなじ姿勢と口調で応じた。

「ねえ、それ、どうしても観《み》たい？」

きょうはプロ野球の〝移動日〟だとかで、画面にはバラエティ番組が映っている。

「いや、べつに」

熱心に観ていたわりに、藤田はあっさりこたえる。

「換えてもいいよ、べつなのが観たければ」

と、言うが早いかリモコンを手にしてチャンネルを換えた。

「じゃあ、消せばいいんじゃない？」

渚が言うと、藤田は動きを止めた。

「え？　なんで？」

ほとんどぎょっとした表情になっている。

「なんでって、ひさしぶりに二人きりのごはんだし」

見つめ合う恰好《かっこう》になった。

「でもさ、いつもは波十にあんまり観せたくないからやめてくれって言うじゃん。きょうは二人きりなんだから、いんじゃね？」

波十がいても観てるじゃないの、と思ったが言わずにおいた。言ったところで、藤田の耳には届かなかっただろう。話は済んだとばかりに、またテレビに――さっきとは違うバラエティ番組に――目を据えているのだから。

本よりはましだ。渚は自分にそう言い聞かせる。そして自分でも画面に目を据えて、おなじものを観ようとする。七人の男性芸能人が、クイズにこたえている姿を。一人以外は正解しないルールになっているらしく、わざととんちんかんなこたえを言う。競われているのは正解率ではなく、とんちんかん度なのだろう。ときどき藤田が笑い声をあげる。どの芸能人のどの発言に笑ったのかがわかるので、そばで本を読まれるよりは、やはりずっとやすらかだった。

部屋じゅうに、オレンジの匂いが漂っている（ひさしぶりの〝二人きり〟の夕食に、カルニタスをつくったからだ。豚肉をオレンジの皮と果汁と大蒜《にんにく》で煮込んだメキシコ料理で、簡単な上においしいので、稔と別れたあとも――この料理の存在もつくり方も、昔、稔に教わったのだ――、ときどきつくる)。散髪直後の夫の子供っぽい横顔を、なんとなく感心してしまいながら渚は眺める。波十がいるときには渚に触りたがったり構われたがったりするくせに、いないと渚を見もしない夫に物足りなさを感じないと言えば嘘になるが、それでも、これが自分の望んだ(そして手に入れた)ものだと知っていた。料理の匂いとテレビの音、普通の家庭の普通の食卓――。二人目の子供を持つことについて、しばらく前から渚は考えている。波十に妹か弟ができたら、ここは現状よりももっと、家庭らしくなるだろう。

平日の午前中のデパートはすいていた。さやかはあらかじめ決めてあったとおり、チカの誕生日の贈り物用に足のマッサージ器を選び、バスタオル二枚と一緒に配送にしてもらうと、自分用にこまごました雑貨――万年筆のインクカートリッジ、一筆箋、ハンカチ(すでに必要なだけ持っているのだが)――を買った。最後に化粧品売り場に立ち寄る。さやかは普段ほとんど化粧をしない。けれどすこし前に雑誌で見て、ほしいと思ったものがあり、その頁を切り取っておいたのだ。それはスティック状の〝ハイライター〟というもので、記事によれば、鼻の脇や目の下に一塗りするだけで、くすみが消え、肌があかるく見えるらしい。

そのメーカーのブースを探すのにまず手間取った。さやかは自分が緊張していることに気づき、こんなことで緊張するなんて可笑《おか》しいと、自分で自分を(胸の内で)笑ってみる。が、ようやくブースを見つけると、安堵するどころかますます緊張が高まり、足が止まって近づけなくなった。妙にあかるい一角で、幾つもの台やカウンターに商品がならび、客が自由に手に取って試せるようになっている。口紅だけでも何十本もあり、それ以外の夥《おびただ》しい数の商品のほとんどが、さやかには用途すらわからないものだった。一刻も早くこの場所から逃げだしたい気持ちにさやかはなる。あのなかから〝ハイライター〟を探しだして買うことが、自分にできるとはとても思えない。鞄《かばん》のなかに切り取った頁の入っていることが、急に恥かしく感じられた。誰にも見えないにしても。

だいたい――。売り場に背を向けて歩きだしながら、さやかは考える。だいたい、私は一体なぜそんなものをほしいなどと思ったのだろう。使い方すらよくわかっていないものを。

地下の食料品売り場におりるとほっとして、ジュースをのんで帰ることにする。

JRと私鉄を乗り継いだあと、家の近所を歩いていると、耳を聾《ろう》するばかりの大声で、

「行くなー」

と子供が叫んでいるのが聞こえた。びくりとして、さやかは思わず足を止める。男の子の声だ。

「行くなー。行くなああ。行くなあああ」

怒りを含んだ声は半ば悲鳴で、あんな声をだしたら内臓がとびだしてしまうのではないかと心配になるほどで、けれどあたりを見回しても、声の主の姿は見えない。叫ばれている人物――おそらく母親だろうと想像はできたが――の姿もなく、真昼の住宅地は(男の子の声をべつにすれば)ひっそりとして人けがない。蒸し暑く、背中を汗が伝う。握りしめていたハンカチで、さや

かは額と腕の内側を拭《ぬぐ》った。

「行くなああ。ばかああ。行くなあああ」

どこか高いところ――たとえば二階のベランダ――から、声は放たれているらしい。渾身《こんしん》の泣き叫びぶりだ。まるで命がかかっているかのような、必死のその声のうしろでセミが鳴き始める。ずっと鳴いていたのだろうか。それともいま鳴き始めた？　さやかにはわからなかった。叫ばれているのが誰で、どこに行くのであれ、今生《こんじょう》の別れというわけでもあるまいに、さやかが再び歩き始めてもなお、男の子は怒りもあらわな声をふり絞っていた。

「行くなああ。行くなあああ」

身も世もない懇願の、悲痛きわまりない声なのに、純然たる横暴さも聞き取れて、さやかはつい微笑んだ。こんなふうに泣き叫んだことを、あの子はじきに（というより、たぶんすぐに）忘れてしまうだろう。そして、気がつけば大人になっているのだ。十年とか十五年という年月があっというまにたって――。

「ただいま」

アパートに帰ると、冷房をきかせた和室で、チカが青竹踏みをしていた。

「おかえり」

ふり向いて言う。

「早かったのね。お昼は？」

まだ、とこたえたさやかは、自分が空腹なことに気づく。デパートのレストラン街で何かたべて帰るつもりだったのに、化粧品屋の一件ですっかり忘れていた。

「おそうめんでも茹《ゆ》でてたべるわ」

洗面所で手を洗いながら言い、すぐにその仕度にとりかかった。たった半日たらずの外出だったのに、ここに帰ってこられて嬉《うれ》しかった。


夏の夜気は、どうしてこうもしっとりとしているのだろう。短歌関連の出版記念パーティという不馴《ぶな》れな場所で、苦手な社交に勤《いそ》しんだ稔は、会場のホテルを一歩でて思った。だいたい匂いからして違う。いまは向い側にある公園の木々の緑が濃く匂うが、このおなじ場所が、冬の、乾いた外気のなかでは排気ガスの匂いに包まれることを稔は知っていた。たぶん、理科の得意な人間にならば簡単に説明のつくことなのだろう。冬の夜と夏の夜。いかにも教科書にでてきそうなテーマだ。しかし理科の苦手な子供だった稔には謎で、今度、渚に会ったら訊いてみようと心に刻む。渚は車の運転ができて泳げる（どちらも稔にはできない）上に、理系なのだ。

タクシー乗り場には行列ができていた。おなじパーティ会場からでてきた人ばかりであるらしく、みんな、いましがた稔がもらったのとおなじ紙袋を手にしている。列の最後尾にならび、腕時計を見ると、午後八時を回ったばかりだった。この時間なら、大竹がまだ街にいるかもしれない。稔は携帯電話をとりだす。立食形式のパーティで、料理にほとんど手をつけなかった稔は空腹だったし、そもそもこの退屈なパーティに、どうしても出席しろと言ったのは大竹なのだ。呼出し音二回で、すぐにつながった。

「稔だけど、いまどこ？」

「事務所」

「すばらしい」

何が、と不興げな声が返った。

「俺、いま日比谷にいるんだ。ほら、例の斉木さんのパーティ」

人名を口にするときには声をひそめた。

「『食事はヤミとすることになってるから』って言うなよ、それはわかってるから」

稔は先回りして言う。そして、

「食事の前の一杯だけつき合ってよ。二杯でもいいけど」

とたたみかけた。大竹の事務所は三田にあるので、日比谷からすぐだ。

「だめだよ」

「なんで」

「食事の前の一杯もヤミとのむことになってるから」

稔は天を仰いだ。

「なんだよそれ」

行列は思いの外早く進み、稔は電話を耳にあてたまま、うしろの人に一台譲る。

「それに、今夜は映画チャンネルを観ることになってるし。〝大脱走〟やるから」

「ヤミちゃんに録画してもらえばいいだろ」

「だめだよ」

「なんで」

二台目も譲った。が、配車係の迷惑そうな視線が気になって、稔は結局列を外れる。

「しつこいな。だめなものはだめなんだよ」

あきらめるよりなさそうだった。

「わかったよ。じゃあさ、都合のいいときに連絡してよ。必ずだぞ。うん、ヤミちゃんによろしく」

電話を切ると、列はさらにながくなっていた。もう一度ならぶ気にもなれず、稔は地下鉄の駅に向った。信号を渡ればすぐだ。こういうとき、すこし前までなら由麻を誘うことができた。観劇であれ外食であれ、由麻はたのしいことが好きで、それなのに恋人とは会えない日も多かったからで、でも雷留がいるいまは、もう呼びだすわけにはいかない。

そんなことを考えながら信号を待っていると、小柄な老女が稔の視線をとらえて会釈してきた。おなじ紙袋を持っているので、おなじパーティに出席していたのだとわかった。見事な銀髪が街灯の光に照らされている。稔が会釈を返すと、女性はタカシマアヤコですと名乗った。おばあさまの主宰される結社の同人だったんです。おばあさまにはほんとうにお世話になって。そう言って、今度は深々と頭を下げる。

「あ、いや、それはこちらこそ祖母がお世話になりまして」

しどろもどろにこたえながら、信号が青になったのを目の端でとらえたが、老女が話し続けているので、一人だけ歩き去るわけにもいかない。

「いらしているなんて思わなくて、会場ではご挨拶《あいさつ》もしなくて。でも、さっきそこで律子さんが、あの人は先生のお孫さんなのよって教えてくれて」

「はあ」

「律子さんっておわかりになる？　斉木さんの師にあたるかたなんですけれど、律子さんももともと先生の弟子で、あたくしもそうですけど、随分ながいこと松原のお宅にうかがわせていただいて」

老女のおしゃべりは止まらない。口紅のはげかけた唇を、稔はついじっと見てしまった。あわてて目をそらす。

「素晴らしいお宅でしたわね。美術館にして残されたって聞いたときにはほんとうに胸をなでおろしましたのよ。だって、ねえ、わかりませんでしょう、最近は」

信号が点滅し、赤に変る。

「斉木さんは短歌をお始めになったのが遅いんですけどね、いろいろと苦労をしてこられて、律子さんがおっしゃるには雪割草のような歌人で……」

言いがかりだと頭ではわかっていたが、稔には、これも大竹のせいであるように思えた。こうしてこの老女につかまって、足止めを食う羽目になったのも――。

「そうそう、時沢さんってご存知じゃないかしら」

老女はまだ何か喋っている。

家に帰るとほっとした。パーティの類《たぐい》はやはり苦手だと稔は思う。なぜか食欲は消えていたので、今夜は夕食抜きでいいことにする。着替え、うがい、郵便物の整理を済ませ、寝椅子に横たわって本をひらいた。

完全な敗北だった。マリーエに言われるまでもなく、責任は自分にあるとわかっていた。オラフは運ばれたウォッカを一口のんで、顔をしかめる。凍らせていないウォッカではない。もしミルコが生きていて、この酒をだされたら、その場ですぐ、バーテンダーの頭を撃ち抜いていただろう。ミルコはウォッカを愛していた。ウォッカを、家族を、そして祖国ソヴィエト連邦を。任務とあらば冷徹に引き金をひいたが、妻が風邪をひいただけでうろたえてしまうような男でもあった。毛皮の帽子がトレードマークで、一見すると人の好い爺《じい》さんに見えたが、鋼《はがね》の意志を持っていた。人間の関節のはずし方も効果的な拷問の方法も、オラフはミルコに教わった。質《たち》のいい娼婦《しょうふ》と悪い娼婦の見分け方も。ミルコの飼っていた犬たちのこともオラフは憶えている。つねに多頭飼で、彼らは番犬であり、ペットにするつもりはないと言っていた。気性を荒く保つために餌の量を制限していたが、それでも犬たちはミルコに従順で、ほとんど崇拝のまなざしで飼主を見上げていた。ミルコの方でもまた、犬たちに深い愛情を注いでいた。よく車で田舎に連れだし、十分な運動をさせていた。ロシアの広い雪原を走りまわっていたあの犬たち――。

ゆうべの決断が正しかったのかどうか、オラフには確信が持てない（ゾーヤは無事に逃げのびただろうか)。しかし、すくなくとも、ろくでもない政治家をスキャンダルから守ることより優先されるべきことがあるはずだ。奴《やつ》は失墜するだろう。させればいい。そのせいでオラフ自身に無能の烙印《らくいん》が押されようとも構わなかった。が、もちろん、ほんとうに無能でいるつもりはない。

騒々しい音楽と、官能的というより単に品のないアロマキャンドルの香り。女装した男たちのステージが始まるまで、あと十五分ある。オラフは酒の代金をカウンターに置いて立ちあがり、おもてにでた。星がでている。肌が切れそうに寒く、吐く息が白い。裏手の駐車場にまわると、戸口の前にヨックム――現マリア――が立っていた。レオタード形のステージ衣装の上に安っぽい緑色のフェイクファーを羽織り、寒そうに煙草をすっている。赤毛のかつらをかぶり、けばけばしく化粧の施された顔に、かつてのサッカー少年の面影を探したが見つからなかった。

「ハイ」

マリアは弱々しく微笑み、男そのものの声で言う。

「ステージが始まるまでは絶対に上がらないでね」

鍵《かぎ》をさしだして続ける。

「それから、これをあたしが渡したっていうこと、レナには絶対言わないでほしいの。その……、わかってると思うけど」

オラフはわかっているとこたえた。ポケットから紙幣をつかみだして渡そうとすると、マリアはかぶりをふった。オラフよりも背が高く、ごつごつとした身体《からだ》つきはすこしも女性的ではないが、網タイツに包まれた脚はよく手入れがされて、無駄毛の一本もないことが、門灯のあかりのなかで見てとれた。

「そんなつもりじゃないから、いらないわ。あたしはただ、昔あなたがあたしにしてくれたことを……っていうか、してくれようとしたことを憶えてるから……。それで……」

オラフはもう一度、わかっているとこたえた。紙幣を無理矢理マリアの手に握らせる。

「もう行った方がいい」

促すと、マリアは、

「そうね」

とこたえ、フィルターぎりぎりまで短くなった煙草を地面に投げ捨てて、ハイヒールで踏み消した。

ステージが始まる時間までそこで待ったオラフは、マリアが入ったのとおなじその戸口からなかに入り、フライドポテトの匂いのする薄暗い通路を進み、事務室と楽屋のあいだにある階段をのぼる。最初の演物《だしもの》は〝パパと踊ろうよ〟らしい。古めかしい音楽とアンドレ・クラヴォーの歌声、それに下卑た観客の野次や笑い声が聞こえた。

鍵をさし込んでそっとまわす。ドアがあいたことにすら気づかない男は、ベッドに仰向けに横たわり、〝レナ〟の仕事ぶりが余程いいのか、あごが天井を向いてしまっている。薄汚い部屋だ。暖房に暖められた空気はよどみ、カビと汗の匂いがした。窓をあけたいという、ばかげた衝動にオラフは駆られる。が、そうはせず、ベッドに近づいた。

「こっちを見ろ」

きつく目をとじている男の眉間に銃口をつきつけ、ロシア語で言った。目をあけた男の顔に、驚愕《きょうがく》の表情が浮かんだ。一発で事足りたが、オラフは三発撃ち込み、男の頭部だったものは、あっというまに血と脳漿《のうしょう》と毛束になって、枕の上にとび散った。シーツをはねのけて、〝レナ〟がベッドからとびだす。恐怖に目を見ひらき、言葉もなく、壁に向ってあとずさりした。褐色の肌、濃い化粧、刈り上げたように短い髪。両腕で胸を抱くようにしているが、ペニスはだらんと露出したままだ。

「きみには何もしない」

スウェーデン語に切換えて言い、死体の胸に銃口を向ける。これはエリックからだ、と声にださずに言うと同時に引き金を引いた。

「ひ」

両手で顔をおおい、〝レナ〟がずるずると壁際にしゃがみ込む。エリックという男に、オラフは一度も会ったことがない。しかし、かつては祖国に忠実に働いたと聞いている。

「恥を知れ」

ロシア語で吐き捨て、部屋をでた。

〝レナ〟は、犯人はロシア人だったと証言するだろう。殺されたのがウクライナ人で、殺したのがロシア人ならば、警察はマフィアの抗争として片づけるはずだ。誰も気にかけはしない。

18

きょうも暑い。吉祥寺に住むクライアントの家を辞去した大竹は、バス停までの道を歩きながらハンカチで汗を拭った。きょうのクライアントも稔の親族だが、金銭感覚がかなり時代錯誤で、打合せが毎回つらい。昔の税理士にはもっと芸があったとか、税務署くらいだまくらかせなくて何のための税理士かとか、平気で口にするのだ。当然だが、おなじ親族でも、誰もが稔や雀のように金銭に鷹揚《おうよう》なわけではない。

大竹は、自分の仕事がときどきいやになる。稔の一族の話ではないが、ある商店主が亡くなったとき、遺産というほどでもない遺産をめぐり、それまで仲がよさそうに見えた兄と姉と弟が、驚くほど執拗《しつよう》にいがみあうのを目のあたりにしたし、そうかと思えば、夫の死後、たっぷりあると信じていたらしい資産がまるでなく、未亡人に泣いて責められたこともある。

暑い。バス停に着くと次のバスまでに十七分もあることがわかり、大竹は、ただでさえ重い鞄がより重くなったように感じる。立ちどまったせいか、また一気に汗がふきだした。日射病になりそうな直射日光だが、見まわしても近くに日陰の場所はない。

ほんとうは、いまごろ夏休みをとっている予定だった。けれどヤミのいない家のなかに一人でいるよりは、普段通りに働いている方がましだった。

ヤミがいなくなったのは、七月の終りだった。だからもうすぐひと月になる。

「ちょっと実家に帰ってくる」

あの朝、そう言われた大竹は、何の心配もしていなかった。妻の実家は都内にあり、だから当然その日のうちに戻ってくるものと思ったのだ。

「お父さんとお母さんによろしくね」

だからそう言った。ゆっくりしてくるといいよ。そうつけ足しさえしたかもしれない。ほんとうに、心配する理由などなかったのだ。前日まで、妻は普通だった。喧嘩《けんか》をしたわけでもないし（大竹は、ヤミと喧嘩をしたことが一度もない。結婚して以来一度もだ）、大竹に対して文句があるふうでもなかった。趣味のガーデニングをたのしみ、料理や掃除にも精をだしていた。だから彼女が大竹を——義父の言葉を借りるなら——「変だと思うようになり」、「気味悪がり」、「脅迫的だと感じていた」というのは青天の霹靂《へきれき》だし、いまでは、「怯《おび》えきって」いて、「二度と戻るつもりがない」というのは、まったく理解も承服もしかねることだった。

彼らは、一度目こそヤミを迎えに行った大竹を家にあげ、料理や酒をだして話合う構えを見せてくれたが、二度目は露骨に迷惑そうな顔をしたし、三度目は玄関先で追い払われた。追い払われるまでもなく、ヤミさえ帰ってきてくれれば、大竹としても特にあの家に行きたいわけではないのだが、帰ってこない以上仕方なく迎えに行っているわけで、それを「ストーカーまがい」とか「警察を呼ぶ」とか言われるのは心外だった。

一件目終了。

吉祥寺はあいかわらず骨が折れる。

でもきょうはあと二件。

ヤミのためにがんばるよ。

バス停に立ち、日に焙《あぶ》られながら、大竹は妻にメールを打った。大竹のよく知っているヤミなら、たとえばこんな返事をくれるはずだ。がんばれー。きょうのごはんは××だよ。あるいは、がんばれー。車に気をつけてね。あるいは――。虚《むな》しくなり、大竹は想像することをやめる。期待していないと言えば嘘になるが、心のどこかで、返事が来ないことはわかっていた。

目をあげると、向い側に清涼飲料水の自動販売機が見えた。大竹は道を渡り、ポケットから小銭をとりだす。コーラを選んでボタンを押した瞬間に、それがロング缶であることに気づいて小さなうめき声をもらした。ごとん、と大きな音を立ててそれが取出し口に落ちる。昔なら苦もなくのみ干したかもしれないが、その当時には――大竹の憶えている限り――ロング缶というものは存在しなかった。大竹は、のみかけの缶を手に持ったままバスに乗る自分の姿を想像する。ペットボトルと違って鞄に入れることもできず、手のなかで液体が生ぬるくなっていくのを、いかんともしがたい自分を。

波十はいま浮いている。すぐ近くで母親と藤田くんは泳いでいるけれど、波十は泳いでいない。浮輪を使って、海の浅いところにぽっかり浮かんでいるだけだ。浮輪は黄色地にピンクの水玉模様のついたビニール素材でできていて、ときどき、波十の腕の内側の肌にくっつく。濡《ぬ》れている部分はすべすべだし、全体につるつるした素材なのに、どうしてときどきくっつくのかわからない。でも、くっつく。

波十がいるのは、波打ち際と深いところのちょうど中間くらいだ。一つの直線を、追いかけ合うみたいに交互に泳いでいる母親と藤田くんも、波打ち際で遊ぶ波十より幼い子供たちの姿も、だから両方見ることができる。きゃあきゃあ、わんわん、大勢の人の声が聞こえる。聞こえるけれど、それは日の光とおなじくらい正体が遠く、自分のまわりはすごく静かに思える。静かすぎるみたいに。

目をちょっと遠くに動かせば、水平線がまっすぐに——でもぼんやりとにじんで——見える。にじんでいるのは空が曇っているからで、でも、曇っているのにまぶしい気がするのは、どうしてだかわからない。

「波十」

いつのまにかそばに来ていた母親が、浮輪に片手をのせて言った。

「もうすこしこっちに来てごらんなさい、気持ちがいいから」

「ここでいい」

波十が言ったのは、こわいからではなかった。足の立たないところでも、浮輪があれば平気だ。ただ、深いところは水が冷たく、寒いからいやなのだった。波十の腕には、すでにとり肌が立っている。

「大丈夫よ。ママも藤田くんもそばにいるから」

泳ぎの得意な母親――なにしろ、立ったまま泳げるのだ――は笑って言い、浮輪をひっぱりながら沖に向って進んで行く。海水が青さを増す。

「いいぞ、その調子」

平泳ぎで近づいてきた藤田くんが言い、白い歯を見せてにっこり笑う。

「寒いよ」

波十は呟《つぶや》き、二人目の父親の、派手な柄の海水パンツを見おろした。

「寒いの？」

母親が驚く。

「じゃあ、あがって、何か温かいものでものむ？」

波十はうなずいた。海水には一度も顔をつけていないのに、唇をなめると塩からかった。

「よし。じゃあ、砂浜までママと競争しよう」

藤田くんは言い、波十の両腕を自分の首にまきつけた。はずみで、水平だった浮輪が縦になり、波十は水の上に転ぶ。おんぶみたいな恰好になった。

「いや」

つい口走ったが、藤田くんは気にするふうもなく、

「大丈夫、僕を信用して」

と、自信満々に言う。信用していないわけではなかった。でも――。

「あら、いいわね、波十。親ガメの上に子ガメが乗って、ね」

母親が嬉しそうに言った。そして、藤田くんがいきなり泳ぎ始める。波十はまともに顔から水につっこみ、あわてて背を反らして息を吸った。息と一緒に水が鼻に入り、むせそうになった。が、むせるまもなくまた水につっこむ。藤田くんの動きははげしく、背中にしがみついている波十もまた、はげしく揺れて水をかぶった。ぴったりくっつくには浮輪がじゃまで、でも手を離すことはこわくてできず、だからしゃにむにしがみつく。波十は藤田くんの首のうしろに顔を埋《うず》め、ときどき横を向いて息つぎをした。そうしないと、藤田くんの後頭部に顔がぶつかるからで、そうでなくても突然水をかぶるからで、ともかく目にも鼻にも口にも水が入って、痛いし息がすこししかできず、自分たちがいま海のどのへんにいるのかもわからず、波十は藤田くんの温かい背中にしがみついたまま泣いた。息をすいこむのに精一杯で、声もだせずに。

ようやく藤田くんがよつんばいにつぶれる。身体が水からでていたので、波打ち際についたのだとわかったけれど、恐怖のあまり手足がこわばっていて、波十も動くことができなかった。さっきまで何も聞こえなかったのに、よその子供たちの歓声がまた耳に届き始める。

「重い。波十、どいて」

つぶれたままの藤田くんが、あえぎあえぎ言う声も。

波十は泣きながら立ちあがった。〝競争〟に勝ったらしい母親が、バスタオルを広げて待っていた。

「なあに？　どうしたの？　どうして泣いてるの？」

バスタオルにくるまれ、顔にくっついた髪をかきあげられると、波十は声をだして泣いた。もうこわくなかったし、藤田くんが悪いわけではないとわかっていたけれど、泣きやむことができなかった。

ナタリアにとって、ヒヤシンスは特別な馬だ。

「ごめんなさい」

だからそう言った。

「この子はレンタル用ではないの」

「きみの馬?」

男は笑顔で訊き、膝丈のコットンパンツのポケットから紙幣をつかみだしてナタリアにさしだす。

「悪いけど」

米ドル紙幣——しかも百ドル札——は魅力的だったが、ナタリアは首をふった。

「ほんのすこし借りるだけだよ。大切に扱うと約束する」

ジョニーの言ったとおりだ。この男は厚かましい。

「幾らだされても、だめなものはだめ。こっちの馬から選んで」

男は肩をすくめた。

「じゃあ、きょうは乗馬はやめるよ」

「ご自由に」

ナタリアも肩をすくめる。ヒヤシンスはナタリアの馬だ。小屋をでて、ヴィラに向って道を下って行く男のうしろ姿を見送りながら、カモにしてやろうとナタリアは決める。ジョニーもラウラも張り切るはずだ。二人とも、高慢ちきな観光客が大嫌いなのだから。

まだ子馬だったヒヤシンスを祖父がナタリアにくれたのは、一家がこの島に移住したばかりのころだった。ナタリアは十三歳で、英語もろくに喋れず、友達もいなかった。両親は、いま働いているヴィラではなく、島のはずれの、すでに閉鎖されてしまったヴィラで働いていて、ナタリアもできる仕事は手伝った。金持ちしか泊れない、とても豪華なヴィラだった。島全体が、いまよりずっと景気がよくて、ナタリアのもらうチップだけでも、イタリアにいたころの父親の月収より多くなることが珍しくなかった。あのころはよかった。十九歳になったばかりのナタリアは、まるで年寄りみたいにそう思い、小さなため息をつく。

それでも、この島を愛していることに変りはない。貧困と暴力と弟の死から遠く離れて、働きさえすれば家族みんなが安心して暮せる場所にたどり着けたのだ。密林の木々が甘い匂いを放つことも、この世にピンク色の砂があるということも、ナタリアはこの島に来て初めて知った。自分の金を盗まれても気づかない――気づいたとしてもあとの祭の――、愚かな金持ちが存在するということも。

ヒヤシンスの首に頬をつけて挨拶をし、ナタリアは小屋をでて夕方の空気に目を細める。ばら色の空だ。壁に立てかけておいた自転車にまたがり、ペダルを踏む。途中であの男を追い越すはずだ。

ジョニーはジャークセンターで働いている。七つある、トタン屋根の屋台のうちの一つだ。店が一つも見えないうちから、肉を焼くスパイシーな香りが漂ってくる。

「ヘエエエイ、ナタアリア」

母音を緩くのばしたアクセントで、チェリーが挨拶を寄越す。深く煎ったコーヒー豆みたいに美しい肌をしたチェリーは、ナタリアの祖母とおなじくらいの年齢だが、ジャークセンター一の人気店で、毎日肉を焼いている。

「こんにちは、チェリー」

ナタリアは自転車を停《と》め、挨拶を返す。ここでは、観光客以外誰もが顔見知りだ。

チェリーの店の三軒先で、ジョニーはプランテインをつぶしているところだった。油で揚げて、肉に添えてだすのだ。

「やっぱりあいつから巻き上げよう」

耳元でキスの音を立てるいつもの挨拶も抜きで、ナタリアは言った。チェリーよりもさらに深煎りのコーヒー豆肌を持つジョニーは、満面の笑顔になる。

「そうこなくちゃ」

「今晩、仕事のあとでブッシュ・バーに来られる？」

「もちろん。ラウラは？」

「これから伝える」

「ダ・コ」

陽気なジョニーはフランス語でこたえ、プランテインをつぶす作業に戻った。ポップス、レゲエ、トークショウ。どの屋台のラジオからも、何らかの音楽か声が流れている。平和な夕方だ。走りにくいビーチではなく、町なかを抜けて帰ることに決めて、ナタリアはまた自転車にまたがる。この時間なら、ラウラはまだホテルにいるはずだ。ベンジャミンと客室にしけこんでさえいなければ、すぐに見つけられるだろう。ラウラがなぜベンジャミンなんかとつきあっているのか、ナタリアは理解に苦しむ。ラウラにはジョニーという恋人がいるのだし、浮気をするにしたって、性格がよく、男をそそるベビーフェイスで、メロンみたいに大きなおっぱいを持ったラウラなら、もっといい男をいくらでもつかまえられるだろうに。

ラウラとジョニー、それにナタリアは幼馴染だ。無論、あとから加わったナタリアは当時十三歳になっていて、それほど「幼な」くはなかったのだが、それでも自分にとってラウラとジョニーはただ二人だけの、子供のころからの友達であり、町のすべてが遊び場だったあの日々——泥道、豚たち、馬たち。ピンク色の砂浜、へびのいる密林、木の枝にぶらさげたブランコ。バラックみたいな商店街、大理石でできた銀行のロビー、母親たちの働いていた洗濯室。大きなキュウリやトマトの穫《と》れる畑、やわらかく耕された土の匂い。道端で放水され、しぶきに虹がかかる消火栓、いまはもうない豪奢《ごうしゃ》なヴィラ。気前のいい観光客たち、逃げないように羽の一部を切除された、極彩色の鳥たち——を共有した自分たち三人は、幼馴染だとナタリアは思う。

ラウラは今年十七で、ジョニーは十八だ。二人とも、木になって燦々《さんさん》と日を浴びた果物みたいに溌剌《はつらつ》としている。ジョニーはアメリカのポップミュージックが、ラウラは男性との肉弾戦が大好きだ。ジョニーとナタリアには両親がいるが、ラウラは父親の顔を知らない。当時、この国ではそういうことが珍しくなかったのだ。狂騒の時代。年配の人たちはしばしばそう言って首をふる。ドラッグ、犯罪、情愛、大金――。何もかも過剰で、そこらじゅう危険だらけだったと彼らは言う。でも、そう託《かこ》つ彼らの声にはなつかしがるような、誇るような響きがあることもまた確かで、ナタリアはその時代を見物しそこねたことを残念に思う。いまやこの町はすっかりさびれてしまった。植物だけが旺盛な生命力を発揮してはびこり、しみったれた――あるいは愚かな――観光客だけがやってくる。一九八五年。年号まで退屈だ。

きのう読み始めたばかりの新しい本から目を離し、稔は暗算してみる。一九八五年に十九歳ということは、このナタリアという女は、もし生きていれば――というのはつまり、小説のなかで病死したり殺されたりしないとすれば――、今年四十九歳ということになる。五十歳の稔と、ほぼ同い年だ。俄然《がぜん》親近感が湧く。一九八五年といえば、稔が大学生だったころだ。たいてい学校か図書館か自宅にいた。他の学生のようにアルバイトをしていたわけでもなく、ガールフレンドもいなかったので、デートというのも（無理矢理お膳立てされた二、三度を除けば）したことがなく、とくにしたいとは思わなかった。それでもなんとなく酒はのめるようになったし、大竹や可奈子やじゅんじゅんに誘いだされる形で、プールバーやディスコやスキー旅行にもたまにでかけた。それらをほんとうにたのしんだとは言えないにしても。

あのころにナタリアはこういう場所で、こんなふうに暮していたのだ。幼馴染のラウラ（メロンのように大きなおっぱい）と、ジョニーと共に。稔には、幼馴染と呼べるような相手はいない。幼稚園のころに〝しんちゃん〟という名前の男の子とよく遊んでいた憶えがあるが、フルネームさえ思いだせないありさまだし、小中学校時代の友達とも、その後一人も連絡を取り合っていなかった。高校以降の友人のうちの何人かとは、年賀状のやりとりが続いているが、どう考えてもそれは幼馴染の範疇外《はんちゅうがい》だろう。まだ十分な社会性を持たず、善悪の判断も人格も趣味嗜好《しこう》も定まらないうちに、選んでではなく環境によって近しくなり、その後も関係が続いた相手を幼馴染と呼ぶのであれば、稔にとってそれは雀になるのだが、姉弟を幼馴染とは呼べない。

その雀は、三泊四日で台湾にでかけている。きのう早速写真つきのメールを寄越したのだが、「見て！」というタイトルのメールに本文はなく、皮をはがれて売られている、食用ガエルの接写写真があるのみだった。

本を閉じ、寝椅子から起きあがった稔は、小説のなか同様、窓の外も夕方になっていることに気づく。ここには密林もなければ豪奢なヴィラもなく、空はばら色ではなく薄青いにしても。

19

ざあっと降った夕立ちがあがり、すこしは涼しくなるかと思ったのだが、埃《ほこり》くささが立ち込め、薄日がさして、かえって蒸し暑くなった。戸口で蚊取り線香を焚《た》いてはいても、蚊の侵入は防げないだろう。開店前の店のカウンターで梅酒をのみながら、さやかはチカと真美の、女学生のようなやりとりを聞いている。

「イケメンなの？」

「イケメンっていうか……。いや、イケメンじゃないです、たぶん」

「だからさ、俳優で言えば誰に似てるとか、あるでしょ、そういうの」

「えー、俳優ですかあ？」

カウンターの上には、白いビニール袋に入った鰺《あじ》の干物。大学の友人たちと伊豆に遊びに行ったという真美の土産で、その旅でだか、その前後にだか、真美にはボーイフレンドができたらしい。彼に似た俳優は思いつかないが、警視庁のキャラクターの〝ピーポくん〟にすこし似ていると真美は言った。でも、さやかには上手《うま》く想像ができない。〝ピーポくん〟に似た男性？　かわいらしいという意味だろうか。それともにこやか？　三頭身？　元気一杯？

「でもさ、向うが真美ちゃんに興味を持ってるって、どうしてわかったわけ？」

いつものように、チカは話題を深追いする。真面目な顔で不遠慮に訊くので、本人にそのつもりがなくても、問詰めているように聞こえてしまう。

「それはまあ、なんとなく」

けれど真美はいやがるふうもなく、はにかんだような小声でこたえた。

さやかはカウンターの内側、下茹でされた鯛《たい》の頭や、湯気のあがっている蒸籠《せいろ》、丁寧に洗われてザルにあげられたホウレン草や、針のように細く切られていく生姜《しょうが》を眺める。きょうはいい雲《う》丹《に》が入ったとチカは言っていた。雲丹は一年中手に入るが、この店では夏の雲丹しか使わない。それはチカの父親の方針だった。他にも先代の決めたことは多く、チカはそれらを頑《かたく》なに守っている。

「いいわねえ、若い人は」

チカが言った。

「デートかあ。真美ちゃん十八？　十九？　これからまだいろんなことがあるわけよね、私たちにはもうないようなことがさ。いいなあって思うわよ、率直なところ」

ほんとうに？　さやかは胸の内でチカに尋ねる。あなた、ほんとうにうらやましいと思うの？　なんとなく心外だった。誰かをうらやましがるなんて、現状に満足していないしるしではないだろうか。

さやかは、若い人をうらやましいとは全く思わない。やっとここまで来たのだ。若いころなんて、いやなことばかりだった。自分の居場所がどこにもないような気がしていた。早くから自分の性向に自覚的だったらしいチカとは違って、さやかはまるで無自覚だった。子供のころには、他の女の子たちとおなじように、クラスの男の子たちのなかで誰がいちばん恰好いいと思うか言い合ったし、中学時代にはリバイバルで観た「エデンの東」に感激し、ジェームス・ディーンのポスターを部屋に貼っていた。大学時代には、デートというものも何度かした。すこしもたのしくなかったけれども。卒業するころにデートをし始めた相手と、教員になったあとでさやかは結婚した。そうするのが普通に思えたからだ。結婚生活は苦痛だった。自分が男性を好きではなく、男性に触れるのも触れられるのも不快だということに、気づいたときには三十歳を過ぎていた。

「あんたはぼんやりだから」

いつだったか、さやかはチカにそう言われたことがある。おそらくその通りなのだろう。それでも結婚は九年続いた。夫だった男性には、気の毒だったとしか言えない。離婚前後の月日は、ほとんど記憶から消している。ほんとうに消せたわけではないが、それでも他人の身に起きたことのように感じられる程度には、自分から切り離すことに成功している。あの日々――。いちばん奇妙だったのは、夫だった男性のみならず、自分の両親や友人たちとのあいだにも、埋め難い溝ができた気がしたことだ。世のなか全部が、それまでとは違ってしまっていたこと。

チカと出会ったとき、さやかは世のなかに、もう何も望んでいなかった。恋愛も友情も信じていなかったし、一人で、ただ静かに生きていこうと決めていた。けれどいま、たとえばさやかはチカの足指の爪が、うぐいす豆色に塗られていることを知っている。チカが一人で美容室に行きたがらないことも、毎朝仏壇に手を合せることも、客にはだすのに自分ではホヤも白子もあん肝も牡蠣《かき》もたべられないことも。

「はい」

目の前に、冬瓜《とうがん》ののった皿が置かれた。

「あとで冷やしてだすんだけど」

まだ温かいそれは透きとおった緑色で、とろりとした鼈甲餡《べっこうあん》がかかっている。

「チカさんのはじめてのデートっていつごろだったんですか？」

真美が訊く。

「忘れちゃったわよ、そんな昔のこと」

チカは笑い、そのあいだにも手は休めずに、レモンを櫛《くし》形に切っていく。

「じゃあ、さやか先生は？」

「真美ちゃんくらいのころかな、学生のころ。たしかに昔ね、いまはもう」

さやかはこたえ、割り箸で冬瓜を割った。

「ともかくよかったじゃない、ボーイフレンドができて」

切ったレモンをタッパーに入れてチカが言う。

「好きな人がいると毎日がたのしいでしょ、たとえ相手が〝ピーポくん〟みたいな男でもさ」

チカの言葉に含まれた棘《とげ》に真美は気づかないようだったが、さやかはつい笑ってしまう。


いつのまにかうとうとしてしまったらしい。由麻はベッド脇に落ちていた衣服を身につけて、乳幼児用知育CD――指遊び歌、昔話、動物の鳴き声などが入っている――の音がしている居間に行く。そこでは由麻の恋人が、雷留を遊ばせているところだった。絵本やミニカー、積木や玉じゃくしや漏斗（なぜか雷留は台所道具で遊ぶのが好きだ）が、そこらじゅうに散乱している。

「起きた？」

恋人の声には安堵の響きがあった。窓の外はすでに夜の色だ。

「ごめん。寝ちゃった」

由麻は言った。行為の途中だったことは憶えていて、恋人に悪いことをした気がした。由麻を見て、雷留が両手を上下させて笑う。

「らいるぅー」

自分が発することになるとは思ってもみなかった甘い声で由麻は言い、息子におおいかぶさって頰《ほお》ずりをした。全く、信じられないほど雷留はかわいい。完璧な存在だ。

「じゃあ俺、行くわ」

恋人は言い、立ちあがって、散乱した玩具《おもちゃ》をまたぐ。

「もう？　ごはんは？」

ＣＤプレイヤーから、英語の歌が流れている。〝ある日小さな猫ちゃんが、市場へおでかけしたところ……〟

「ていうか、それどころじゃないんじゃない？」

恋人の視線の動かし方で、部屋全体の乱雑さのことを言っているのだとわかった。流しには昼食のときの食器や鍋が置きっぱなしになっており、テーブルの上は洗濯した衣類の山やパソコン、とりこんだ郵便物や雑誌、それに買ってきてもらった紙おむつの袋に占領されている。

「でも、材料は買ってあるの。すぐできるよ」

由麻は恥入った。きょう、彼が来ることはわかっていた。だからきのうはスーパーマーケットに行って、肉も野菜も買ってきていた。でも、きょうは雷留を病院に連れて行かなくてはならなくなって、それで——。

「いいよ、べつに、無理に作ってくれなくても」

由麻は即答する。

「無理じゃないよ」

「ごはんを作るのなんて、全然無理じゃない」

でも時間はかかるだろう。料理をする前に、そのへんを片づけなくてはならないのだから。

「それか、外食する？」

以前はよく外食をした。青山のビストロや六本木の鮨《すし》屋、西麻布の焼とり屋なんかで。

「雷留は？」

「連れていけばいいじゃん」

「病院に行ったあとなのに？」

恋人の顔に苛立《いらだ》ちが滲《にじ》み、由麻は自分を無能だと感じる。あるいは、すくなくともいい恋人ではないと感じる。

「だって、ただの汗もだよ？　ひっかいちゃうから爛《ただ》れて、かわいそうだからお薬をもらいに行っただけで、べつに病気じゃないんだから連れてでても平気じゃん？」

こんなにかわいい子が俺の彼女だなんて、自分の幸運が信じられない。由麻は、かつてこの恋人にそう言われたことを憶えている。

「とりあえずきょうは帰るよ」

「とりあえずって？」

ついい気色ばんだ。

「とりあえずってどういう意味？　とりあえず？　何それ」

まだ八時半なのだ。雷留が生れるまで、この人は由麻の家に来ると――そのころ住んでいたマンションは、いま住んでいるところよりずっと狭かったにもかかわらず――、必ず終電ぎりぎりまで帰らなかった。泊って行くことも珍しくなかった。帰った方がいいのではないかと由麻が言っても。

「そうだ、イタリア料理は？　雷留が生れたあとに稔さんに連れて行ってもらったんだけど、そこは赤ちゃんオッケイだったよ」

確か、ショップカードをもらっておいた。探せばどこかにあるはずだ。

「そんなに外食がしたい？」

尋ねられ、由麻はまた気色ばむ。

「違うよ。外食がしたいわけじゃない。言ったでしょ、材料は買ってあるって。でもあなたが帰るって言うから――」

「ともかく帰るよ」

恋人の声は冷静だった。物静かですらあった。ＣＤは、昔話の真最中だ。〝まだまだカブは、抜けません〟

「とりあえずがともかくになったわけね」

自分の声が恨みがましいことに、気づいて由麻は悲しくなった。


とろける、とナタリアは思う。腰を持たれ、ベッドから浮かされ、突かれると同時に背を反らし、さらに反らし、そのたびに汗ばんだ身体が弾む。どんどん荒く苦し気になる息遣いは、呼吸しているというより動きに合せて体から勝手にとびだすようで、自分の耳にさえ滑稽に聞こえた。ナタリアは、自分の手足を見失った気がする。それらはすでに脱力して、ベッドの、どこかそのへんに転がっているのだ。

意味を成さない言葉が口からきれぎれにもれる。高熱にうかされたときみたいだ。ナタリアはいま、内側も外側もスコットで満たされている。もう耐えられない、とろける、頭のなかがめちゃくちゃになる。そう思ったとき、ふいにスコットが離れる。背中がベッドに戻り、突然の解放にほっとするまもなく、全身が喪失感におののく。ナタリアの肌という肌、細胞という細胞が。目をあけると、厚かましい観光客だと思っていたはずの男が微笑んでいた。やめて。来て。戻って来て。ナタリアは懇願しそうになる。が、その前にスコットがおおいかぶさってくる。ナタリアの上に、横に、すきまなくぴたりと。

「呼んだかな?」

そして囁《ささや》く。

「いやな奴」

毒づいたが、言葉を裏切って全身がスコットを味わってしまう。スコットの肌は驚くほど温かい。畑の土に似た、心安らぐ匂いがする。

「お誉《ほ》めにあずかって光栄だよ」

ナタリアはうなり声を立て、スコットの肩に噛《か》みついたが――それはセロリの味がした――、両足のあいだに熱くかたいものの存在を感じると、抵抗できずにまた腰を浮かせた。

アメリカ人なんて、みんなやわだと思っていた。やわで、腰抜けで、服装ばかり小綺麗《こぎれい》で、田舎者で、頭が悪くて――。ナタリアはとろける。自分の肌がスコットの肌にすいつこうとするのがわかった。すいついて、溶けあおうとするのが。けれどナタリアは動けなかった。息をするのもやっとだ。弾《はじ》けて波にさらわれるような一瞬が訪れ、スコットの身体が離れて隣にどさりと横たわっても、身を起こして追いかけることはできそうもなかった。無理よ、いまは無理。ナタリアは自分の肌に言う。あるいは細胞に、唇に言う。あんたたち、なんて貪欲なの。

天井で、四枚羽根の木製ファンが物憂くまわっている。緑――。高床式のこのヴィラは、三方がテラスだ。扉はすべてあけ放たれ、蔓《つる》が鬱蒼《うっそう》と茂る、したたるような濃淡の緑の、バニヤンの森に囲まれている。壁に、ヤモリが一匹はりついていた。

「それで?」

スコットがビールをさしだして言う。

「続きを話してくれ」

ビールは極限まで冷えていた。実際、壜《びん》は凍りついていた。

「冷蔵庫の設定温度がおそろしく低いんだ」

スコットは肩をすくめる。

「水は凍っていて、すぐにはのめない。ここの人たちは極端だね、屋台のビールはぬるいのに」

「また批判？」

片手にビール壜を持ったまま、スコットは両手をあげてみせる。

「ただの感想だよ」

ベッドに戻り、スコットはナタリアの肩を抱き寄せた。ナタリアは男の温かな肩に頭をもたせかける。畑の土の匂いに――。こうしているのはいい気持ちだ。

「それで、さっきの続きは？」

「いいえ」

ナタリアは言った。

「兄のことは話したくないわ。いまはただこうしていたい」

スコットは一瞬黙り、

「オーケイ」

とこたえる。

「それならそれでいいさ」

と。ナタリアは手足を動かして、清潔なシーツの感触をたのしむ。昔の母のような誰かが、洗濯して糊《のり》づけしているシーツ。

「そんなこと言わないで。家族じゃないの」

ゆうべ、母は目に涙を浮かべてそう言った。

「家族は助け合うものでしょう?」

あんなことがあってもなお、母にとってプリニオは大切な息子なのだ。ナタリアは目を閉じて、いやな胸騒ぎを鎮めようとする。大丈夫、ここは故郷から九千キロも離れた場所なのだ。

「僕の皮膚が喜んでいる」

スコットが言った。

「きみの美しい黒髪と乳房が触れて」


携帯電話が鳴り、稔は本を置いたが、意識はまだ熱帯のヴィラにいた。したたるような緑、裸のナタリアとスコット。

「稔? 淳子だけど、いま話してもいい?」

カリブ海に浮かぶ島、噛んだりとろけたりする行為。

「もしもし? 稔?」

じゅんじゅんだった。

「うん」

こたえて、相手が用事を言うのを待った。寒い、と感じ、エアコンをいったん止める。ついいましがたまで、汗みずくのベッドにいたのに。

「元気？」

「うん。じゅんじゅんは？」

時計を見ると、正午すこし前だった。淳子は会社に行っている時間ではないのだろうか。

「それがね、もういやんなっちゃうの。人生思い通りに行かないっていうか」

「いま会社？」

「うちにいる。夏休みをとってるから」

エアコンを止めてもまだ寒く、稔はベランダにでて、夏の日ざしに肌をさらす。

「いいね、夏休み」

「息子と温泉に行ったの」

「うん」

「それでね、稔の意見を聞きたいっていうか」

きょうのじゅんじゅんは歯切れが悪い。

「意見？」

住み慣れた住宅地が、奇妙なものに見えた。瓦屋根、電信柱、植込み、停車中の宅配便のトラック、アスファルト舗装された道、煙草の自動販売機。日本そのものだ。ナタリアやスコットが、おそらく生涯目にすることのないであろう景色。

「……今夜会えない？」

カリブ海に、稔は行ったことがない。

「今夜？」

訊き返し、意識を現実にひき戻す。今夜は雀の家に行くことになっている。台湾土産があるから取りに来るようにというお達しなのだ。食用ガエルでなければいいがと稔は思う。

「うん。急なことはわかってるんだけど、もしあいてたら」

「ごめん、今夜はあいてない」

暑い、とたちまち肌が訴え、稔は涼しい部屋のなかに戻る。

「あ、でも、よかったらじゅんじゅんもおいでよ。姉のとこに行くんだけど、会ったことあるよね、じゅんじゅん、昔、雀と」

「……学生のころにね」

「彼女、台湾に行ってたんだ、きのうまで、写真を撮りに」

「……そう」

「あ、雀がカメラマンだって言ったっけ？」

淳子は知っているとこたえた。前に聞いたからと。でも今夜は遠慮すると言い、稔を突然誘ったことを詫《わ》び、なんとなく歯切れの悪いまま電話を切った。

「どうして？　おいでよ。雀は気にしないと思うよ」

稔はそう言ってみたのだが。

寝椅子に戻るとカリブ海が待っていた。伏せておいた本を手に取る。そうだった、黒髪と乳房だ。

20

昼食として、おこわのお茶漬（お茶はもちろんつめたい緑茶）をたべながら、なんか、こういうのは日本に帰ってきたって感じだ、と雀は思う。古めかしい台所は冷蔵庫も古く、ときどき、ぶううんとうなるような音がする。おこわは、きのう近所の和菓子屋で見つけて買った。透明なプラスティックの容器につめられ、輪ゴムでとめて売られていた。いかにも昭和な風情の小さな店で、白い上っぱりを着たおばさんが、一人で店番をしていた。いまどきこれで経営が成り立つのだろうかと他人事《ひとごと》ながら心配になるような店で、雀は大福や煎餅や、よく考えればべつに欲しくもないものまで、なんとなく買ってしまった。

静かな午後だ。すりガラスの小さな窓ごしに、栴檀《せんだん》の緑が見える。家の裏手の狭い土地にもびっしりと木々が植えられていることも、雀がこの家を気に入った理由の一つだ。

ベルリンはいま、ちょうど夜があけるころだ。夜どおしあいているバーやクラブからもそろそろ人がいなくなる時間。雀はスローターハウスやホップス&バーレイといった、よく行く店の様子を思い浮かべる。タイル貼りの壁と床、よく磨かれたビールサーバー。ホップス&バーレイは小ぢんまりした落着く店で、そのせいなのか、外が白み始めても、カウンターにつっ伏して寝ている客がいたりする。スローターハウスの照明はピンクと緑色で、騒々しくてけばけばしいが、そこに行けばいつも誰か友達に会える。そして、どちらの店にいたとしても、そこからでたときのあの街の空気、匂い、色あい——。夜が朝に駆逐されようとしている時間のベルリンが、いちばんベルリンらしいと雀は思う。

そして苦笑する。ベルリンで東京を思い、東京でベルリンを思っているのだから世話はない。

今回の帰国を、雀は日本の知人にあまり知らせていない。知らせれば、会いましょうということに必ずなるのだし、なかには雀にほんとうに会いたがってくれている人もいるのかもしれないが、そうでない人もいるに違いなく、それならば最初から知らせない方が、お互いめんどうがなくていい。それでなくても、この帰国でやりたいことはたくさんあるのだ。都心で写真を撮りたいし、昔の祖父母の家——現美術館——にも行きたい。本屋めぐりもしたいし、波十と、学生時代の友人二人には（台湾に行く前に、それぞれ一度ずつ会っていたが、もう一度）会いたい。外国暮しのながい雀は、日本国内の旅行というものをあまりしたことがなく、今回の滞在中、九州か島根に行ってみたいとも思っていた。この家の、畳の部屋での昼寝もあと二、三回はしたい（昼寝について、けれど雀の気持ちはやや複雑だった。ドイツでは宵張で、仕事のない日は午前中をたいてい寝て過すのだが、日本で昼寝をすると、なぜか気が咎めるのだ）。

昼食に使った食器を洗い、狭い和室を雀はちらりと見る。狭いが物を置いていないので、いかにも昼寝にぴったりな空間に見える。が、目が覚めたときの罪悪感——一日寝ていたわけでもないのに、一日を無為に過してしまったというような――を思いだし、踏みとどまった。かわりにソフトクリーム屋に行こうと思い立つ。帰国してすぐ行ったときには夜で、経営者なのに稔が機械を操作できず、肝心のソフトクリームをたべそこねた。由麻のかわりに入った店員とも、そういえば雀はゆっくり話したことがない。どんな子か見てみようと決め、外出の仕度にとりかかる。

電話を切った淳子は、もおおおおう、と声にだして不満を表明した。うちのなかには自分一人しかいないので、どんな声をだしたところで、聞き咎められる心配はない。頭のなかは、息子に突然打ちあけられた〝話〟で一杯だった。植木職人？　一体どこからそんな発想がでてくるのだろう。経済学部に通う大学生が、なぜいきなり植木職人なのだろう。もちろん植木職人は立派な仕事だ。息子が将来その仕事に就きたいと言うなら、淳子は応援する。でも、なぜ大学を中退する必要があるのかわからなかった。せっかく入学したのだ。学ぶことは大切だし、どんな仕事に就くにしても、知識は、ないよりある方がいい。

話がある、と息子に言われたのは、二人で温泉に行ったときだった。部屋に案内され、テラスからの眺望や、そこに二つもあった露天風呂に歓声をあげた直後のことで、だから旅のあいだじゅうずっと淳子は動揺し、混乱して、寛《くつろ》ぐどころではなかった。

「大学、やめることにした」

光輝は、まず最初にそう言った。やめたいでも、やめようと思うでもなく、やめることにした、と。きっかけは友達に見せられたチラシで、そこには植木職人（見習い）急募、時給二千円以上、未経験者、六十歳以上の方歓迎、と書いてあったという。

「だって、六十歳以上ってびっくりするじゃん」

息子は言った。びっくりして、どういうことかわからなくて、見に行ったのだと。そうしたら、「ほんとに年寄りばっかなの」だそうで、その日いきなり「一日だけのつもり」で「手伝った」ところ、「若いから、体力あって」気に入られたらしい。淳子が驚いたことに、それが去年の九月のことで、それ以来もう一年近く、息子は——無給で——その造園業者の「手伝い」をしていたという。

大学をやめて、本格的に見習い修業を始めたいという息子の意向を淳子は一蹴した。道理は幾らでも並べ立てられた。というより、言葉が口から迸《ほとばし》りでた。あんたばかなの？　そんなの体よくただ働きさせられただけじゃないの。学校をやめるなんて冗談じゃありません。だいたいね、職人の世界の厳しさがわかってるの？　素人に何ができると思ってるの？

光輝は、淳子が息をきらして言葉をとめるまで黙り込んでいた。

「それはもう全部考えたことだから」

そして言った。「親方とも何度も話し合った」し、「父さんにも話した」と。淳子がほんとうに逆上したのはあの瞬間だったかもしれない。父さんにも話した。つまり淳子だけ蚊帳の外に置かれたのだ。

深夜、露天風呂につかりながら淳子はひさしぶりに泣いた。何もかも理不尽だと思った。東京に戻ってすぐ、別れた夫に電話をかけた。が、光輝が淳子にした説明——自分のやりたいことはこれだと思ったとか、就職難が取り沙汰される一方で、後継者のいない職種がたくさんあるとか――をくり返され、自分は息子を信頼しているし、息子の決めたことなら尊重したいし応援したいと言われただけだった。

淳子にはわからない。なぜ大学をやめる必要があるのか、後継者がいないからと言って、なぜ光輝がそれにならなくてはならないのか、そして、なぜ自分だけが蚊帳の外に置かれているのかも。

屋根を落とし、壁をなめつくしても、火はなお燃えさかっている。黒く焼けていく柱がそれでも雄々しく立っているのが、炎と轟音《ごうおん》の向う側に見える。ごうごうと燃え、ばりばりと砕壊し、ぷちぷちと跳ねる炎の妖しい美しさを、夜のなかに立ってオラフは眺める。徹底的に崩れ落ちればいいと思った。どっちみち、議員がこの別荘に来ることは二度とないのだ。

正面玄関の先の車寄せに、二台の警察車両と共にヴォクスホール・アストラが停っている。ということは、敷地内のどこかにモーナがいるということだ。茫然《ぼうぜん》として立ちつくしているか、泣き崩れているかなのだろう。屋敷にゾーヤはもういないと、伝えることはオラフにはできない。

野次馬が集まりつつあった。呆《あき》れたことにわざわざ車で見物に来たらしい輩《やから》もいて、ポット入りのホットコーヒーを持参している。みんな寒そうに白い息を吐いているが、それでも夜空を染める炎から目を離せずにいる。

「オラフ、ここにいたの」

マリーエの声がして、なれなれしく腕を組まれた。

「寒いわ。もう帰りましょう」

厚手のカシミアのコートごしにも、腰に銃口を突きつけられていることがわかった。ようやく到着したらしい消防車の、サイレンの音がやかましい。

「これで私をだませるとでも思ったの？」

人ごみを離れると、銃口をさらに深く突きつけてマリーエは言った。

「きみを？　まさか」

オラフは両手を小さくあげてみせた。マリーエは人けのない国道を渡り、森のなかに分け入って行く。マリーエが本気であることは、目を見ればわかった。それは潤み、ひどく純度の高い悲しみを湛《たた》えていた。

「聞いてくれ、マリーエ。終ったんだ。下らない書類は奪われたが、裏切り者は始末した。大昔の、埃をかぶった書類が何だというんだ？　あとはクレムリンに報告書を書けば済む。ペーパーワークだ、わからないか？　凡百の勤め人と一緒さ」

マリーエを傷つけたくはなかった。恩人ミルコの孫なのだから。

「あなたは腐ったカブよ、オラフ。裏切り者だわ」

ワークブーツをはいたマリーエは、雪道をものともしない。しかし銃を握りしめた右手を、ひねりあげるのは造作もなかった。

「聞くんだ。俺は、きみを、殺したくない」

オラフが考えているのは息子のことだった。ソヴィエトを知らず、自分は平和なロシアに生れたのだと信じている息子。〝パパ、元気？　まだ帰ってこないの？〟最後のメールにはそうあった。

鋭い銃声が聞こえ、マリーエの身体が前につんのめったとき、オラフは銃が暴発したのだと思った。マリーエが、空に向けて撃ってしまったのだろうと。しかし続いて二発目の銃声が聞こえ、弾がオラフのすぐ左側をかすめた。咄嗟《とっさ》に身をかがめ、同時に自分の銃を抜きながら、背中を撃ち抜かれたマリーエをその場に置き去りに

人が入ってきた気配がして、茜は本を置いた。いらっしゃいませ、と言おうとして緊張し、結局言いそびれてしまったのは、入ってきたのが社長（こわい方の）だったからだ。

「こんにちは」

雀さんは言い、

「暇そうね」

と、返事も待たずにつけ足した。

「こんにちは。ええと、はい、混むときもありますけど、だいたいこんな感じです」

茜はこたえ、次にどうしていいかわからなくなる。雀さんに会うのは二度目だが、一度目はもう一人の社長もいっしょにいて、あいだに立って話してくれた。教わった接客としては、このあと言うべきなのは「お好きなお席にどうぞ」だが、雇われている人間が店の所有者にそう言うの

も変な気がした。

「こんな感じって……、無人？」

「はい」

茜はこたえ、それでは悪い気がして、意味もなく「いや」と否定し、けれどすぐに、

「ええと、でも、まあ、そうです」

と認めた。

「何か召しあがりますか？」

そして訊くと、こわい方の社長はにこりともせずにうなずく。

「ごめんなさい、あなた、なんていうお名前だった？」

尋ねられ、

「木村です。木村茜」

とこたえると、

「木村さん。あっさりした名前ね。この店には合うわ」

と言われた。意味がわからず、茜は雀を見つめた。中肉中背、色黒、白髪の目立つおかっぱ頭。

「だって、ここ、店の名前がシュプレーパークでしょ、とてもあっさりしてるとは言えないじゃない？　これで店員の名前が西園寺とか綾小路とかだったら、なんとなく気取ってる感じがして、馴染みにくいわよ」

社長（もしかしたらそれほどこわくないかもしれない）は、真顔でそんなことを言うのだった。

人生、思いもかけないところに落し穴があるのよ。淳子は可奈子にそう言うつもりだった。息子の突然の大学やめる宣言と、元夫の支持表明とについて話し、ついでに稔の冷淡さについてもひとくさり聞いてもらおうと思って電話をかけたのだ。が、とてもそんな話を持ちだすことはできず、学生時代と変らず舌たらずな、子供っぽいのに落着いてはいて、結果として感情の読み取れない可奈子の声に、なすすべもなく耳を傾けた。

そろそろ雀の家に行かなくてはならないと思いながら本を読んでいると、いきなり当の雀が入ってきた。近くまで来たから、ついでに寄ったのだと言う。

「いいけどさ、ドアフォンくらい鳴らしてよ」

ひょっとして、鳴らされたのに気づかなかったのかもしれない。言ったあとでそう思ったが、

「なんで?」

と訊き返された。

「なんでってさ、俺が何をしてるところかわからないでしょ」

意識を半分カリブ海に残しながら——向うは夜あけだった。ピンク色の砂にジョニーの足が埋まり、なぜならジョニーは裸足《はだし》だからで、それはジョニーがラウラの浮気を知ったショックで靴もはかずにとびだし、一晩中馬小屋にいたからなのだが、そんなこととは知らないラウラはいつもの魅力を全開にして、ジョニーに「おはよう」と言い、ジョニーもまた、浮気を知ったことは

おくびにもださず、いつものやさしさを全開にして、ラウラに「おはよう」とこたえ、にっこり微笑んでみせる。のぼったばかりの太陽は「海面をきらめかせて」いるが、「砂浜を温めるにはまだ到らず」、だから「ジョニーの足はつめたい」――、こたえると、

「で、なにしてたの？」

と訊かれた。

「本を読んでた」

仕方なく稔はこたえる。いま目の前にいる雀にさえ、説明することは不可能だった。一晩中聞いていたのでジョニーには「ほとんど意識できなくなっている」波の音や、ラウラが「ナプキンに包んで厨房《ちゅうぼう》から持ちだした」焼き立てのパンの匂い、それをちぎってジョニーの口に入れようとする、ラウラの「細い、魚のように元気のいい」指。自分がいまのいままでいた、あの場所の色や風や音や匂いは。

「知ってる。見たもの」

雀が笑って言い、稔は一瞬驚く。

「お水もらっていい？　甘いものたべたら喉が渇いちゃった」

台所に向いながら、シュプレーパークに行ってきたのだと雀は言った。

「あの子、いい子ね、木村さん」

木村さん？　耳馴れない固有名詞が茜のことだとわかるのに、すこし手間取る。

「え？　シュプレーパークに行ったの？」

「いまそう言ったでしょ」

ペットボトルを持って戻ってきた雀は床に胡坐《あぐら》をかいて坐った。稔から本を取りあげてぱらぱら見る。

立ちあがると、寝椅子もだが稔の身体もあちこちきしんだ。

「いま何時かな」

尋ねて、その自然さを稔は不思議に思った。普段ドイツにいる雀がここにいるのに、そのことに何の違和感もない。

「知らない。たぶん四時過ぎじゃない?」

まるで、雀が遠くにいたことなどなかったかのように元通りだ。

「台湾のお土産って何?」

「お茶」

雀は本に目を据えたままこたえる。

「持ってくればよかったな」

と、半ばひとりごとのように。なんだよそれ、と思ったが、口にはださなかった。

「あ」

雀が本から顔をあげて言う。

「今夜、大竹くんも呼んで食事にしない?」

「なんで」

尋ねると、

「旅行中にステレオ直してくれてたの。お礼にごちそうしたいから」

という返事だった。

「急は無理だろ、急は」

いつだったか、大竹に言われたままのことを口にした。雀は眉をひそめる。

「そんなの、訊いてみなきゃわからないじゃないの。つまらないことを言うのね」

稔は内心嬉しくなった。やっぱり雀だ。が、その嬉しさは隠して、

「どっちみち大竹は無理だよ。ごはんはヤミちゃんとたべることに決めてるそうだから」

と説明する。

「ふうん」

雀は馬鹿にしたように鼻を鳴らした。

「結婚すると、みんな事情ができるっていうか、変っちゃうんだよ、どうしてだかわからないけど。大竹にしても、渚にしてもさ」

乾燥機にかけられないものを今朝洗濯し、干していたことをベランダを見て稔は思いだした。もうすっかり乾いているはずだ。とりこもうとしてサッシ戸をあける。

「まあね、私だってそういうことを、まったく知らないわけじゃないけどね」

気持ちのいい夕方だ。平和で、なんだか満ち足りていて。

「おいでよ」

稔は雀を呼んだ。

「子供のころさ、屋根に直接布団を干したよね、ベランダの柵だけじゃ足りなくて」

その上に寝ころがって、よく二人で本を読んだ。母親に見つかると、危ないからと叱られたのだったが。稔は小学生で、雀は中学生くらいだった。一度、雀が〝きみたちはどう生きるか〟という堅そうなタイトルの本を読んでいて、驚いたことまで稔は憶えている。説教くさい道徳本かと思ったのだ。その後、雀の部屋からこっそり持ちだして読み、おもしろさにまた驚いた。内容はもうよく思いだせないが、主人公の名前がコペル君だったことは憶えている。

「ベランダにでると、裏の家の庭が見えたわね。大きな枇杷《びわ》の木があった」

雀がなつかしそうに言う。

「上田さんちだろ？　やさしいお婆《ばあ》さんが住んでいた」

短気な息子も住んでいて、板塀にらくがきをしているところを見つかると、こっぴどく叱られたものだった。いま思うと、しかしあれは叱られて当然だった。板塀を石や木の枝でひっかいてつけたらくがきは、拭いたり洗ったりして消えるものではなく、塀全体にペンキを塗り直さなくてはならなかったはずだからだ。

「ねえ、稔、おなかすいた」

雀はおいしい豆腐をたべたいと言った。できれば湯葉もおからもたべたいのだそうで、稔は洗濯物をとりこんだあとでパソコンを立ちあげ、豆腐料理の専門店を検索した。雀は横からのぞき込み、検索結果のいちいちに、「遠い」とか「気取りすぎ」とか難癖をつける。ようやく、

「そこならいいかも」

と言わせることに成功し、予約の電話をかけようとすると、

「あ、でも、あんたに台湾の写真を見せたかったんだった。お茶も渡したいし」

と雀が言う。

「やっぱりうちに来る?」

尋ねられ、稔は今度こそはっきりと、

「なんだよそれ」

とぼやいた。

21

空気に、ほんのすこし秋の匂いがする。朝、夫を見送りにでた渚は、マンションの前の道に立ってそう思った。遠ざかっていく夫の後ろ姿は、ボーダー柄のTシャツにジーンズという服装で、夏休み中と変りがない。自由な社風の、小さな広告代理店に勤めているからで、その会社を、渚はよく知っている。渋谷駅から徒歩十五分、店舗も幾つかあるにはあるが、それよりも普通の住宅やオフィスビルの方が多い、わりあいに静かな場所にある。五階建てのビルの三階と四階をそ

の会社が占めていて、夫がいるのは四階の方だ。受付エリアのようなものはなく、誰でも自由に出入りできる。三階には資料室があり、四階には、会議のときにみんなが囲む（お昼にそこでお弁当をたべたり、大きな紙や写真をひろげる必要のあるときに作業台にしたりもする）、どっしりした木製のテーブルがある。社長以下、十数名の社員のことも、渚はよく知っている。万年恋人募集中の高橋くんや、黒縁眼鏡のよく似合う、スレンダー美女の太田さん、いつも手の込んだお弁当を持参する洋子ちゃんや、物静かな稼ぎ頭の平林さん。夫よりも渚の方が、ながい年月そこに通ったのだ。あのころは想像もしていなかった。藤田くんと自分が結婚し、自分がもうあの場所に通わなくなり、あの場所に通う藤田くんを、こうして見送ることになるとは。

部屋のなかに戻り、さっき夫のために淹《い》れたコーヒーに、沸かしたミルクを加えてカフェオレにした。もう九時半だ。来週からは新学期が始まるのだし、すっかり朝寝坊の癖がついてしまった波十を起こさなくてはならないのだが、もうすこしだけ、と思ってしまうのは、一人でいる時間が貴重だからだ。

夫婦というのはグロテスクだ。結婚して以来何度も考えたことを、渚はまた考えてしまう。互いに相手の考えていることがわからなくても、それどころか、相手の存在を疎《うと》ましく感じるときでさえ、夜になれば一緒に眠り、朝になればおなじテーブルにつく。小さな不快さも言葉のすれちがいも、何一つ解決されないまま日々のなかに埋もれ、夜と朝がくり返され、夫婦以外の誰とも共有できない何かになってしまう。世間では、それを絆《きずな》と呼ぶのだろう。だから、絆というのは日々の小さな不快さの積み重ねのことだ。

稔と夫婦もどきの生活をしていたころは、それを知らなかった。自分たちは自由だとうそぶきながら、渚は心のどこかでほんとうの夫婦になりたかったし、ほんとうの家族を持ちたかった。渚は自分の手に入れたものを眺める。狭い台所と広いリビング、観葉植物の鉢、木製のフレームに入れて飾ってある、このあいだの海で撮った家族三人の写真、夫が目玉焼きをたべたあとの、黄身のくっついた皿、カフェオレ、隣室で寝ている波十にとっての、両親が揃《そろ》っている生活——。

ひととおり眺めてそれを受け容《い》れる気持ちになると、渚はまず食器を洗い、次に洗濯機を回した。起こしに行くと、紺色のサッカー地のパジャマを着た波十は珍しく寝ぼけて、

「すべっちゃうよ」

と言った。渚はかまわず、カーテンと窓をあける。部屋のなかは、眠りと子供の匂いがした。

「いいお天気よ。起きなさい」

なおすこしぐずぐずしたあとで、波十はむっくり起きあがった。寝起きはいつもそうであるように、はれぼったい顔をしている。

「おはよう」

渚が言っても、すぐには返事が返らなかった。そして、かすれた小さな声で、

「おもしろい夢を見てたのに」

と言う。

「どんな夢?」

着替えをベッドの上にならべてやりながら訊《き》くと、

「知らない場所にいる夢」

　と、波十はこたえた。ぼんやりした表情は、目の前にいる渚ではなく、まだ夢のなかの光景を見ているかのようだ。

「稔くんと波十とママが、どこか知らない場所にいるの」

　ぼんやりしたまま、波十は説明しようとする。

「すこし離れたところに、コンクリートでできた大きな山みたいなのがあるの、公園にあるやつみたいなやつ。でもあれよりずっと大きいの。そこに人がたくさん登ろうとしていて、でもみんなすべって落っこってきちゃうの」

　そこまで言って、波十はくすくす笑った。

「みんな、べたんてなって、足から落っこちてくるの」

「知らない人たち？」

　波十はうなずく。

「うん。知らない、大人の人たち。いろんな色の服を着てるの」

「波十は何してるの？」

「見てるの。ママと稔くんと三人で、落っこってくる人たちを見てた。おもしろかった」

　またくすりと笑う。

「それはよかった」

　渚は言った。どこがおもしろいのかわからなかったが、本人がおもしろかったと言うのなら、きっといい夢だったのだろう。

イタリア製のシャツやブラウス、チョコレートやメレンゲ菓子、酒と煙草《タバコ》、母親がかつて愛用していた石鹸《せっけん》——。プリニオが携えてきた品々は、ナタリアが予期していなかったなつかしさを呼びさまし、けれど同時に、圧倒的な異物感を放っている。一家が、とうの昔に置き去りにしてきたものたち。

無論、故郷からの土産物以上に異物感をまき散らしているのはプリニオ自身だ。こうして実際に顔を見るまで、ナタリアはこの兄が、九千キロの距離を越えて、まさかほんとうに現れるとは思っていなかった。ひさしぶりに家族の顔が見たいから、しばらく島に滞在するという、母親あての手紙を見せられたあとでさえも。プリニオは嘘《うそ》つきだし、気まぐれで、約束を守ったためしがないのだから。よからぬことにたくさん手を染めており、音信不通だったこの六年のあいだに、警察に捕まったり殺されたりしていてもおかしくなかった。でも彼は生きていて、いまここにいる。

歓迎しているのは母親だけだ。感傷的で劇的なイタリア語を叫び合い、抱擁とキスの嵐をくり返し受け入れ、胸に何度も十字を切って、泣きながら神さまに感謝したのは。

「ナターリア」

ふざけた口調でプリニオは言う。

「妹よ。美しく成長したもんだな。ここ産の女みたいにエキゾティックだ」

ナタリアは返事をしなかった。プリニオは、どこからどう見てもイタリア産にしか見えない。白すぎる肌、華奢《きゃしゃ》で軟弱そうな身体《からだ》、きつすぎる香水、こってりと整えられ、うしろになでつけられた髪。なにもかもがこの土地にはそぐわない。胸元をあけて着ているクリーム色のシルクシャツは、汗で身体にはりついていた。

「いつまでいるつもりなんだ？」

父親が訊いたのに、兄にこたえるまも与えずに母親が、

「なんてことを言うの。ついたばかりなのよ！」

と、両手をふりあげて咎《とが》める。もともと無口な父親は、それで黙り込んでしまった。

「そうよ。いつまでいるの？」

ナタリアは父親に加勢した。歓迎していないからというより、兄がいずれまたいなくなることがわかっているからで、ナタリアは母親に、ずっと一緒に暮せるかもしれないという期待を抱かせたくなかった。父親もおなじ気持ちだっただろう。期待を裏切ることにかけて、プリニオは天才級なのだ。

「さあどうぞ。これで身体を拭くといいわ」

母親が熱い蒸しタオルを用意して現れ、プリニオは素直に従う。

「ありがとう、ママ」

片目をつぶって言う。タオルはミントの葉と一緒に蒸してあったので、プリニオの周囲にその香りが漂った。

「そうだ、ミントティはないの？　このへんじゃ、みんなミントティをのむんだろ？　それともチャイだっけ？」

「馬の様子を見てくるわ」

ナタリアは言い、兄に背を向けて家をでた。太陽――。きょうはまたひときわ暑い。それでも、外にでるとほっとして、たちまち呼吸がしやすくなった。空や木々や建物や花の、強烈な色彩は心を丈夫にしてくれる。心配ない。ナタリアはそう思おうとした。兄がどんな厄介事に巻込まれているにせよ――そうでなければ、ここにやって来るはずがなかった――、それは遠い故郷での出来事だ。プリニオはゴロツキだし犯罪者だし、地元のマフィアの一員だが、誰かにここまで追われるほどの大物ではない。島の生活が彼の性に合うとも思えなかった。たぶんほとぼりが冷めるまで待って、都会に帰るはずだ。

ナタリアの弟は、プリニオのせいで死んだ。銃撃戦に巻き込まれたのだ。一九七八年のことだ。まだたったの十歳だったのに。それ以前から、弟はプリニオに使い走りをさせられていた。喜んでそれをしていた。駄賃をもらえるばかりではなく、高級クラブやレストランに連れて行かれたり、子供なのに仲間扱い――無論、彼らにとってそれはほんの冗談か、冗談以下の悪ふざけにすぎなかったわけだが――され、勇敢さをほめられたり、すばしこさに感心されたりすることが嬉《うれ》しかったのだろう。プリニオの所属するファミリーの、重鎮だという痩せた老人のトニオに、とりわけかわいがられていたようで、老人の車を洗う役――なぜそれを名誉だと感じるのかナタリアには理解しかねるが――を、毎朝律儀にこなしていた。気の毒な娼婦たちにもかわいがられていたようなのだが、本人はプリニオの真似《まね》をして眉をひそめ、「だけど、あいつらはただのおっぱいとプッシーの組み合せにすぎないんだよ」と言ったりした。

弟にひっぱられる形で、他にも数人の少年がおなじような使い走りをしていた。子犬たち《クッチョリ》と呼ばれていた。

あの銃撃戦で、弟以外にも二人の子供が命を落とした。命は助かったものの、脊髄《せきずい》を損傷して、二度と歩けなくなった子もいた。

ナタリアたち一家は、近隣の人々の憎悪を一身に浴びた。店に行っても肉も野菜も売ってもらえず、家の外壁には家畜の血や糞尿《ふんにょう》を塗りたくられた。

弟の棺《ひつぎ》におおいかぶさってプリニオは号泣したが、自分の責任だということは頑として認めなかった。彼にとって、悪いのはだましうちという〝汚い襲撃〟をしかけてきた連中であり、供養のためには〝報復〟以外にないのだった。

馬小屋の暗がりで、ヒヤシンスは待っていた。ナタリアが近づくと首を上下させ、長い顔をなでてくれと要求する。

「いい子ね。大丈夫よ、大丈夫」

鞍《くら》をつけ、はみをかませながらナタリアは言った。まるで、嫌な予感に怯《おび》えているのが自分ではなくヒヤシンスであるかのように。

「スコットに会いに行く？」

そして、内緒話めかせて耳のそばで囁《ささや》く。まるで、彼に会いたがっているのが自分ではなく、

ヒヤシンスであるかの

「何だよ、いるんじゃないか」

すぐ横に立って大竹が言い、稔はとびあがるほど驚いた。

「びっくりしたなあ、もう。もうすこし手前から声をかけてくれよ」

どうやらエントランスのインターフォンのみならず、玄関の鍵《かぎ》の外れる音さえ聞き逃したらしい。

「知るか」

例によって重そうな鞄《かばん》を、大竹はどさりと床に置いた。勝手にリモコンを取り、エアコンを弱める。

「業務連絡のメール見たか？」

「見た」

稔はこたえ、寝椅子《ねいす》から起きあがる。大竹のシャツの汗じみを見て、プリニオを連想した。

「添付ファイルひらいた？」

「ひらいてない」

大竹は怒ることも呆《あき》れてみせることもせず、鞄から書類の束を次々に取りだす。

「特定口座の開設申し込み書」

何のことだかわからなかった。

「来年から、税制変るから」

「へえ」

「二十パー。投資からあがった利益は、特定口座に入れればあとで面倒がないから」

やはり何のことだかわからなかったが、大竹が開設しろと言うなら、その口座を開設するまでのことだ。

「中国茶のむ？」

台所に向いながら訊いた。

「雀にもらったんだけど、おいしいんだ、すごく。不思議なことに、二煎目も三煎目も薄くならないんだよ。すっかりはまっちゃってさ、ネットで専用の茶器まで買っちゃったよ」

やかんに水を入れて火にかける。

「証券会社からきたポートフォリオもファイルにまとめといたから、あとで銘柄と金額だけでもちゃんと見とけよ」

稔はわかったとこたえた。

「茉莉白毫、金桂紅茶、凍頂烏龍茶、それから名前はわからないけど桜餅の風味がするお茶もあるんだけど、どれにする？」

桜餅じゃないやつ、というのが大竹の返事で、稔はこの友人が、普通に喋《しゃべ》っていることに気づく。

「きょうは幼児語じゃないんだな。しゃくらもちじゃないやちゅって、言わないもんな」

「あれ、やめた」

大竹は言い、台所に入ってくると、椅子に坐《すわ》った。

「歯ならびが悪くても俺は構わない。あの歯医者にはもう行きたくない」

眉間にしわが寄っている。

「俺もべつに構わないけどさ、お前の歯ならびが悪くても」

稔は凍頂烏龍茶を選び、丁寧に淹れた。専用の茶碗《ちゃわん》はとても小さい。

「でもなんで？　なんでやめたの？」

返事はなかった。大竹はお茶を一口のみ、風味濃いな、と呟《つぶや》く。ウーロン茶じゃないみたいだ、と。

「ウーロン茶だよ」

「うん」

稔は話題を変えてみる。

「そういえば、ステレオを直してくれたんだって？　雀の家の」

「俺じゃなくて、技術者が直したんだよ、音響機器の専門の」

「それはそうだろうけどさ、雀が感謝してた。お礼にごちそうしたいって。あれ、すごく古いステレオでね、うちの両親が使ってたものだから、雀は愛着を持ってるんだ」

礼にはおよばない、ごちそうされるほどのことじゃない、という主旨のことを大竹はぼそぼそと呟き、ワイシャツの胸ポケットから煙草のパックを取りだして、一本くわえて火をつける。

「で、雀さんは元気？　機嫌よく滞在してるのかな。先週大川さんに会ったんだけど、案の定、いきなり美術館に行ったらしいな、事前連絡なしで」

「まあ、雀だからな。いま九州に行ってるよ。五島列島で旨《うま》い魚を食って、屋久島で森の写真を撮りたいんだって」

稔はリビングに行き、普段リモコン入れにしているガラスの灰皿を取って戻った。ヤミちゃんに説得されて、大竹は煙草をやめたのではなかっただろうか。

「自由だよなあ、あの人」

大竹が背を反らし、天井に向って言う。

「いいじゃん、お前は愛ある不自由なんだから」

不自然な沈黙ができた。

「……それがさ」

大竹がゆっくり、重い口をひらく。

癌《がん》が見つかったと電話で可奈子に告げられてから、仕事も家事も、淳子はほとんど手につかない。何しろ二度目なのだ。可奈子は以前、大腸癌の手術をしている。今回見つかったのは胃癌で、でも転移ではなく新たに発生したものらしかった。幸い発見が早く、「手術でちゃんと取れる」と本人から聞いたが、それでも淳子は安心することができなかった。安心すべきだと、思おうとするのに。

淳子はすでに、思いがけない葬儀に何度もでている。どうすることもできない、というのを理解してもいる。けれど、だからこそ、可奈子がいなくなるかもしれないという恐怖は、現実感を欠いているのに暴力的なまでに強く、いくら否定しようとしても消えない。いまでなくても、いつかいなくなってしまうかもしれないという恐怖は――。あり得ないし、その覚悟をするわけにはいかないのだが、こわいので、つい覚悟をしそうになるのだ。

九月――。遅めの夏休みをとっている人間もいるので、会社のなかはまだ静かだ。そして壁際の書類キャビネットの上にはあちこちの銘菓が置かれている（そのなかには、淳子が鳥取から買ってきた〝とちの実ゴーフレット〟も含まれている）。キーボードをたたく音だけしか聞こえない部屋のなかで、淳子はぼんやりメモを眺める。机の上や書類の上、眼鏡ケースの上にまでぺたぺたと貼られているポストイット、部下たちからの連絡事項やメッセージを。〝お疲れさまです。この件、スミです〟〝大貫氏よりTEL、またかけるそうです〟〝十二日、オッケイもらいました〟〝クイズ、これは何でしょう?〟〝倉庫の内田さんに連絡して下さい、急ぎだそうです〟〝色はもっとやわらかくします〟〝七日までです〟

どれもこれも、どうでもいいことのように感じる。淳子は化粧室に行き、マスカラと口紅を塗り直した。退社時間にはまだすこし早いが、どこかでつめたいビールをのもうと決める。前に稔と行った芝生のひろがるビアガーデンに、一人で行ってみるのもいいかもしれない。

22

稔は言葉もなかった。あのときも、あのときも（と記憶が次々蘇《よみがえ》るのだが）、では大竹は、ヤミが待っているからと言いながら、無人の家に帰っていたわけだ。その場面を想像すると、気の毒で胸が痛んだ。

「黙ってたのは悪かったけど、でも言っちゃうとさ、それが現実になる気がしてさ」

穴子の白焼きと冷しトマト、焼きなすの並んだテーブルの向い側で大竹が言う。

「っていうか、現実だろ」

稔は思いださせる。しかし信じられなかった。稔の知っているヤミと大竹は、見ている方が気恥しくなるような、臆面もなく睦《むつ》まじいカップルだった。まあ、臆面もないのはだいたいにおいて大竹の方だったが、それを是としていたのだから、ヤミだって、満更でもなかったはずだ。

「でも、ひどくないか？」

大竹が恨みがましい声で言う。

「俺はなんにも悪いことをしていないのに、警察を呼ぶとかって脅すのはあり得ないだろ？」

稔にはわからなかった。

「でもお前、ほんとにそんなことしたの？　自分の家をこっそりのぞいたり、ヤミちゃんの寝顔の写真撮ったり、彼女の携帯を勝手に見たり、外であとをつけたり」

大竹はうなずく。

「じゃあだめじゃん」

「だけどさ、それ悪いことじゃないだろ？　夫婦なんだから」

稔には、それもやはりわからなかった。

「冷酒、ひさしぶりだな」

手酌しながら呟くと、大竹にお前はつめたいと言われた。

「昔からそうだよな、他人に興味がないっていうか、言葉に誠意がないっていうか」

心外だった。

「あるよ、興味も誠意も」

それでそう言ったのだが、そういえば淳子にもおなじようなことを言われた、と思いだした。そうなのだろうか。稔は俄《にわか》に不安になる。自分には誠意がないのだろうか。

「で、これからどうするの？」

と尋ねる。

「これからって？」

大竹は訊き返し、けれど稔が呆れ顔をするとすぐに、

「わかってるよ、わかってる」

と言い直した。

「わかってるけど、どうすればいいかはわからない」

と。三枚目の離婚届――ヤミが置いて行った一枚目を破き、ヤミの実家でつきつけられた二枚目もその場で破いた結果、今度は郵送されてきたのだそうだ――に、それでも大竹は判を捺《お》す気がないらしい。

「ヤミちゃんのこと、好きなら捺してあげればいいじゃん」

稔は思ったとおりを口にした。自分ならそうするだろうと思った。

「お前、前に言ってたじゃん、ヤミのためなら何でもするって」

大竹は何か言いかけて口をあけ、しかし何も言わずにあけた口を閉じた。眼鏡ごしに、稔をじっと見つめる。

「お前って、ほんとつめたいやつな」

そしてそう言った。


メニューにはない、チカ特製の野菜天丼(さやかの好きなピーマンがたくさん入っている)をたべながら、さやかは夢見心地だった。長野県の一軒家――。もちろんまだ購入したわけではないが、庭にどんな植物を植えるか、部屋の内装をどうするか、買物の足として買うかもしれない中古車や、そうであるならば通う必要があるであろう自動車教習所(一応免許は持っているが、もう二十年近く運転していないので)のことまで、あれこれ考えずにはいられない。

「これ、どう思う？」

チカにそう言われたのは今朝のことだ。そして、ホチキスで留められた紙束を数種類手渡された。北白樺《きたしらかば》高原エリア姫木平別荘地、佐久エリア学者村別荘地、蓼科《たてしな》高原エリアアルピコ交通蓼科高原別荘地。それぞれの束の、いちばん上の紙にそう書かれていた。

「別荘？」

そう訊いたとき、さやかは、まさかそれが自分たちに関係するものだとは思いもしなかった。ではなんだと思ったのかと問われてもこたえようがないのだが、ともかくその紙束を、チカが自分に見せる理由がわからなかった。

「移住は無理だけど」

チカが言い、ややあってようやく、これが自分たちに——というより、さやか自身の夢に——関係する書類だとわかったのだった。わかってもなお、信じられなかった。

「値段見てよ、値段」

チカは、じれたように言った。

「別荘なんて金持ちにしか買えないものだと思ってたけど、ローンを組めるし、その値段なら何とかなるじゃない？　調べてみるもんだわね」

そこに集められた中古物件の、価格はだいたい四百万円から五百万円だった。チカの説明は続いた。さやかの希望通り、庭のある物件だけを選んだこと、どれも、新宿から特急で二時間以内の場所であること——。

「週末とか夏休みとか冬休みとか、当面は別荘としてしか使えないけど、二時間だったら、たまにはそこから店にでることも可能だろうし、さやかは、定年したら好きなだけそこに住めばいいし」

じわじわと、次にどっと、チカの言葉の意味が理解できた。それでも現実のような気がせず、

「ほんとうに？」

と尋ねた自分の声は、疑心暗鬼な響きだっただろうと思う。チカに渡された紙束には、それぞれの物件の間取り図の他に、外観と室内の写真も印刷されていた。暖炉やバルコニーのある物件もあり、なかには、中古とは思えないくらい、床が艶光りしている物件もあった。

新学期を前に、きょうは職員会議があったため、さやかはそのあと学校に行ったのだが、会議中も、別荘のことばかり考えてしまった。とりわけ気に入った一軒はＬＤＫ部分が十四畳もある上に、ロフトと呼ばれる屋根裏部屋までついていた。現物を見に、次の休みにチカとでかける約束をしている。

驚くばかりで朝は言葉もでなかったのだが、午後、学校から戻るころには気持ちに言葉が追いついて、さやかはチカに、心からの感謝を伝えた。無論、チカは別荘を買ってくれたわけではない。もしほんとうに買うとしたら、お金をだすのはさやかだ。それでも——。

自分のためにチカが行動を起こしてくれたことがさやかは嬉《うれ》しかった。店があるのに、そして、チカ自身は東京を離れる気などなかったのに。

天井の甘いたれを吸ったピーマンの天ぷらは、さやかの身体に力をくれる。わかられていると

いう安心と、仮に別荘を購入しないとしても（さやかはするつもりだが）、この先も自分たちはずっと一緒にいるし、何もかも大丈夫に違いないという確信。いま店のなかでさやかだけがたべている天丼は、そういう味のする天丼だった。

「でも、ジョニーはラウラを許すんだよ」

さやかの背後のテーブル席で、大家が何か力説している。

「ジョニーがラウラを好きなのは、ラウラが巨乳だからでも、自分の恋人だからでもない。わかるかな、ジョニーはラウラそのものが好きで、そうしたらもう全部許すしかないだろう？」

「でもそれ、本だろ？」

弱々しく言ったのは大家の友人で、名前は忘れてしまったが、以前にはよくこの店にも来ていた男性だ。

「そうだけど、人をほんとうに好きになるってそういうことだろう？」

カウンター越しに、さやかは他の客と談笑しているチカを眺める。てきぱきと動く手、浅黒い肌にときどき刻まれる笑いじわ、若いころより脂肪のついた背中と、服に隠れてはいるが、いまでも形がいい（ことをさやかは知っている）臀部《でんぶ》。

人ひとりをまるごと人生に受け容れるのは難しいことだ。さやかもチカも、かつて身をもってそれを学んだ。けれど結果として受け容れているということも、こうしてまたあるわけなのだった。

「おいしかったわ。手があいたら、お茶、もらえる？」

丼をたべ終り、さやかはチカに声をかける。

「でもさ、それは本だろ？」

大家の友人が、またおなじことを言うのが聞こえた。

稔にはわからなかった。確かにそれは本だし、ジョニーもラウラも現実には存在しない。でも、だから何だというのだろう。世界のどこかで実際に起きたことと、小説のなかで起きたことと、どう違うというのだろう。

「まいるよな、俺、もう五十だぜ」

大竹が言った。

「五十って言ったらさ、不惑じゃなくて、何だ？　ともかく不惑を十年も通り越した、安定した何かになってるはずの年じゃん」

「そうか？」

ちょうど運ばれてきた緑色の液体――エンドウマメのすり流しだそうだ――を匙《さじ》ですくって稔は訊き返す。稔も五十だが、自分が〝安定した何か〟である気はすこしもしない。すり流しは豆の風味が濃く、ざらりとしていると同時になめらかで、冷やし具合もちょうどよかった。

「旨っ」

稔は思わず声をだした。

「いいよな、お前は失う女がいないから気楽で」

大竹が険のあることを言う。

「チカさん、これ、旨い」

稔は厨房に声を張って感想を伝え、

「いいからたべてみろよ」

と親友にすすめた。


駅前で大竹と別れ、マンションに帰ると、稔は風呂に入った。パジャマになり、寝椅子に横たわると、本をひらいた。失う女がいないから気楽で――。大竹の言葉が胸に刺さっていたが、

「おかげさまで」

といまになって声にだすことでケリをつけ、活字を追う。毎晩パジャマを身につけるたびに意識の遠くで渚を思うことも、二枚あるそれがいつかボロになり、買い換えなくてはならない日がくるのを内心恐れていることも、雷留には渡せる養育費を波十には渡せない理不尽のことも考えまいとした。


目が似ている。

スコットは思った。ヘーゼルナッツ色の、くっきりと大きな双眸《そうぼう》――。プリニオはソファにゆったりと寛《くつろ》いで坐り、おそらくドアの外に用心棒を立たせているというだけの理由で、大物気取りだ。

スコットは、この男に好意を持ったことが一度もない。二年前、シチリアでトニオに紹介されたときから一度もだ。饒舌《じょうぜつ》で軽薄。色男ぶった、やけに目立つ服装はいまどき愚かしいとしか言いようがないし、肩を抱いたりふざけてパンチを繰りだしたり、やたらとなれなれしく身体に触れてくるのも不快だった。ときどき身体を二つ折りにしてばか笑いをする癖も癇《かん》にさわる。が、それだけのことだった。いずれ野垂れ死にする運命の、どうでもいい存在。〝仁義〟とか〝兄弟〟とか〝契り〟とか、古い映画のなかにだけ残っているマフィアの流儀を、どうやら本気で信じているらしい男。ある種の憐れみを覚えこそすれ、それ以外の感情を持ったことはなかった。こいつがナタリアの、実の兄だとわかるまでは。

「たしかにここは楽園だな」

半分凍った水をボトルから直接のんで、スコットは言った。ヴィラの窓はすべてあけ放たれており、息苦しいほどの緑が見える。その緑のどこかから、鳥の声が聞こえた。

「だろ？」

プリニオは得意気だ。

「賄賂、賄賂、賄賂。いまどきないぜ、こんなに誰もが賄賂を受けとりたがる場所も。しかも小額で十分ときてるからな。ゴキゲンだろ？　観光客を誘致するより簡単で、うまみもあるって知ってるんだろうな、役人どもも」

「お望みの粗悪品が先に来る」

スコットはいきなり本題に入った。

「輸出は来週水曜日の午前中だ。税関の都合で」

へらりと品のない笑みをプリニオはこぼし、

「わかった。で、極上品の方は？」

と訊く。

「ケイマン経由のきれいな金が、向うに確認されればすぐに」

「問題なし？」

「ああ、問題なしだ」

お前の妹に骨抜きにされてしまったこと以外は、と心のなかで言った。それと、レオがお前を飼い犬のエサにしたがっていること以外は。

「しかしクソ暑いな、ここは」

プリニオは顔をしかめた。

「ラムでものまなきゃやってらんねえぜ」

のみかけの水に向って顔をしかめ、物欲しげにホームバーを見やる。

「近くにいいバーがある」

スコットがそう言ったのは、これ以上ここに長居をされたくなかったからだ。もうすぐナタリアが来ることになっている。

「なんなら、バーのふりをした娼館《しょうかん》もある。どっちみち汗をかくのなら、快楽を伴った汗の方がいい」

冗談を言ったつもりはなかったが、プリニオは大袈裟《おおげさ》に笑う。

「〝快楽を伴った汗〟ときたか。そりゃいいや、さすがあんただ、お上品な表現だな」

にやにやしながら言い、

「アメリカ人は、病気が恐くて清潔なホテルからでないのかと思ってたぜ」

と続けて上機嫌に肩を抱いてくる。

「島の女に一皮むかれたってわけか？」

二人きりなのに、わざとらしく声をひそめたプリニオの顔面に、こぶしを叩《たた》きつけられたらさぞすっきりしただろう。ナタリアの人生も、彼女の両親のそれも、こいつのせいで滅茶苦茶《めちゃくちゃ》になったのだ。おまけにレオはおかんむりで、〝きれいな金〟くらいでは満足できなくなっている。それでスコットに汚れ仕事が回ってきたのだ、せっかくイビサで休暇をたのしんでいたのに。

「まあ、そんなところだ」

しかしスコットは言い、意味深な笑みを浮かべてみせた。

「そうそう、レオがトニオによろしく言ってほしいそうだ」

戸口まで見送り、ついでのように伝える。自分がトニオに売られたことを、プリニオは知らない。仕事が終っても、二度とイタリアの土は踏めないことも。コロンビアでの失態は、レオとトニオの友情をもってしても、あがなえるものではなかった。当然だ。遅すぎるくらいだ。トニオの寵愛をいいことに——そもそも、スコットにはそれが理解できない。トニオともあろう男が、一体なぜこいつに目をかけていたのか——、余計なことにばかり首をつっこみ（そのたびにトニオに尻ぬぐいをさせ)、ついにあけてはいけない扉をあけてしまった。

殺されているか、刑務所に入っているかだと思っていた、とナタリアは言っていた。こいつのためには、その方がよかっただろう。


テントウムシ。

午前十一時のベランダにしゃがんで、波十はそれを見ている。小さくて丸い、つやつやしたテントウムシは、母親の育てている鉢植えの、葉っぱの上にのっかっている。葉っぱは黄緑色で、ぎざぎざだ。ハーブの一種だということは知っているが、名前までは思いだせない。自分で育てたハーブを、母親はよく料理に使う。たべるときに名前も教えてくれるのだが、忘れてしまった。どっちみち、波十はハーブがあまり好きではないのだ。どれも苦いし、へんな匂いがする。

テントウムシは動かない。波十は細い茎に手をのばし、その植物を揺らしてみた。歩くとか飛ぶとかうろたえるとか、何らかの反応がほしかったのだが、テントウムシは葉っぱにくっついたまま、ただ上下に揺れている。

せっかく誰もいないのに。

波十は思った。父親は会社に行っていて、母親は買物にでかけた。家に大人が誰もいないとき、いつも波十が読んでいる童話の本のなかでは、たいてい特別なことが起る。虫が喋るとか、秘密の場所に連れて行ってくれるとか——。もちろん、ほんとうにそういうことが起ると期待していたわけではない。そういうのはお話のなかでだけ起ることだ。でも——。それよりもうすこし軽い特別なことなら、大いに起り得るはずだ。大人のいない家のなかは、大人のいる家のなかと、確かに全然ちがうのだから。

さっき波十が本を閉じたのも、そういう理由だった。母親がでかけ、一人になったから。そういうときには何か特別なことをしなくてはいけない。波十はまず家のなかを探険し、ひきだしや戸棚や洋服だんすを一つずつあけて、普段と変りがないことを確かめてから、ベランダにでたのだった。

テントウムシは動かない。

観察に飽きた波十は部屋のなかに戻り、台所をちらりと見る。台所の、銀色の冷蔵庫を。べつにお腹《なか》はすいていない。でも、自分以外に誰もいない家のなかでは、何か特別なことをする必要がある――。

波十は冷凍庫をあけて、アイスキャンディーを一本とりだす。四色あるなかから赤を選んだ。赤はスイカ味だ。透明なパッケージの袋を破き、棒の部分を持って眺める。冷気で、全体が白っぽくなっている。勝手にたべたりして、叱られるかもしれない。そう思ったが、もう袋からだしてしまったのだ。

波十は先端に口をつける。最初はそっと、唇で感触を確かめ、それからすこし舐《な》め、舐めた部分の色が変ったことを確かめる。台所はとても静かだ。波十は普段、父親にも母親にもほとんど叱られない。言いつけをよく守る子供だからだ。学校でもおとなしいので、先生にも叱られない。でも、こんなふうに家に一人だけのときは、いつもとすこしだけ違う波十が出現するのだった。

スイカ味のアイスキャンディーは、うすぼんやりした味がする。波十はそれを手に持ったまま和室に行き、勉強机の椅子に坐った。目の前にたてかけてある二枚の絵葉書を見て、にっこりする。きのう届いたもので、裏はどちらも森の写真だ。

波十、元気ですか。私はいま屋久島に来ています。すばらしいところです。ここは他のどことも似ていません。空気に、自然の力が充満しています。きっと波十もいつか来るわね。今朝は時計草の実をた

ここで一枚目は切れている。

べました。それってパッションフルーツなんだけど、ここではそう呼ばれているの。民宿のおばさんが教えてくれました。それではまた。渚ちゃんによろしく。スズメ

力強い大きな字で書かれた文面を読み返し、波十は愉快な気持ちになる。とりわけ気に入っているのは、きっと波十もいつか来るわね、という部分で、どうしてだかわからないが、いつか自分もそこへ行くのかもしれないと波十は思う。いつか、大きくなったら。

アイスキャンディーをたべ終え、棒を台所のごみ箱に捨てると、波十は満足して読書に戻る。外は晴れていてまぶしく、夏休みの宿題はすでに全部——ドリルや作文だけじゃなく、工作や自由研究も！——終っている。

23

子はかすがい、というけれど、たぶんそれは、結婚している人たちにだけ、言えることなのだろう。午後二時の部屋のなかで、由麻はそう考える。すくなくとも由麻の恋人は、雷留が生れてからつめたくなった。この部屋で過す時間が短くなったし、その短い時間のあいだも居心地が悪そうで、なんだか早く帰りたがっているように見える。

前にはあんなに情熱的だったのに――。雷留が寝てくれている隙にトイレとお風呂を掃除しながら、由麻はかつて恋人が口にした、べたべたに甘い言葉を思いだして数えあげる。由麻がいるだけで俺は強くなれる、と彼は言った。由麻と一緒になることはできないけれど、俺の心はいつでも由麻だけのものだ、とも言った。一つ思いだすごとに怒りが湧き、ブラシを持つ手に力が入る。掃除のときにはいいかもしれない。そう思うと笑いたくなった。

戸惑うのは、雷留が生れてから、由麻自身も変化したことだ。もう雷留しか要らない。雷留さえいればいい。そんなふうに思うようになった。恋人のことはいまも嫌いではないが、もう、かつてのように、この人のためなら何でもできる、とは思えなかった。

自分と雷留は、たぶん二人で生きていくことになるのだろう。風呂の蓋も椅子もシャンプー立ての内側も力を込めて磨き、どこもぬるぬるしていないことに満足して由麻は腰を伸ばす。この程度の労働で腰が痛いなんてオバサンみたいだ、と考える。そして、それとおなじくらいの感慨で、恋人と別れるわけにはいかない――だって、彼は雷留の父親なのだ――が、そう遠くないうちに、彼は単に父親であるにすぎない存在の人になるのだろうとも考える。静かで確かな予感として、由麻にはそれがわかったし、最近の彼の態度への腹立ちは腹立ちとして、そのことは、そう悪い未来でもないように思えた。結局のところ、彼は由麻に雷留を与えてくれたのだから、もう役目は終えているのだ。

風呂掃除を終え、由麻は脱衣所の鏡をじっと見た。うしろで束ねた髪は黒々と豊かで艶もあり、紺色のTシャツの下の胸はぱんと上向きに張っている。肌も白く澄んでいて、全然オバサンには見えない。鏡には映っていないが、ショートパンツをはいた脚もまっすぐで形がいい。ちょっと気分がよくなった。

寝室に行き、ベビーベッド――稔から贈られたものだ――のなかで雷留が無事に眠っていることを確かめる。最近の雷留は声をだすことがお気に入りで、起きているとかなりおもしろい。言葉とはいえない声なのに、言葉みたいに聞こえる。「オッ?」と語尾を上げて言うときにはどこかオヤジくさいし、「ダーネー」と言うときには由麻に同意しているみたいだ。ベッドの脇に立ったまま、由麻は茜にラインを打った。〝今夜、ごはんたべに来ない?〟

返信はすぐに来た。〝え? 藤枝さん来ないの?〟〝うん、来ない〟と打ち返し、泣き顔ではなく笑顔の猫のスタンプを添える。〝八時ごろでもいい?〟という茜に了解の〝りょ〟を返したあ

とで、今度は恋人にラインをする。〃今夜は茜が来るので、寄ってくれなくても大丈夫です〃

この夏三度目の葬式だった。会葬御礼の紙袋を台所のテーブルに置き、稔はともかくネクタイをはずす。結び目が汗を吸って固くなっていて、すこし手間取った。喉が渇いていたので、カルピスを作ってのむ。亡くなったのは、祖父母が親しくしていた画廊の店主の息子で、まだ六十一歳だった。子供のころから何度も会ったことのある人ではあるが、個人的に親しかったわけではなく、悲しみが湧かない分、突然の訃報は現実味を欠いていて、何だか信じられなかった。稔の記憶にもっとも残っているのは三十代のころの彼で、会社づとめを辞めて、両親の経営する画廊で働き始めた年上の青年としての姿だった。背の高い物静かな人だったことを憶《おぼ》えている。その後、祖父母の家を美術館に改築するときも、両親の家を処分するときも世話になったのだが、美術品に興味も知識もない稔はほとんど何のやりとりもせず、祖父母の家のときには両親に、両親の家のときには雀と財団の人間に任せきりだった。

雀と彼は気が合うようだった。美術品の価値を金銭に換算できるのかどうかという議論を、どちらもたのしんでしていた。しかしその雀は、訃報の届いたおとといにはちょうど屋久島から戻ったところだったにもかかわらず、「湿っぽい席は苦手」というふざけた言い草で葬儀には出席しなかった。稔にしたところで、湿っぽい席が得意なわけでは勿論《もちろん》ないが、でも、義理というものがある。もし稔が義理を欠けば、祖父母も両親も悲しむだろう。

エアコンはまだつけていないが、炎暑の戸外から戻った稔には、台所はひんやりして感じられた。そしてカルピスはおいしい。自分の身にもいつ何が起るかわからないにしても、とりあえずいまは生きていて、こうしてここにいるのだと稔は思い、不謹慎だとわかりながらも、安堵《あんど》とも嬉しさともつかない奇妙に暗いエネルギーを、身の内に感じた。

「由麻でした」

スマホを定位置――店の固定電話の横で、カウンターの陰になっているのでお客さんからは見えない場所――に戻すと、茜は雀に言った。さっきふらりとやってきた雀は、「このあいだたべたはちみつソフトがまたたべたくなった」のだそうで、その言葉も雀の来店も、茜は素直に嬉しかった。

「へえ。あの子、元気にしてるの？」

してます、とこたえて、ちょうどできあがったエスプレッソを雀の前に置く。カウンター席に腰掛けた雀は、はちみつソフトをもう半分がたたべ終っている。Tシャツにジーンズという飾り気のない服装なのに、わざわざ膝に――レストランで食事をするときみたいに――ハンカチを広げているのが可笑《おか》しかった。男物みたいに大判の、チェックのハンカチ。

「木村さんもどうぞ」

雀の声がしたが、何のことかわからずにぽかんとすると、

「コーヒー。あたしが奢《おご》る」

と言われた。躊躇《ちゆうちよ》したのは規則違反だからだ。勤務中は飲食禁止（控え室でなら可）と言い渡

されている。しかも、規則はすべて、稔ではなく雀が決めたのだと聞いていた。

「規則はときどき破るためにあるのよ。そんなの常識でしょう？」

茜の気持ちを読んだかのように雀は言い、

「そうなんですか？」

とまぬけな返事をした茜は、でも結局、

「ありがとうございます。いただきます」

とこたえて、エスプレッソマシンに二つめのカプセルをセットする。再び雀に向き直ったとき、茜はつい驚きを表情にだしてしまった。雀の手に、はちみつソフトがもうなかったからだ。

「あたしね、ソフトクリームが大好きなのに、たべるのが苦手なの」

雀が言う。それにしては早い、と思ったが、

「周囲をぐるぐる舐めることに抵抗があって、どうしても上からたべたいのよ。でも、そうすると溶けてきてたれるじゃない？　それがイヤだから、つい早くたべちゃうの。好物だから、ほんとうはもっとながくたのしみたいのに」

という説明を聞いて納得した。

「稔は舐めるのよ」

まるで、ソフトクリームを舐めるのが許し難い暴挙であるかのように、雀は続ける。

「まわりを固めたくない気持ちはわかるけれど、溶けてたれたクリームで、手を汚すよりはましだって言うの」

「難しいところですね」

茜は正直にこたえた。

幼稚園児四人と母親三人が騒々しくやってきてでて行き、ビジネスマン風の男性（常連さんだ）がやってきてでて行ったあとも雀は残っていた。茜には、でもそれは自然なことに思えた。何といっても社長なのだし、自分がここで働き始めるよりずっと前から、この人はこんなふうにこの店で——たまにではあるにせよ——過していたのだろうと思えた。カウンターのいちばん奥、おもての日ざしの届かない薄暗い場所にスツールをだして坐って、雀はパソコンを立ち上げ、カメラとつないで何かの操作をしたり、客と茜のやりとりを眺めたりしている。九州を旅してきたばかりだとかで、海や山の写真を、ときどき茜に見せてくれたりもした。

「由麻ちゃんの赤ん坊、何ていう名前だった？」

ふいに雀が訊いた。

「雷留くんです」

こたえると、雀は眉間にわずかにしわを寄せ、そうそう、ライル、と呟いた。

「賢いいい子だったのに、どうしてそんな名前をつけたのかしらね」

茜が意外に思ったのは、赤ん坊の名前についての雀の感想ではなくて、雀が由麻を、〝賢いいい子〟と評したことだ。でも、過去形だった。まるで由麻が死んでしまったか、変ってしまったかのように。

「由麻はいまでも賢いいい子です」

親友と、その息子（の名前）を擁護したい気持ちに駆られ、茜は言った。

「雷留くんっていう名前は変ってるけど呼びやすいし、強い子になりそうだし、将来外国に行っても通りがよさそうだからつけたって言ってました」

それが恋人の藤枝さんの発案だったことは言わずにおいた。彼と妻のあいだの一人息子の名が太一朗《たいちろう》（妻の父親がつけたらしい）で、それとは逆の方向性を目指したみたいだということも。

「まあ、変った名前っていう点では、私もおなじだけど」

雀は言い、にやりとした。

「由麻と私は、中学時代からのつきあいなんです。中学時代っていったらまだほんの子供っていうか、ともかくそんな頃からのつきあいだと、大人になってから出会った人たちとは違って特別っていうか……」

茜は、なぜ自分がそんなことを力説しているのかわからないままに力説していた。ともかく自分は善悪を超えて由麻の味方で、由麻も自分の味方でいてくれるはずで、いつもべったり一緒にいる関係ではないけれど、でも、だからこそこの先も変らないと信じられる関係だということ、この店にいて、制服姿の女の子たちが入ってくると、昔の自分たちを思いだすこと——。そして、気がつくと雀を誘っていた。

「私、今夜由麻のところに遊びに行くんですけど、よかったら、雀さんもいらっしゃいませんか」

と。茜は、すこし前に由麻が、「だって、雀さんは私をお金目当ての女だと思ってるんだよ?」

と言ったことを憶えている。だからシュプレーパークではもう働けないと言ったことも。でも、そもそも最初に茜に仕事の打診があったときには、あくまでも産休に入る由麻のピンチヒッターという話だった。保険やボーナスの問題もあるから、他に仕事をしていないのならバイトではなく正社員扱いにしようと言ってくれたのは社長の稔で、だから茜は、由麻の産休があけたら自分はお役ごめんになるか、そうでなければ二人体制で働くことになるのだろうと思っていた。実際、いくら小さい店だとはいえ、一人体制は大変なのだ。週に一日しか休みをとれないし、お客さんのいるときにはトイレにも行かれないのだから。

もし由麻と二人で働けたらたのしいだろうと茜は思う。由麻がいまでも〝賢いいい子〟であることを、もしこの人がわかってくれたら、それは不可能ではないはずだ。

「由麻ちゃんのところ？　おもしろそう」

雀はすぐに言った。

「今夜は暇だし、行ってみようかな」

このときになって茜はやっと、問題は由麻の気持ちと反応だということに思い至る。

「何時の約束なの？」

雀は目を輝かせ、カウンターに身をのりだした。

「お願い。ジョニーには、ナタリアと映画に行くって言っちゃったの」

ラウラは大きな胸の前で両手を合せ、拝んでみせた。マスカラなどつける必要もないくらい濃く長いまつ毛には、けれどたぶんそれとわからないほど周到（かつ効果的）に、マスカラが塗られているのだろう。ナタリアにはできない技だ。

「いやよ。どうして私がジョニーに嘘をつかなくちゃいけないの？　お断りよ」

はねつけたが、自分がラウラの頼みを結局聞いてしまうのであろうことも、ナタリアにはわかっていた。それに、もしナタリアがほんとうのことを告げれば、悲しむのはジョニーなのだ。大きな目に悲しみをたたえ、ショックと失望を隠そうとして、弱々しく微笑《ほほえ》む顔がありありと想像できる。

「お願いよ」

ラウラはくり返した。

「あなたがあのグリンゴ《アメリカ人》とつきあってることだって、私、誰にも秘密にしてるのよ。観光客と過ちを犯せばどんな目に遭うか、うちのママはよく知ってるし、あなたのママだって」

夕方の空だ。砂浜に続くゆるやかな斜面には、薄ピンク色のハマナスの花がいちめんに咲いている。

「それは過ちの場合でしょう」

私たちは違うとナタリアは思う。私とスコットは——。

「ひどいことを言うのね」

ラウラは言ったが、怒っているという風ではなく、

「うちのママだって恋をしたのよ。それで私が生れたんだから。でも——。わかるでしょう？

世の中ってそういうものよ」

と続けた声には、むしろ諭すような響きがあった。

「たぶん、恋は全部過ちなんだと思うわ」

そしてそんなふうに結んだ。年下のくせに。

そうなのだろうか。恋は全部過ち？　ナタリアには、とてもそうは思えなかった。だってこれは……圧倒的に正しいことだと感じられる。自分とスコットが、こういうふうになったことは。

スコットは、ナタリアがはじめて心から信頼できた男性だ（きのうの、彼のヴィラで見た人影のことは不安だが、それだって、本人に訊けば、たぶんちゃんと説明がつくはずだ。ナタリアの見間違いだったのかもしれない）。以前にも、遊び半分で男の子とデートをしたことはあるし、年上の男性にしつこく言い寄られたこともある（そのときには、あんまり可哀想《かわいそう》なのでしばらくつきあってやった）が、それだけのことだ。男なんてみんなおなじだと思っていた。プリニオと、不良仲間たちのせいかもしれない。なにしろ、なかの一人に無理矢理キスをされたのはナタリアがまだ九歳のときだったし、強引に服を脱がされ、本人の言う「気持ちいいこと」につきあわされたのも、十二歳のときだったのだから。

ふいに髪をなでられ、びくりとするまもなく、ラウラに頭を抱き寄せられた。

「好きなのね、あのグリンゴのことが」

ラウラの身体はなつかしい匂いがした。香水でも化粧品でもなく、子供のころから知っている、ラウラそのものの匂いが。

「かわいそうに」

やさしい声で呟く。ナタリアの妹のようなラウラは、ときどき姉のようにもなるのだ。波の音がしている。ナタリアは、そのまま抱き寄せられていたい誘惑に抗《あらが》って身を起こした。ラウラが、

「わかるわ。私もジョニーが大好きだもの」

と言ったからだ。

「だったらなぜ？」

問いかけたが返事はなく、かわりにラウラは砂浜を指さして、

「子供のころ、よくあそこでマテ貝を採ったわね、ジョニーと三人で」

と言って微笑む。

「ヴィラの厨房《ちゅうぼう》から塩を持ちだして」

ナタリアも憶えていた。潮が引くと、濡《ぬ》れた砂浜に点々と、8の字形の穴が出現する。そのなかにマテ貝はいるのだ。そして、穴に塩をひとつまみ落とすと、潮が満ちたのだと勘違いして、自分で地上にあがってくる。それがおもしろくて、夢中になって採ったものだった。

「誰がいちばんたくさん採れるか、よく競争したわね。私は決ってビリだったけど、あなたとジョニーはいつもいい勝負だった」

ラウラが言う。その通りだったが、ジョニーはあとでラウラに、半分わけてあげていた。

背後で車のエンジン音が聞こえ、ふり向くと、島でも一二を争うほどオンボロの小型トラックが、でこぼこの土道をゆっくりと近づいてきて停《と》まった。チェリーの車だ。午後の休憩を終え、ジ

ャークセンターに戻る途中なのだろう。

「ラアウラア、ナタアリア」

独特のアクセントで言い、コーヒー豆色の小さな顔をくしゃくしゃにして笑う。

「チェリー！　元気？」

ガラスのはまっていない窓から上半身を押し込んで、まずラウラが挨拶《あいさつ》をした。上下白の調理着を着たチェリーは、頭に赤いバンダナを巻いている。年を取ってもおしゃれなのだ。バンダナは緑のこともあれば、黄色のこともある。紫のことも。

「気持ちのいい夕方ね。私たち、これから映画に行くの」

ラウラは如才なく言う。チェリーの店は、ジョニーの店のすぐそばだからだ。

「それはいいね。たのしんでくるといいよ」

助手席に置かれた段ボール箱に、青々したプランテインがぎっしり詰まっているのが見えた。ナタリアは、チェリーの手にかかるとそれがどんなふうに変身するかを知っている。ジョニーには気の毒だけれど、プランテインだけは、チェリーの店のものが別格なのだ。やわらかくつぶされ、野生的な風味はたっぷり残したまま、さっと油をくぐらせた熱々のそれは、この土地の気候風土そのものみたいに官能的な味がする。

ラウラに代って車の窓から上体を押し込み、チェリーの頬に頬をつける挨拶をしながら、本を置き、稔は寝椅子から立ちあがった。プランテインというものを、どうしてもたべてみたくなったのだ。日本でも手に入るものなのだろうか。とりあえず、パソコンで検索してみることにする。

24

畳に仰向けになり、膝を立てて、ゴクラク、とチカは呟いてみる。さやかにもらったフットマッサージ器を使っているところだった。両脚に巻きつけた、ごわごわした化繊の装具が徐々に空気圧を強め、ふくらはぎを絶妙にしめつけてくれる。その装具は、見るたびにいつも、チカに財布を思いださせる。大昔に流行《はや》った財布で、ほんとうかどうかは知らないが、サーファー仕様だとされていた。ごわごわした生地の質感も、派手な色合いも、マジックテープがついているところも、この装具とおなじだった。

サーフィンなどしたことがなくても、クラスメートはみんなそのタイプの財布を持っていた。髪を長くのばし、努力して日焼けをし、特定のブランドのTシャツを、わざと洗いざらして着ていた彼女たちは、いまどうしているのだろう。高校を卒業して以来、チカは誰とも会っていない。女の子というものが、当時のチカには不可解だったからなのだが、いま思えばあれは、単に色気づいた若い女の集団にすぎなかったのだ。そして、いまやみんな、どこかで等しく五十代になっているわけだ。もし無事に生きているなら。

十五分に設定しておいたマッサージが終り、チカは装具を脚からはずした。さやかは仕事に行っているので、アパートには、自分以外に誰もいない。日常、とチカは思った。さやかのいない部屋のなかには、さやかがいるとき以上にさやかの気配が感じられる。どうしてなのかはわからないが、チカはそれが気に入っている。さやかのいない（けれどさやかの気配のある）部屋のなかが。本人が知ったら怒るだろう。「じゃあ私はいなくてもいいの？」と言うかもしれない。「それってちょっとつめたくない？」と。そして、自分の発言のばかばかしさに気づいて恥入り、そういうときに彼女がいつもするように、いきなり話題を変えるだろう。どこそこの道に何とかの花が咲いていたとか、生徒が答案用紙にこんな解答を書いたとか。

風のない夕方だ。チカは押入にマッサージ器をしまい、店にでる仕度をする。仕度といっても、シャワーを浴びて、清潔な服に着替えるだけだ。

先週見学に行った長野県の別荘の、新たな資料がテーブルに置いてあり、ぱらぱらめくったチカは苦笑する。階段が急、とか、洗濯機の置き場がない、とか、そこにはさやかの文字で、細かな書き込みがしてあった。


愛車のカブにまたがったジョニーは、ラウラの待つ海岸に向った。贈り物のアンクレット——先週、モンテゴベイまででかけて買ったもので、高価なものではないが純銀製だ。ラウラの名前が刻まれている——は胸ポケットのなかだ。小さなビロードの袋に入れられたそれは、さらに小箱に入り、りぼんがかかっている。

頭上には輝かしい真昼の太陽。自慢のウォークマンで聴いているのはアメリカの音楽で、ジョニーは曲に合せてハミングをする。

ラウラの働いているホテルの前を通り過ぎ、つぶれたビリヤード場——廃墟《はいきょ》だが、台がそのまま放置されているので、子供たちの恰好の遊び場——の前も通り過ぎたあたりから、海風の匂いが強まる。

フレンチマンゴーコーヴと名づけられた入江の、海岸に続く白砂の小道にカブを停めた。いつものように、ラウラは木の股に腰かけている。真白なサマーニットのホルターネックに、極限まで短く切ったジーンズのショートパンツ。なんてかわいいんだろう。挨拶がわりの軽い抱擁をしながらジョニーは思った。ベンジャミンと会っていようが寝ていようが、ラウラはこの世のいいもののすべてだ。目の前の海みたいに豊かで、どこまでもひろがる夏空みたいにあかるく、子猫みたいにやわらかい。マドンナみたいにセクシーで、ブルース・スプリングスティーンみたいにイカしていて、エアロスミスみたいにゴキゲンだ。

「遅かったのね」

ラウラは言い、ジョニーの指に指をからめる。

「あんまり時間がないの。来て」

ジョニーをひっぱるようにして、ボート小屋に向う。

「でも、きょうは仕事、休みだろう?」

午後じゅう一緒にいられると思っていた。二人の休みが合うときは滅多にないのだ。

「最近ママがうるさくて、きょうは家の用事をしないといけないの」

ラウラは嘘がへただ。

「家の用事って?」

「おばあちゃんのごはんを作ったり、他にもいろいろ」

たぶんまた、ベンジャミンと会うのだろう。

いまスカイプできる? というメールが雀から届いたとき、稔はすでに夕食を終え、パジャマ姿で、寝椅子で本を読んでいた。
いいよ。ちょっと待って。そう返信し、パソコンをあけてスカイプにつなぐ。つながるまでの短いあいだも、つい本に目を落としてしまう。
それでも、ともかく自分はいまラウラと一緒にいるのだし、ボート小屋は自分たちの〝巣〟だとジョニーは思う。二人きりになれる場所だというだけではない。漁網で造ったハンモックは二人が抱き合って寝そべるのにちょうどぴったりの大きさだし——ただし、不安定なのでセックスはできない。それをするときには、床に敷いた毛布の上に移動しなくてはならない——、金持ちの家みたいに、壁に肖像画まで飾ってあるのだ。小学生のころにラウラが描いてくれたジョニーの顔で、あまり似ていないな
「もしもーし」

雀の声がして、稔は本から顔をあげた。画面のなかの雀の顔の、すぐ下に赤ん坊の顔がある。

赤ん坊？　一体なんでまた。

「いま由麻ちゃんのとこにいるの」

雀は言い、赤ん坊の手を持ちあげて、挨拶をさせているつもりなのか、マラカスみたいに小刻みに振った。

「夕飯、ごちそうになっちゃった。秋刀魚《さんま》。魚がたべたいって言ったら、わざわざ買いに行って焼いてくれたの」

「大根は私がおろしましたー」

そう言って画面に割り込んできたのは茜の顔で、稔は混乱する。ジョニーのボート小屋のイメージが、まだ脳裡《のうり》に残っていた。

「女子会をしてます。雀さんに、すごくためになる話をしてもらったんですよ」

「ためになる話？」

訊き返したが、何がどうなっているのかわからなかった。

「はい。ドイツの主婦の、トイレ掃除のしかたとか」

今度は雀が画面に割り込んできて、

「あんたの話もしたわよ、いろいろ」

と言い、顔の半分しか画面に映っていない茜の声が、

「はい、いろいろ」

と、くり返すのが聞こえた。うしろから近づいてきた由麻が雀から雷留を抱きとり、正面に坐る。

「こんばんは」

あきらかに呂律《ろれつ》が怪しかった。頬が赤く、顔が全体につやつやしているし、目が潤んでらんらんとしている。

「何をのんでるの?」

尋ねると、由麻はくたりと首を曲げて考え込んだ。そして、

「ちょっと雷留抱いて」

と、稔にではなく茜に言う。

「雀さんはワインです。茜はビールで、私は、ええと……」

何でしたっけ、と、またしても稔ではない誰か——おそらく雀——に声を張りあげて訊き、

「そうそう、それです」

と、今度は声を小さくして呟いた。そしていきなり笑いだす。

「稔さん、パジャマ!　似合います。おもしろい」

「ええと……。雀に代ってもらえるかな」

稔は言った。

「雨?」

スマホを耳にあてたまま渚は訊き返し、ソファを迂回《うかい》してリビングを横切った。カーテンをあけ、ガラスのサッシ戸もあける。

「ほんとだ。全然気づかなかった」

静かな雨だ。夏のそれとははっきりと違う。

「十五分発の準急？」

渚は棚の置き時計を見る。

「わかった。はい。気をつけてね」

電話を切り、夜気と雨の匂いを一度深く吸い込んでから――これで、すこしは涼しくなってくれるだろうと、渚は思う。音もなく降るこまかい雨を歓迎しているかのように、どこかから虫の鳴き声がしていた――、サッシ戸を閉め、カーテンを引く。

波十は、布団の上にぺたんと坐って本を読んでいた。

「まだ寝ないの？」

もうすこし、と、本から顔もあげずにこたえる。

「時間割りは揃えたの？」

「揃えた」

と、やはり顔をあげずに言うパジャマ姿の娘を見て、渚はつい苦笑する。ほんとうに稔にそっくりだ。

「ママ、藤田くんを迎えにちょっと駅まで行ってくるけど、すぐ帰ってくるから、それまで一人で大丈夫ね？」

波十は弾《はじ》かれたように顔をあげた。

「これからでかけるの？　夜なのに？」

「すぐに帰ってくるわ」

渚はおなじ言葉をくり返し、

「藤田くん、傘を持ってないんですって」

と説明した。

「ふうん」

波十は言い、一人で留守番をすることに同意したが、

「藤田くん、大人なのに」

とつけ足すことは忘れなかった。

「ほんとうね。大人なのにね」

渚はこたえて微笑む。いまはまだ、この子に教えるべきではないだろう。何でも一人でできてしまう男といるよりも、そうではない男といる方がいいのだということも、頼るのも甘えるのも信頼の一形態だということも。

娘にまだ伝えていないことは他にもあった。玄関で靴をはき、傘を二本持って渚はドアをあける。手すりごしに夜と雨を見ながら廊下を進み、エレベーターのボタンを押した。あなたに弟か妹ができるのよ。そう伝えたら、波十はどんな顔をするだろう。

小さな台所だ。冷蔵庫にマグネットで留められたカレンダーや、流し台の前に敷かれたマット、収納場所がないのか、床に直接置かれている炊飯器、といった品々を雀は眺める。洗い物は私がしますから、雀さんは坐っていて下さい、と茜に言われるままに、坐って紅茶をのんでいるのだった。他人の家の台所に立って手伝うことが、雀は昔から苦手だ。女友達のなかには、誰の家に行っても率先して台所に立ち、慣れた様子で動ける人間が何人かいるが、雀にその才覚はなく、そういうことのできる人間――あきらかに、茜はそのタイプだ――を見ると、いつも感心してしまう。雀の場合、単に（文字通り）勝手がわからないというだけではない。布巾にせよ洗剤にせよスポンジにせよ、雀の考えでは極めてプライヴェートなものであり、それらに他人が勝手に触ることには、どうしても憚《はばか》りがある。まあ、いまの場合、この部屋の主は息子と一緒に熟睡してしまっているのだから、憚りもへったくれもないのかもしれなかったが。

「きょう、ここに来られてよかったわ」

雀は茜の背中に言った。誘ってくれたことへの礼のつもりだったが、本心でもあった。

「稔には怒られちゃったけど」

稔は、怒るというより呆れていた。何でそこにいるんだ？　と訊かれたし、何やってるんだよ、まったく、とも言われた。由麻に酒をのませた――もちろん雀がのませたわけではなく、由麻が勝手にのんだのだが、強い酒をここに持ち込んだ――せいかもしれないし、昼間、雀が義理を欠いて葬式にでなかったせいかもしれない。

「でも、有意義だったわ。あなたたちと話すのは、学生と話すのと似てた」

と続けると、茜はふり向き、

「まじか」

と言った。その語句が間投詞にすぎないことを、雀は今夜すでに学んでいたので、茜が次に、

「私たち、もう学生じゃないですけど、似てました？」

といきなり丁寧な口調に戻っても驚かなかった。

「似てる」

雀は断じた。

「二人とも若いし、いろいろ考えてるし」

洗い物を終え、ペーパータオルを一枚破り取った茜はそれでカウンターを拭きながら、

「そりゃあ考えますよ、いろいろ。誰だってそうだと思うけどなあ」

と言い、

「雀さんだって考えますよね、いろいろ」

と、問うというより確認する。

「考えない」

雀はこたえ、ときどき学生たちにするように、にっこり微笑んでみせた。

意外なことに、おもては雨が降っていた。いいお湿り、と死んだ母親なら言ったであろうやわらかな雨で、電車もまだ動いている時間だったので、雀は茜一人を現金と共にタクシーに乗せ

――いいです、いいです、私も電車で帰ります、と茜は言い張ろうとしたが、あなたは従業員であり、こちらはあなたの親御さんからあなたをお預りしている立場なのだから、と説いてみたところ、理解して乗り込んでくれた――、駅までの道を、気持ちよく濡れながら歩いた。住宅地はひっそりとしており、それはそれで風情がないこともなかったが、ベルリンの街の夜の、独特の色や匂いや鼓動――そう、あの街には確かにそれがあるのだ。生き物みたいな鼓動と息遣いが――を、雀はなつかしく思った。毎晩のように一緒に酒をのむ友人たちや、もはや東京では見ることのない種類の街灯の、ぼんやりと滲《にじ》むまるい暖色の光も。

そろそろひじきを買う頃合いかなと、雀は思う。ベルリンではしょっちゅうたべているひじきを、そういえば、日本に帰ってからまだ一度も口にしていない。

ヤミがでて行って以来、朝、目をさました大竹が最初にすることは、ベッドの隣を確かめることだった。でて行ったというのはただの夢で、実際には、いつものようにそこにいるはずだ、と本気で思った幾つもの朝があり、でて行ったのはほんとうで、でも何らかの必然によって、後悔したヤミが戻ってきたかもしれないと、淡い期待を抱いた幾つもの朝があった。いずれの場合も激しい失望が待っており、その衝撃を避けるために、ここにヤミはいないはずだ、と思いながら確かめた幾つもの朝もあった(が、その場合も、激しい失望が待っていることに変りはなかった)。

今朝、いつものように目ざましを止めた大竹は、自分が隣を確かめまいとしていることに気づいた。いつも妻が寝ていた側に背中を向けたまま、目ざまし時計の横に置いてある眼鏡をかけ、夏掛けをはいでベッドからでる。意地でも隣を見ないように気をつけながら、ドアに向って歩いた。ふり返りたい衝動に抗い、ドアをあけて廊下にでて、うしろ手にドアを閉める。よし。やった。何を〝やった〟のかわからないまま大竹は思い、トイレ、洗面、朝食といった、毎朝の習慣を型通りにこなす。そして、そのあいだずっと、寝室にヤミが寝ている(かもしれない)と思うことに成功したが、心のどこかでは、いないこともわかっていた。九十九パーセント、いないであろうことが。

ゆうべの雨はあがっていた。コーヒーと朝刊を手に、大竹は仕事部屋に閉じこもる。妻の所持品がもともと一つもなく、だから妙な隙間のない、唯一の部屋に。

でて行ってからきょうまでのあいだに、ヤミはすくなくとも二度、所持品を取りにこの家に戻ってきていた。必要なものを持ち帰るだけではなく、不要と判断したものを大量にゴミ箱に捨てて行ったりもしたので、いつのまにか部屋ががらんとし、あちこちに不自然な隙間ができていた。ヤミの来たのが二度とも――もし二度だとすれば――大竹の留守中だったことについて、自営業で時間の不規則な大竹は不思議に思い、ひょっとすると自分の行動が彼女に監視されているのかもしれないと勘繰ったりもしていたのだが、実家で直接尋ねたところ、ヤミはひどくいやな顔をした。そんなことするわけないでしょう、あなたじゃないんだから。吐き捨てるようにヤミは言い、監視などするまでもなく、大竹が日々いちいちメールで「報告してくる」からわかったのだと説明した。そのメールも、いまでは受信拒否にされている。ヤミに連絡をしたければ実家に電話をするよりなく、電話をしても、ヤミ本人は三度に一度くらいしか電話口にでてこない。

三枚目の離婚届を無視しているいま、状況は硬直していた。ヤミの父親には、こうなったらもう互いに弁護士を立てて、裁判所に調停してもらうよりないと言われている。大竹には、一体なぜこんなことになってしまったのかわからなかった。朝刊をひらき、見出しだけ目で追うものの、どの記事も読む気がせず、自分で淹れたコーヒーは濃いばかりで、すこしも旨くない。「そうしたらもう全部許すしかないだろう?」稔はそう言っていた。何とかいうタイトルの小説にかこつけて、誰かをほんとうに好きになったらすべて許すべきだというようなことを。でも、ほんとうにそうだろうか。もしそうなら、こんなことになる前に、ヤミこそ大竹のすべてを許してくれるべきだったのではないのだろうか。矛盾と思考の堂々巡りにうんざりし、大竹はため息をついた。

ツリーバーという名の通り、一本の巨木を囲む形で、このトタン屋根のバーは建っている。天井にはりめぐらせた豆電球と、各テーブルに置かれた小さなキャンドル以外に照明はなく、店のなかはかなり暗い。

「ここは最近できた店なの」

ナタリアが言う。

「一度ラウラたちと来て、でも、なんていうか、ロマンティックすぎて居心地が悪かった。普段私たちが行くのは、もっと気取らない店で、騒々しいの。ジョニーにとっては音楽がなければバーじゃないから」

「なるほど」

スコットは相槌《あいづち》を打ち、微笑んでみせたが、カウンター席にいる男たちの動きには、目の端でつねに注意を払っている。イタリア人そのものだからだ。

「でも、今夜はすごく居心地がいいわ」

ナタリアは続け、満足気なため息をつく。あの男たちのなかに、リコがいるのかどうかはわからない。が、トニオからの情報では、全部で六人（そのうちの一人は無論プリニオだ）いるはずで、ならば五分の三の確率で、彼らの一人がリコだということになる。今夜ここで酒をのんでいるのは偶然だろうか。それとも自分を監視しているつもりだろうか。早くしろ、なぜぐずぐずしている、という、無言の圧力を感じる。

スコットはこれまで、仕事をし損ねたことは一度もない。九年という歳月を、それだけに費してきたのだ。アメリカ製の精密機械。レオからはそう呼ばれている。こいつは感情を持たないんだ、実にすばらしいマシンだよ――。

「訊いてもいい？」

ナタリアが言う。

「なぜいままで独身を通してきたの？」

キャンドルのあかりに照らされ、ナタリアの瞳は濡れたように輝く。艶やかな肌と、黒く豊かな髪。まるで子馬のようだ。

「とくに理由はない」

事実ではなかったが、そうこたえた。

「人生を共にしたいと思うような相手に、出会ったこともないしね」

これも事実ではなかった。スコットはラムをのみ干し、

「出よう」

と言った。仕事が終ったら、きみを連れて帰る。そう言えたらどんなにいいだろう。そうするつもりだったのだ、プリニオの妹だと知るまでは。

「もう？」

いくら兄に腹を立てているにせよ、兄を殺した男を――いまはまだ、兄を殺すことになっている男にすぎないにしても――許してはくれないだろう。そして、それを隠して一緒に暮すことは、スコットにはとてもできそうもない。

「ここは俺たちにはロマンティックすぎる」


母親にはああ言ったものの、プリニオには、ホテルをひき払う気は毛頭なかった。資金は潤沢に与えられている。それも当然だ。アメリカ人と手を結んでコロンビアを牛耳《ぎゅうじ》ることができたら、ファミリーにはこれから巨万の富が転がり込んでくるのだから。プリニオは、コロンビアでは一度へまをやらかしている。だから今回の仕事は、リコが仕切ることになるのだろうと思っていた。が、トニオはプリニオを選んだ。それはつまり、組織のナンバー2はプリニオだということだ。

ナンバー2は、あんな貧乏くさい家に寝泊りしたりしないものだ。

スイートルームでシャンパンを啜《すす》りながら、いずれ自分の配下となるはずの男たちをプリニオ

は眺める。六十歳になったリコを筆頭に、いまはまだ、へつらわなくてはならない相手が四人もいるが（プリニオが顎で使えるのはデブのロレンツォだけだ）、それもこの仕事が終るまでのことだ。

下品なジョークにまみれた〝ミーティング〟は十五分で終り、全員が部屋をでて行くと、プリニオはフロントに電話をかけて、支配人につながせた。

「ルームサービスに言って、ワゴンをさげさせてほしい。そうだ、いますぐに。それはわかっている。心配ない。ちょっと楽しませてもらうだけだ」

電話を切ると、期待に胸が躍った。プリニオがこのホテルを気に入っている理由は二つあり、一つは厨房にすこぶるつきのいい女が一人働いていること、もう一つは、支配人が話のわかる男で、賄賂次第でいくらでも融通をきかせてくれることだった。

25

厩舎《きゆうしや》の薄暗さと涼しさ、それに静けさが、ナタリアの動悸《どうき》を鎮めてくれた。壁の、高い位置に造られた小窓から、青空が見える。ここにいれば安全だと思えた。ヒヤシンスの、温かく張りのある馬体に頰《ほお》をつける。ナタリアは、少女のころからずっと、馬が言葉を持たないことを残念に思っていた。けれどいまは、それを天の恵みだと感じる。言葉を持たない馬たちは嘘をつかない。

チェリーの店にいたのは確かにプリニオとスコットだった。ビールを手に、いかにも親密そうに話していた。スコットが自分に嘘をついていたとは思いたくなかった。でも――。スコットは否定したが、ヴィラにいた男もプリニオだったのかもしれない。商用でモンテゴベイに行かなくてはならないと言ったのも、電話の相手を弟だと言ったのも嘘だったのかもしれない。愛していると言ったのも、誰かを心から理解したいと思ったのははじめてだと言ったのも？

ヒヤシンスがぶるんと鼻息を吐き、首を曲げる。びっしりと生えた長いまつ毛に囲まれた眼《め》は、まじりけのない信頼とやさしさに溢《あふ》れていた。

「大丈夫よ。私は大丈夫」

ナタリアは言い、馬の首をぴたぴたと叩く。そして、その言葉が真実であることを願った。

ラウラはもともとその客が嫌いだった。チップをはずんでくれるのはありがたいが、まるでそれと引き換えのように、決ってラウラの身体のどこかをなでる。口元にしまりがないところも嫌だし、一緒に滞在している太った人に対して、やたらに威張り散らしているのも、見ていて感じが悪かった。

食べ散らかされた果物やサンドイッチの皿をまとめ、六客あるはずのシャンパングラス（三つはテーブルの上にあったが、一つは中身が半分入ったままテレビの上に置かれ、もう一つは床に転がっていて――これも中身が入っていたらしく、カーペットにしみができていた――、最後の一つは行方不明）をワゴンに回収しながら、ラウラは内心軽蔑を感じた。いかにも金のかかっていそうな身なりをして、高級ホテルのスイートルームに泊っていても、ろくな人間ではないことを、自ら証明しているようなものだと思ったからだ。

「すみません、グラス、あと一つなんですけど、どこにあるかわかりますか？」

尋ねると、その客――宿帳によれば名前はミスターウンガレッティだが、どうせ偽名だ――は肩をすくめた。

「グラスのことは忘れていい」

と言う。訊き返したりしない程度にはこの仕事に馴《な》れているラウラは、

「わかりました」

とこたえてワゴンを運びだそうとした。が、にやにや笑いを浮かべた客に腕をつかまれた。

「それも放っておけ」

反対の腕がうしろからラウラの右胸にのびる。

「わあああお、こりゃすげえ」

耳元で囁く。ばかみたいなセリフだ。うしろから腰を押しつけてくるが、生温かいばかりで、たいして硬いものは感じられない。ふにゃちんだ。ラウラは思い、だからというわけではもちろんないが、身をふりほどいて客の腕から逃れ、こういう場合はそうするようにと教えられている通り、

「二度としないと言って下されば、支配人には伝えずにおきます」

と言ったが、もちろん伝えるつもりだった。支配人のベンジャミンは激怒するはずだ。このアホな客に思い知らせてくれるだろう。自分の情婦に手をだされたのだから。

「誰にだって？」

目の前の男は依然としてにやにや笑いながら訊き返し、ラウラの唇を指でなぞった。だからラウラはつばを吐き、男をにらみつけてやった。

「いい加減にしてよ。ひとがおとなしくしてればいい気にな――」

いきなり頬を張られ、髪をつかまれた。衝撃で身体が前のめりになり、ワゴンのハンドルに顔をしたたか打ちつける。

「わかんねえ女だな。こっちはその支配人から頼まれてるんだよ、たっぷり楽しませてやってくださいってな」

血の味がして、唇が切れたことがわかった。

「来いよ。おとなしくすれば、もう痛い目には遭わせない。支配人に恥をかかせて、仕事を失いたくはないだろう？」

男はラウラの顎を指で持ち上げ、目を合せると猫なで声をだした。

「俺はベッドではやさしい男なんだ。どのくらいやさしいか知りたいだろ？」

ラウラは聞いていなかった。ベンジャミンが私を売った？　そんなことはあり得ない。

「何か飲むか？　ウイスキーでも。酒は傷の消毒になるぞ」

男が肩に回してきた腕を、ラウラは渾身《こんしん》の力を込めてひねった。男が痛みに叫び声をあげ、次の瞬間、ラウラは床に顔から転んだ。背中を蹴り飛ばされたのだということに、気づいたときには後頭部を上から押さえつけられていた。

稔は息苦しくなり、本から顔をあげた。大きく息をすいこむ。まるで、自分が後頭部を押さえつけられていたみたいに。


日が暮れるのが随分早くなった。病院をでた淳子は、夕方というより夜に近い空気の、澄んだ青さに目を瞠《みは》った。それでも、まだ完全に暗いわけではないこの色合いは、むしろ夜明けに似ていた。校了前に会社で徹夜仕事をして、ぼろ雑巾みたいにくたくたになってタクシーに乗り、眠いのと同時に目が冴《さ》えてしまってもいて、泣きたいような笑いたいような変な気分で、後部座席の窓から見上げる空の色と。

ほんとうに何もいらないから、と可奈子には言われていたが、手術も無事に済み、アルコール以外はたいていのものを口にして構わないと医者に許可されてもいるのだから、すこしでも栄養（もしくはカロリー）を摂《と》ってほしくて、淳子は途中のデパートで、グレープフルーツのゼリーを買って持って行った。ゼリーなら、病人の喉もつるりと通るだろうと思ったからだ（この前買って行ったケーキは不評で、その前に買って行った、野菜たっぷりの生春巻も不評で、どちらの場合もその理由は「喉を通らない」だったのだ）。が、可奈子はゼリーにも文句をつけた。「だって、病院食でしょっちゅうでるんだもの」というのがその文句で、そう言われれば返す言葉もないのだったが、まったくあの子は昔からわがままなんだから、と、地下鉄の階段をおりながら淳子は胸の内で呟く。

もっとも、学生時代にはいわゆる〝イケイケ〟で、当時の流儀にのっとって遊び、複数のボーイフレンド（そのうちの一人は大竹道郎だった）を同時に〝キープ〟したりしていた可奈子はその後すっかり豹変《ひょうへん》し、傍《はた》で見ていて歯がゆいほど夫に従順で、子供の教育にも心血を注ぐ良き妻にして母になったので、彼女がわがままを言えるのは、おそらく自分のような古馴染《ふるなじみ》の友人だけなのだろうと思うと、わがままを言ってもらえることが誇らしくもあった。

三十五年、と淳子は考えてみる。はじめて会ったとき、可奈子も自分も（ついでに言うなら大竹も稔も）高校一年生で、いまの息子よりもさらにまだ子供だったのだ。揺れに備えて吊り革《つかわ》につかまり、黒々したガラス窓に映っている自分の顔を、淳子はある種の驚きを持って見つめる。終点の渋谷につくまで、そのまま見つめ続けた。

スクランブル交差点を渡り、雑踏にまぎれて歩く。あたりはもうすっかり夜の色だ。松濤《しょうとう》にある小さなフレンチ・ビストロは、淳子が決めて予約をした。鉄鍋で焼く、名物のキッシュロレーヌがおいしいのだ。

きっとまた稔は遅刻して来るのだろうと思っていたので、奥のテーブルに坐っているのが見えたときには軽く驚いた。こうしてまた稔に会えたことで、自分の気持ちがにわかに高揚したことにも。

稔は真剣な面持ちで本に目を落としていた。淳子が店に入ったことにも、近づいたことにも気づかず、黙々と読み続けている。そういえば、稔は高校時代に図書委員だった、と、どうでもいいことを淳子は思いだした。

「ひさしぶり」

声をかけると、ぼんやりした表情で顔をあげ、

「え……、じゅんじゅん？」

と訊く。

「何よそれ。一体誰と待ち合せてるつもりだったの？　蒼井優？」

考えるまもなく言葉が口をついてでて、淳子は自分で笑ってしまう。一体なぜ蒼井優なんて言ったのだろう。


コーヒーメーカーもあることはあるのだが、扱いが面倒なので、さやかはインスタントコーヒーを淹れた。一人のときにはその方が便利だし、実を言えばインスタントコーヒーの顆粒《かりゅう》の、乾いた軽い香りがさやかは好きでもあった。

別荘関連のファイルはどんどん厚くなっている（次の週末にもまた見学に行く予定だ）。チカから最初に資料を見せられたときには、すぐにも決めてしまいたいと思った。が、時間がたつにつれ、もっとゆっくり見較《みくら》べたいと思うようになった。大きな買物だからというよりも、こうして比較検討し、あれこれ想像している時間がたのしいからで、そんなさやかに、チカはやや業を煮やしている。このあいだは、「ほんとうに買う気があるの？」と訊かれた。「さやかのおっとり刀」と、意味を全く取り違えて（おそらくチカは、〝押っ取り〟という言葉を〝おっとりしてい

る〟のおっとりだと勘違いしているのだろう）からかったり、「ぐずぐずしてると売れちゃうわよ」とおどかしたりする。

でも、〝ぐずぐず〟は昔からさやかの専売特許なのだ。

コーヒーは熱く、ちょうどよく薄い。レンタルした「ネブラスカ」という映画のＤＶＤを、さやかはテレビにセットする。仕事を持ち帰った日にはもちろん仕事をするのだが、そうではない日、チカが帰宅するまでの一人の時間を、さやかはたいていＤＶＤを観《み》るか数独を解くかして過す。何年か前に一念発起して買った、英語の学習教材を聴く、という選択肢が一瞬頭をかすめたりもするのだが、かすめたあとでたちまち姿を消すそれを、さやかは若干の気まずさと共にただ見送る。

あけたままの窓からは、夜気にまざって金木犀《きんもくせい》の匂いが流れこんでくるが、テレビ画面には、アメリカの田舎町の雪景色が映っている。

ふいに目をさました稔は、寝具の匂いと感触がいつもと違うことに気づき、自分がどこにいるのかを思いだした。ここはラブホテルだ。渋谷の。

隣には淳子が寝ている。シーツに覆われているので頭部と肩しか見えないが、全裸だろうと思われた。稔自身も全裸なのだから。窓がないので真暗だが、枕元のランプだけはごく小さく点《つ》いており、そのわずかなあかりのつくる薄闇のなかで、淳子の肩は妙に白く生めかしく見える。ヘッドボードに組込まれた時計の液晶画面が、午前四時十二分を表示していた。

稔は記憶をたぐり寄せる。ゆうべ、淳子はいつものようによく喋った。松濤のビストロでワインをのみ、パテとかクスクスとかムール貝とかをたべながら。料理がみんなおいしかったことも、あっちへ飛びこっちへ飛びする淳子の話のおおまかな内容——可奈子の入院と手術（癌と聞いたときには最悪の事態も想像したが、淳子の話では手術も無事済み、術後の経過も良好だということだった）、息子が大学をやめて、植木職人になりたいと言っていること、アメリカの大統領選、ハリウッドのゴシップ、現代の日本における女性雑誌の役割と意義、〝デザートは別腹〟という言葉に潜む深層心理——も憶えているが、そのあと、どうしてここに来ることになったのかは思いだせなかった。誘ったのだろうか。それとも誘われた？　ホテルまで歩くあいだも、淳子が喋りまくっていたことは憶えている。

下着を拾って身につけ、トイレに行く。バスルームの照明は不必要なまでにあかるく、からっぽの、やけに広いバスタブ——丸型で、色はワインレッド——が、どこか物悲しい。

戻ると淳子が目をさましていた。

「おはよう」

上体を起こし、枕に背をあずけた恰好《かっこう》で言う。乳房があらわになっていて、稔はどぎまぎした。行為のさなかにはそれをつかんだり押しつぶしたりしたわけなのだが、そのときには淳子の顔は見えなかった。淳子と乳房は、いわば別物だった。が、いま、それらはひとつながりになっている。

「お水をもらえる？」

淳子がかすれた声で言い、稔は小さな冷蔵庫をあけた。そして、思いだした。

「ねえ、またしてくれる？」

ゆうべ、店をでたところで淳子がそう言ったのだ。

「恋人じゃなくても、ときどきそういうことのできる友達がいるのって、いいことじゃない？」

と、酒のせいか喋りすぎたせいか、かすれた声で。


波十はレコードというものをはじめて見た。黒くて丸くて、薄くて硬い。まんなかに穴があいていて、穴のまわりにはオレンジ色や黄色の紙が貼ってある。そして、いままでに一度もかいだことのない匂いがした。でも、波十が興味を持ったのはレコードでも音楽――シャンソンというのだそうだ――でもなく、ケースだった。紙でできていて、大きくて四角く、文字や写真が印刷されていて、レコードのケースは本に似ていた。本の表紙に。何枚もあるそれを波十は一つずつ棚から抜いて調べる。アルファベットは読めないが、カタカナで表記されていれば歌手の名前を読み、写真を眺める。レコード自体とは違って、ケースは波十のよく知っている匂いがした。学校の図書室にある、古い本とおなじ匂いが。

日曜日。波十は母親に連れられて、雀ちゃんの家に遊びに来ている。波十がここに来るのは二度目だ。一度目は稔くんと来た。でも母親は前に何度も来たことがあるらしく、しきりになつかしがっていた。雀ちゃんの家は古めかしくて、庭が広い。

「元気そうだったわよ。早く働きたいって」

雀ちゃんが言い、

「まだ若いんですもんね」

と母親が応じる。

「男はあてにならないって言ってた、このあいだ、酔っ払って」

「子供のお父さんは？」

「あたしは会ったことないけど、稔が言うには〝真面目《まじめ》な好青年〟で、由麻ちゃんが言うには〝弱虫〟」

母親が笑う。波十は聞いていないふりをしているが、もちろんちゃんと聞いている。どうしてなのかはわからないが、大人は子供に耳があることを、ときどき忘れてしまうらしい。

テーブルには麦茶と和菓子がのっている。和菓子は豆大福で、波十は自分の分をもうたべてしまった。

「お庭にでてもいい？」

尋ねると、雀ちゃんは「どうぞ」とこたえたけれど、母親は、「蚊にさされるからやめて」と言った。

「それより、こっちに来て雀ちゃんに学校のことをお話ししたら？」

促され、波十は言われたとおりにする。そもそもきょうここに来たのは、雀ちゃんから母親に電話があって、ドイツに帰る前にもう一度波十に会いたいと言ってくれたからなのだ。だから波十は会いに来た。

「学校は普通」

学校のこと、と言われても何を話していいのかわからず、そう言うと、

「そりゃそうよね」

と雀ちゃんが言った。

「学校って、基本的にそういうとこよね」

と。

「でもほら、運動会の練習をしてるんでしょ、二学期になってからずっと」

母親が口をはさみ、波十はうなずく。

「へえ、運動会。波十はどんな種目にでるの?」

雀ちゃんが訊き、たばこに火をつける。

「五十メートル走と、マスゲームと、ポルカ・デ・取るか」

こたえると、雀ちゃんはぎょっとした顔をした。そのときちょうどレコードが終り、ぶつっ、ぶつっと変な音がしたので、雀ちゃんはたばこを灰皿に置いて、レコードをひっくり返しに行った(そうしないと、続きが聴けないのだ)。

「説明したら? それがどんな競技か」

母親が言い、でも雀ちゃんは母親と波十に背中を向けたまま、

「いい。聞きたくない」

とこたえて、

「ポルカ・デ・取るか」

と、くり返した。途切れていた音楽が再び始まる。

「大丈夫よ、波十。大人になれば、そんなのはもう誰にもやらされずにすむから」

ソファに戻ってきた雀ちゃんは言い、

「それよりときどき手紙をちょうだい」

と、全然つながらないことを続けて言った。

「稔のところに遊びに行ったときは、あたしにもまた顔を見せてね。文明の利器を使って」

とも。

それで波十は、はじめてレコードというものを見たこの日、ブンメイノリキという言葉も覚えたのだった。

26

朝起きると顔の内側が熱く、身体が妙に軽くふわふわした。トイレまで歩くあいだも足のうらが床についていないみたいで、これは熱があるなと茜は思い、測ると三十八度七分あった。病気のときには臨時休業にしていいと最初から言われているし、一人でやっている以上、そうする以外にないわけだが、茜はこれまで一度もそれをしたことがなく、できれば今回もしたくなかった。通りがかりにふらりと入ってくれるお客さんならまだいいが、最初からシュプレーパークを目指して、あの店のレトロな（はちみつソフトは別だが）ソフトクリームをたべようと足を運んでくれる人たち（数はすくないが、確実にいる）を、がっかりさせたくないからで、それは店の信用に関わることだ。信用は大事だと、茜は思っている。

幸い頭痛も腹痛もないので熱さえ下がれば大丈夫かもしれず、出勤時間まで様子をみることにして、パジャマのまま階下に降りた。

「発熱した」

リビングでコーヒーをのみながら、新聞を読みつつテレビも見ている母親に言うと、母親は跳ねるようにソファから立ちあがって近づいてきて、小さな子供にするように、茜の額に手をあてる。

「やめて。もう測ったから、それ、無意味」

茜は言い、ソファに腰をおろした。足元にやってきたテリアのくぼまん（父親がつけた名前だ。有名な作家にちなんだ名前らしいが、くぼまんなどというふざけた名前の作家がほんとうにいたのかどうか、茜は知らない）を抱きあげる。熱は何度だったのかとか、じゃあ寝ていなきゃとか、食欲がなくても何か身体に入れた方がいいとか、病院に行くなら車で連れて行ってあげるけど、しばらく運転していないから不安だとか、いちいち返事をするのがめんどうなようなことを母親は言い、それからお粥《かゆ》を作ってくれた。

テレビのワイドショーでは、海外のニュースを映していた。アメリカのどこかの街のスーパーマーケットで、飼い主が犬を二匹車に残したまま買物をしていたところ、犬たちが車に何らかの操作をしてしまい、動きだした車が壁に衝突したが、二匹とも無事だった、というニュースで、そのスーパーマーケットの駐車場の防犯カメラが捉えた映像のなかで、一匹の犬はほんとうに運転席に坐っていた。

母親とならんでソファに腰掛け、お粥をたべながら茜はそれを見たのだが、犬たちがあまりにもかわいらしくておもしろく、母親も茜も、二匹とも無事だったとわかっているので遠慮なく笑えた。

「ママより運転が上手だね」

茜が言うと、母親は「ほんとうね」と応じ、くぼまんを抱きあげて、犬にもテレビを見せながら、

「ほら、賢いわんちゃんね。くぼちゃんもやってみる?」

と話しかける。母親の作ったお粥には、こまかく刻んだしょうがと青菜が入っていた。いらないと言ったのに、茹《ゆ》でた鶏肉《とり》も添えてあり、実際どちらもおいしくて、熱があってもすんなり身体に入った。映像を見て、たくさん笑ったせいかもしれない。由麻は、と、ふいに茜は思った。小さいころにお母さんを亡くし、義母のいる家を高校卒業と同時にでて、いまや自分がお母さんになった由麻は、風邪をひいても自分一人で、自分のめんどうをみなくてはいけないのだ。

「きょうは仕事に行っちゃだめよ。お客さんに感染《うつ》しちゃったりしたら、かえって申し訳ないで

しょう？」

母親が言い、その通りだと、茜は思う。

網戸を洗うのはめんどうな作業だ。ベランダが狭く、はずした網戸を水平に置けないのでなおさらで、渚はそれを一枚ずつ、風呂場に運んで洗っているのだった。まずシャワーで全体をざっと洗い流し、次に洗剤をしみこませた雑巾で、片面ずつ叩くように拭く。洗い流し、おなじことをもう一度くり返す。そうしながらも、ゆうべ夫とした会話が頭から離れなかった。

「それは変なんじゃない？」

夫はそう言った。

「父親二人と母親一人がいっしょに家族席に坐るわけ？」

と。波十の運動会に、今年も稔を招待したいと言ったときのことだ。それはもちろん渚のではなく波十の希望で、去年も招待状（という名前の印刷物が、学校から配られる）を送り、差し入れと称して山のような蜜柑《みかん》をたずさえて稔はやって来たのだったが、

「それは養育費をもらってたからだろ？」

と夫は言い、

「今年はもう何ももらってないんだし、いつでも会える取り決めにもなっているんだから、運動会にまで呼ぶ必要はないんじゃないの」

というのが夫の意見で、そのときには、何ももらってないという言い方の卑屈さについうんざ

りし、

「お金と運動会は関係ないでしょう?」

と反論したのだったが、すぐに反省した。たぶん夫が正しいのだ。招待すれば稔は邪気なく現れるだろうが、母親一人に父親二人という図は、やはり普通ではないだろう。そして、普通を望んだのは渚自身なのだ。

網戸をベランダに戻し、斜めに柵にたてかけて乾かす。青い空だ。風呂場での作業で汗ばんだ肌に、風が気持ちよかった。

結局、招待状は送らないことになった。のだが、波十はひどくがっかりするはずだ。どうして? と訊くだろう。渚には、その問いに対するこたえがわからなかった。渚のなかには、いまもまだ、三人で波十に声援を送ったっていいではないかという気持ちがある。もしそれが普通でないなら、普通なんてくそくらえだという気持ちが——。稔なら、すぐに同意するだろう。でも、それはもう渚の人生ではないのだ。

運動会、写真を撮って送るわね。稔に電話をしてそう言おう、と渚は決める。波十の〝どうして〟に対しては、〝どうしても〟とこたえるしかないだろう。

向いの家のベランダで、その家の主婦が布団を叩いている。その音が〝普通〟を応援しているように思えた。渚は風呂場にひき返して雑巾を手に取る。網戸をはめ戻す前に、サッシレールをきれいに拭いてしまわなくては。

青い空だ。電話が鳴ったとき、稔は台所でプランテインをつぶしていた。インターネットで調べたところ、それは生食用ではない青いバナナのことだとわかり、これもまたインターネットを駆使して探した結果、扱っている業者が見つかった。ただし個人とは取引をしていないとかで、稔はわざわざ都心のデパートまで出向いて注文し、そこを経由してやっと手に入れたのだった。小説にでてくるカリブ海の島では、これが常食らしかった。とくにチェリーの揚げたそれは絶品だと書かれていて——主人公のナタリアは恋人のアメリカ人といっしょに、揚げたてのやつを、緑したたる、風渡る戸外で、唇を油で光らせながらたべたりする——、一体どんな味がするのか、稔は興味津々だった。

電話をかけてきたのは茜で、風邪をひいたので店を臨時休業にするという報告だった。稔は、

「もちろん」

とこたえた。もちろん構わない、ゆっくり休んで治してほしい、と。あのソフトクリーム屋は、もともと利益追求型の店ではないのだ。

「ひどいの?」

と尋ねると、

「そうでもないです。ただ、熱が高くて」

という返事だった。

「それはいけないね」

手についたバナナのねとねとを、稔はペーパータオルで拭う。当然ながら、小説にはレシピま

では書かれていなかったので、稔には、自分のいましている作業がチェリーのそれと、どのくらい一致しているのかわからなかった。

「深く煎ったコーヒー豆みたいに美しい肌」の、笑うと「顔じゅうが口」みたいになるチェリー、頭にいつも赤や緑のバンダナを巻いていて、「ヘエエエイ」とか「ラアアウラア」とか、母音をのばしたしゃがれ声で喋るチェリー。

「じゃあ、くれぐれもお大事にね。ほんとうに、ゆっくり休んでくれていいから」

そう言って電話を切ろうとすると、

「あ、それから」

と茜が言った。

「ラース、読み終りました」

と。

「ラース？」

何のことだかわからなかったが、

「最後、びっくりしました。だってオラフはいい人だったのに。小さい息子もいて、もうちょっとで無事に任務を終えて、ロシアに帰れるところだったのに」

と茜が続けるのを聞いて、なんとなく、ぼんやり、思いだした。この前まで読んでいた本の話だ。北欧のミステリーで、初老の男が主人公だった。彼には年若い恋人がいて、その子が失踪し……そうだった、ラース、ゾーヤ、そしてオラフ。

「でも、ラースが無事にアンナの元に戻れてよかったです。私、あの人はいい奥さんだと思うんで」

茜は言い、熱が下がって、店をあけるときにまた連絡しますとつけ加えて電話を切った。ラース、ゾーヤ、オラフ。ボウルのなかの、つぶれたバナナを見おろしながら、稔は奇妙な感慨にとらわれる。小説の筋はもうよく思いだせないが、それらの名前には憶えがあった。ラース、ゾーヤ、オラフ、それにアンナも。自分は彼らを、かつて確かによく知っていた。目の前のバナナが、場違いなものに見える。ここにあるべきではないものが、いきなり出現したかのように。

そのときまた携帯電話が鳴り、びくりとした稔が受信ボタンを押すと、それは渚だった。

「ええ？　もう別れちゃったの？」

チカが言った。

「それは早すぎじゃない？　だって、つきあってまだ二か月かそこらでしょう」

と、さも驚いたように。さやかはすこしも驚かなかった。職場である高校でも、生徒たちはしょっちゅう〝カップル成立〟したり、その関係が〝自然消滅〟（どういうのがそれなのか、さやかにはわからなかったが）したりしている。それに、若い子たちにとっての〝二か月かそこら〟は、自分たちにとってのそれよりもずっとながいのかもしれず、そう思うとさやかは自分がもう若くないことを、安らかでよかったと感じる。

「どこがだめだったの、ピーポくんの」

チカが訊き、

「だめっていうか」

と首を傾《かし》げて、真美はこたえる。

「つきあってみたら、お互いに何か違うんじゃない？　って感じになって、じゃあ別れよっか、っていう話になって」

「へええ、ドライだわね、最近の人は」

チカは大袈裟《おおげさ》に感心する。

「昔はほら、失恋なんかすると大変だったじゃない？　女の子たちはさ」

と、自分は女の子たちではなかったかのような言い方をした。

「泣いたり嘆いたり、物がたべられなくなったりして」

「ええっ?!　そうなんですか？」

真美の方が驚いている。

「でもほら、一夏の恋っていうのは、昔から定番だったじゃない？」

さやかは口をはさんだ。

「海だか山だかでそういうことになって、街に戻ってもしばらくはつきあうんだけど、それぞれに自分の生活があって、すれ違ったり何だりして――」

「あ、それかもです」

真美が言い、その真美がだしてくれたジャスミン茶に、さやかはそっと口をつける。結局のところ、学生の恋なんて、昔もいまも大して変らないのかもしれない。ジャスミン茶は熱くて香りがよく、おいしかった。

波の音がしている。夜の海は暗く、車のヘッドライトが届く範囲しか道も見えない。わざわざこんなところまで来たのはプリニオのためではなく、ポートアントニオという小さくて美しい街、ナタリアの住む静かな街に敬意を表してのことだ。街なかに死体を転がしておきたくはなかった。ジャマイカのなかでも、モンテゴベイのような大きな街とは違って、ここは歴史に取り残された場所だ。失った繁栄のかわりに、平和を手に入れた土地。野放図に生長する植物、植民地時代の美しい廃墟、放置された豪邸や閉鎖されたホテル。人々は真面目に働き、自足していて、週に一度——木曜の夜——のストリートパーティでだけ、溢れる音楽に陶酔する。

午前二時。スコットは車を停め、運転席側の窓をあけた。車のなかはひどく酒臭い。けりけりと、どこかでヤモリの鳴くのが聞こえる。ギュ、ロゲ、と、低くカエルが鳴くのも。密林特有の、じっとりと湿っていながら清涼な、大地と木々の気配がする。

助手席には、酔いつぶれたプリニオが、だらしなく両膝をひらいて寝ている。黒いシルクシャツは汗で身体にはりつき、爪先のとがったブーツは場違いなほど磨き上げられている。スコットは片手で銃を持ち、もう一方の手でプリニオの髪をつかんだ。こってりと整髪料をつけられ、脂ぎった黒髪。

「起きろ」

食いしばった歯のあいだから言う。

そのときいきなり後部座席のドアがあき、誰かが外に転がりでた。と思うと今度は助手席のドアがあけられ、猛《たけ》り狂ったジョニーが奇声をあげながら、プリニオの腹にナイフを突き立てた。

「おい」

スコットには、何が起きているのかわからなかった。プリニオの悲鳴とジョニーの奇声、ナイフが腹を出たり入ったりするたびに噴きあがる血しぶき。車から飛びだし、助手席側にまわって、ともかくジョニーをうしろに引き離した。

「ウーロン茶もらうぞ」

耳元で怒鳴られ、稔は文字通り飛びあがった（そのせいで、組み立て式の寝椅子の脚が、あやうくはずれるところだった）。

「何だよ、何でそんな大きい声をだすんだよ。ていうか、いつ来たんだよ」

大竹は、すでにウーロン茶を手にしており、

「いまだよ。普通の声で呼んでも聞こえないみたいだったから」

と言う。

「台風が近づいてるみたいだな、天気予報によると」

とも。稔はべつに構わなかった。この部屋にいる限り、どんな天気でも読書日和だ。

「メールに添付したポートフォリオ、見たか？」

尋ねられ、それから一連の、わけのわからない説明（時価の取得ができない証券がどうとか、無担保翌日物がどうとか）が続く。

「ところで雀さん、いつ帰ったの？　財団からこっちに問合せがきてさ、俺も知らなかったからこたえられなくて」

「水曜日だったかな」

稔は読みかけの本に指をはさんだままこたえた。

「いつ帰るのか、俺も全然聞いてなかったけど、当日、羽田から電話がかかってきて」

いつものことだ。来るときには連絡を寄越すのに、滞在したいだけ滞在して、帰るときには何も言わず、いつのまにか帰っている。その前に波十と渚に会っていたことも、きのう、渚に電話で知らされるまで、稔は知らなかった。

あの電話――。

今年は運動会に招待できないの。ごめんね。妙に素直にそう謝られ、写真を送るからねとも言われ、稔が疎外感をかみしめるまもないうちに、それからね、と、笑みを含んだ声を電話口で渚はだした。波十、来年お姉さんになるのよ。そう告げて、稔を驚かせたのだった。

大竹の連絡事項《それから》は続く。

「それから、短歌の会、たまには出席しろよ。一応名誉会員なんだから」

「それから、チカさんたち、また家賃ためてるらしいぞ」

稔は聞こえなかったふりをする。世間は何かと騒がしい。

「バナナの揚げ物があるんだけど、たべる?」

尋ねると、今度はその言葉が黙殺された。

「それから俺、離婚したから」

大竹の声は平板で、投資とか税金とかの報告をするときと変らなかった。

「え? ほんとうに?」

咄嗟《とっさ》に親友の左手を見ると、そこにはしっかり結婚指輪がはめられている。

「これは習慣だから、すぐにははずせないよ」

視線に気づき、説得力のないことを大竹は口走ったが、

「でも、届けはほんとうにだしてきたから」

という言葉に嘘はなさそうだった。いつものくたびれたスーツ姿で、依然としてウーロン茶を手に、きまり悪そうにつっ立っている。

こういう場合に、一体どんな言葉をかければ適切なのか、稔は判断に迷う。「よかった。よくやった」か? 「元気をだせ」か? それともいっそ、「めでたい」と言ってみるべきだろうか。

「役所の人、完全な無表情だった」

大竹は暗い声をだす。

役所の人? 稔は戸惑う。そして、それはそうだろうと思った。離婚届を提出しに来た見知らぬ人間に対して、他にどんな表情を浮かべられるだろう。

「書類を確かめて受理したあと、その人が最後に何て言ったかわかるか?」

稔はわからないとこたえた。

「はい、お疲れさま」

「は?」

「はい、お疲れさまって、言ったんだよ、その人」

稔はゆっくり相好を崩す。ぴったりだと思った。実際、それ以上にふさわしい言葉はない。

「よし、チカさんの店でのもう。話はそこで、全部聞くから」

稔は言い、

「あのさ、でもちょっと待ってて」

とつけ足した。

「いまちょっと緊迫した場面だから、この章の終りまで読んじゃわないと落着かない」

「なんだよそれ。なんでいま本を読むんだよ」

大竹は口をとがらせたが、

「すぐだから」

と請け合って、稔は再び寝椅子に横たわり、本をひらく。

本書は「ランティエ」二〇一四年九月号から二〇一六年十月号までの連載分に加筆・訂正致しました。

著者略歴

江國香織〈えくに・かおり〉
東京生まれ。1987年「草之丞の話」で小さな童話大賞、92年『きらきらひかる』で紫式部文学賞、2002年『泳ぐのに、安全でも適切でもありません』で山本周五郎賞、04年『号泣する準備はできていた』で直木賞、12年「犬とハモニカ」で川端康成文学賞、15年『ヤモリ、カエル、シジミチョウ』で谷崎潤一郎賞を受賞。他の著書に『ウエハースの椅子』『ちょうちんそで』『はだかんぼうたち』など多数。

Kadokawa Haruki Corporation

江國 香織
なかなか暮《く》れない夏《なつ》の夕《ゆう》暮《ぐ》れ

*

2017年2月18日第一刷発行

発行者 角川春樹
発行所 株式会社 角川春樹事務所
〒102-0074 東京都千代田区九段南2-1-30 イタリア文化会館ビル
電話03-3263-5881(営業) 03-3263-5247(編集)
印刷・製本 中央精版印刷株式会社

ISBN978-4-7584-1300-8 C0093
http://www.kadokawaharuki.co.jp/